KB269249

Guitarra, Dímelo Tú

기타여 네가 말해다오

Guitarra, Dímelo Tú

기타여 네가 말해다오

조용호 장편소설

문이당

빈 산

창밖이 환하다. 빛이 커튼을 뚫고 들어와 방 안을 가득 채운다. 천천히 창가로 걸어가 커튼 자락을 들치자 산과 나무와 길을 뒤덮은 폭설이 망막을 찌른다. 저리 환하고 명징한 세상에서는 아무리 어두운 정념이라도 하얗게 표백돼 버릴 것이다. 언덕 너머 하얀 눈밭을 배경으로 까만 점 하나가 떠오르다가 점점 커지더니, 사람의 형상으로 바뀌기 시작한다. 걸어오는 사내의 뒤편으로 발자국이 길게 따라온다. 눈밭에 반사된 햇빛이 강렬해 사내의 얼굴은 역광의 실루엣 속에 까맣게 보일 따름이다. 위아래로 겅중거리는 걸음걸이가 낯익다.

천천히 걸어오던 사내가 눈밭에 쓰러진다. 바람에 날리는 눈가루가 주변을 훑고 지나간 후로도 얼마 동안 그대로 쓰러져 있던 사내는 이윽고 일어나 점퍼에 묻은 눈을 툭툭 털고 발을 몇 번 땅에 구르더니, 다시 걷기 시작한다. 산모퉁이로 방향을 바꾼 사내는 등을 보인 채로 멀어져 가다가 계곡 위로 올라간다. 바위에 올라서서 발아래 계곡과 먼발치의 호수와 산과 나무들을 굽어보며 노래를 부르기 시작한다.

빈 산……

느린 저음의 비가가 낮게 흐른다.

아무도 더는

오르지 않는 저 빈 산……

높이 올라가던 목소리가 툭 떨어지더니 어느 틈에 다시 솟구친다.

해와 바람이

부딪쳐 우는 외로운 벌거숭이 산……

높고 낮은 언덕을 오르내릴 때의 가쁜 숨결이 음절과 단어마다 묻어난다. 그제야 나는 노래 부르는 사내가 연우임을 알아차린다. 청아하고 탁 트인 성음은 분명 그의 목소리다. 시에 곡을 붙여 만든 저 노래는 연우의 단골 레퍼토리 중 하나다. 서둘러 바깥으로 나와 비탈길을 구르듯 내려가 그를 향해 뛰어간다.

이제는 우리가 죽어

없어져도 상여로도 떠나지 못할 아득한 산

빈 산……

그가 많이 보고 싶었다. 그의 목소리는 언제나 내 귓전에서 떠나지 않았다. 노랫소리가 가까워진다.

내일은 한 그루 새푸른

솔일 줄도 몰라라

저 산에, 저 빈 산에……

숨을 몰아쉬며 모퉁이를 돌아 바위까지 달려갔을 때 노래가 멈춘다. 바위 위에는 바람에 날리는 눈가루들만 안개처럼 자욱할 뿐이다. 바위에 올라서서 사냥꾼의 총에 맞은 늑대처럼 절망적으로 그의 이름을 부른다. 메아리만 바람결에 흩어져 나갈 뿐 사위는 고요하다. 바위에 그대로 주저앉아 사방을 두리번거리다가 계곡 밑에 떨어져 있는 물체를 발견했다. 검은 점퍼 차림의 사내가 누워 있고, 머리에서 흘러나오는 선홍색 피가 하얀 눈밭을 적시고 있다. 계곡의 바위들을 헤집고 허겁지겁 아래로 내려가지만 바위틈에 발이 빠져 고꾸라진다. 이마에서 끈끈한 액체가 흘러내린다. 꼼짝없이 바위틈에 갇힌 채 두 손을 허공에 휘저으며 그의 이름을 부른다.

눈을 뜨자 하얀 눈밭의 빨간 피는 간데없고 깜깜한 어둠이

도도하게 눈앞을 가리고 있다. 꿈을 자주 꾸는 편은 아닌데 요즘 들어 꿈을 꿀 때마다 연우가 자주 나타난다. 꿈은 꿈일 뿐이다. 그는 분명 어딘가에서 잘 살고 있을 것이다. 그의 노래를 기다리는 사람들은 아직도 많다. 그는 그의 노래에서 위안을 얻는 많은 이들에게 봉사해야 할 의무가 있다. 호소력 짙은 타고난 목소리는 신이 그를 위해 내린 재능이 아니라, 지상의 많은 인간들을 위로하기 위한 도구로 그의 성대를 잠시 빌렸을 뿐임을 그는 알아야 한다.

어둠 너머로 붉은빛이 깜빡거린다. 어둠 속에서 누군가 절박한 신호를 보내는 것 같다. 이승과 저승에 한 발씩 걸쳐 놓은 중환자실 모니터의 불빛 같다. 간밤의 숙취 때문에 머리가 지끈거리고 몸이 무거워 일어날 수가 없다. 불빛은 계속해서 반짝거린다. 몸을 반쯤 일으켜 침대 모서리로 기어가서 탁자 위의 휴대 전화를 집어 들었다.

선배, 자는 거야? 어쩌면 좋아, 경찰에서 연락이 왔는데 그이와 비슷한 변사체가 발견됐대. 시체 안치실로 와서 확인하라는데, 혼자서는 못 가겠어…… 무섭고 겁나. 메시지 확인하는 대로 바로 연락 좀 줘.

선배, 아직도 자는 거야? 그 사람은 아닐 거야. 그이가 그럴 리 없어. 어쨌든 빨리 연락해 줘요.

선배, 제발 전화 좀 받아……. 그이는 아니겠지? 응? 자는
데 귀찮게 해서 미안해. 내가 너무 호들갑을 떨었나 봐. 불길한
상상을 해서 미안해요. 어쨌든 깨면 바로 연락 줘요.

여러 번 남겨 놓은 음성 메시지에서 매번 승미는 울먹거렸
다. 휴대 전화의 디지털 숫자가 막 새벽 5시를 넘어가고 있었
다. 승미의 메시지는 새벽 2시부터 4시까지 이어져 있었다. 어
젯밤 늦게 원고를 마감하고 후배들과 술 마시다가 들어와 쓰러
져 자는 내내 승미는 뜬눈으로 밤을 꼬박 새웠을 것이다. 전화
를 걸자 그녀는 울음부터 터뜨렸다. 지하 주차장으로 내려가
자동차에 시동을 걸자 어둠 속에 고여 있던 정적이 거세게 출
렁거렸다. 승미는 집 앞에 나와 기다리고 있었다.

창백하게 실내를 비추는 형광등 불빛 아래에서 당직 경관이
피로가 진득하게 묻어나는 얼굴로 말했다.

「연락을 받으셔서 알겠지만, 변사자의 신장이나 인상착의
가 실종 신고서 기재 내용과 유사해서 확인을 부탁드리는
겁니다.」

「지문 조회는 해보지 않았나요?」

「이 변사자는 지문이 나오지 않았어요. 종종 특수 직업에 종
사하는 사람들 중에 이런 경우가 있습니다. 일단 안치소로
가서 직접 확인해 보시지요.」

안치소에 도착했을 때는 이미 날이 환하게 밝아 오고 있었다. 안치소가 영안실과 붙어 있는 탓에 밤을 새운 유가족들이 발인을 앞두고 부산하게 움직이는 모습이 눈에 띄었다. 지친 표정으로 앉아 있던 여자가 뒤늦게 발인 날 아침에야 도착한 문상객 한 사람을 붙들고 오열하기 시작했다. 승미도 덩달아 눈시울을 붉혔다.

안치소 문을 열자 차가운 스테인리스 서랍들이 공중목욕탕 탈의실의 옷장들처럼 양쪽으로 도열해 있었다. 죽은 자는 이승에서 더 이상 할 일이 없지만, 살아 있는 사람들은 뒤에 남아 망자가 벗어 놓고 간 육신이라는 거푸집을 거두어야 한다. 동행한 경찰의 지시에 따라 안치소 관리인이 서랍 중 하나를 길게 빼냈다. 서랍이 빠져나오면서 낮은 금속성 비명을 질렀다. 거기에 한 사내가 조용히 눈을 감고 누워 있었다. 얼굴에는 아무런 표정도 없었다. 죽은 자들은 모든 자율 신경이 정지되기 때문에 살아 있을 때의 다양한 표정이 사라져 버린다. 무표정과 무감각의 극치에 이르면 살아 있어도 죽은 것과 매한가지인 것이다. 표정은 없어도 사내의 얼굴에는 살아 있을 때 느꼈음직한 고통의 흔적들이 남아 있었다. 사내는 길거리에서 얼어 죽은 채 발견됐다고 했다. 사내의 얼굴은 낯설었다.

그동안 우리 모두 너무 무심했는지 모른다. 그는 원래 종적을 감추는 일이 잦기는 했지만 이렇게까지 오랫동안 모습을 나타내지 않은 적은 없었다. 일 년에 한두 번쯤 꼭 무대에 서곤 했던 그와 소식이 끊긴 지는 제법 오래됐지만 어디선가 재충전하고 있으리라 막연히 짐작했을 뿐이다. 성인 남자가 한동안 안 보이면 본인의 의지에 따라 어디론가 장기 여행을 떠났거나 아무도 모르는 산속이나 바닷가로 거처를 옮긴 경우일 수도 있다. 내가 변고라 여긴 연유는 그가 보내온 비망록 때문이었다. 퇴근길에 아파트 경비실 앞을 지나는데 경비가 뛰어나와 등기 우편물 꾸러미를 내밀었다. 그 꾸러미 속에는 A4지에 인쇄된 원고 뭉치가 집게로 물려 있었고, 겉장에 육필로 흘려 쓴 메모지 한 장이 붙어 있었다.

이렇게 불쑥 나의 맨얼굴이나 다름없는 배설물을 보내는 것을 용서하기 바란다. 나도 언젠가는 늘 허공에 반쯤 떠 있는 가수보다는 자네처럼 땅에 발을 붙이고 내 속에서 들끓는 이야기들을 글로 써내고 싶었다. 여기에 이 어쭙잖은 글들을 동봉하는 이유는 자네가 누구보다도 나에 대해 잘 알 것 같기에, 자네 같은 글쟁이들에게 보여 주어야 내가 남기고 가는 글들이 그나마 조금은 다듬어질 수 있다고 믿기 때문이다. 이 흔적들이 무슨 의미가 있을지는 잘 모르지만, 비올레타 파라의 노래처럼 나도 삶에 감사드린다. 잘 있거라.

칠레 가수 비올레타 파라(Violeta Parra, 1917~1967)는 남미의 새로운 노래 운동 '누에바 칸시온(Nueva Cancion)'의 씨앗을 뿌린 대모였다. 그녀는 젊은 시절 칠레 전역을 돌아다니며 민요를 수집해 토속적인 리듬과 정서를 바탕으로 노래를 부르며 누에바 칸시온의 중심 가수로 활약했고, 피노체트 독재 정권에 사살당한 빅토르 하라에게도 자양분을 준 인물이다. 가난한 어린 시절을 거쳐 스무 살에 철도 노동자와 결혼했다가 파경을 맞았고, 카펫 제조업자와 재혼했지만 이 결혼 생활 또한 순탄치 않았다. 두 번에 걸친 이혼 끝에 딸 셋과 아들 하나를 얻었는데 두 딸마저 병으로 잃는 고통을 겪었다. 파라는 살아남은 아들과 딸을 데리고 공연을 다녔는데, 그녀가 죽고 난 뒤 자녀들도 가수의 길을 걸었다.

파라에게 노래를 부르게 만든 가장 큰 힘은 사랑이었다. 쉰이 다 된 인생 후반부에 이르러 파라는 스위스 출신 음악가이자 중남미 민요를 공부하는 젊은 학생과 볼리비아에서 사랑에 빠졌다. 파라가 먼저 칠레로 돌아와 칠레 민요와 음악과 예술의 중심이 되는 공간을 마련하기 위해 산티아고 변두리 낡은 고가를 개조해서 음악 레스토랑을 열었다. 우리네 미사리 카페

촌의 라이브 카페와 비슷한 공간이었는데, 그 시기가 파라가 누린 행복의 정점이었다. 볼리비아에서 칠레로 돌아왔을 때, 그녀는 이렇게 선언했다.

언젠가 내 노래를 바칠 사랑하는 사람이 존재하지 않는 그날, 나는 기타를 구석에 내팽개쳐 둔 채 죽어 버릴 겁니다. 누군가 내게 이 터질 듯한 감성을 갖기에는 늙었다고 말하는 사람이 있다면, 그 사람에게 사랑에는 나이가 없다고 얘기해 주고 싶군요.

파라는 한동안 텔레비전에 출연하면서 왕성하게 활동했지만 그녀의 선언을 실천에 옮기기라도 하듯 자신의 카페에서 권총으로 50년 삶을 스스로 마감했다. 그녀의 딸이 증언한 바에 따르면 파라는 자살하기 바로 며칠 전 볼리비아의 젊은 연인에게서 이별 편지를 받았다.

파라는 자신의 노래 중 가장 소중하고 아름다운 노래 세 곡을 꼽았다. 〈생에 감사드리며(Gracias a la vida)〉〈열일곱으로 돌아가(Volver a los diecisiete)〉〈그는 북쪽으로 떠났어(Run Run se fue p'al Norte)〉가 그것인데, 〈생에 감사드리며〉는 파라가 죽기 전 직접 작사 작곡해서 남긴 마지막 노래였다. 파라의 음성은 남미 노래 운동 '누에바 칸시온'의 또 다른 중심인물인 메르세데스 소사에 비해 투박하고 거친 듯하지만, 〈목포의 눈물〉을 부른 이난영의 목소리처럼 애절하면서도 처량한 기운이 감돌았다. 그리 슬프지도 않고 그렇다고 쾌활하지도 않은, 담담하면서도 전반적으로 애잔한 분위기였다. 뒤늦게 찾아온 사랑의 행복에 겨워 만든 노래였지만, 그 노래의 가사는 사랑을 잃어버린 자의 담담한 유서 같기도 했다.

내게 너무나 많은 걸 준 삶아, 고마워.

내게 두 개의 샛별을 주었지.

그걸로 잘 가려 내지 검은 것과 흰 것을

높은 하늘에 박힌 촘촘한 별들을,

그리고 수많은 사람들 속에서 내가 사랑하는 그이를.

내게 너무나 많은 걸 준 삶아, 고마워.

내게 활짝 열린 귀를 주었지.

그걸로 밤낮으로 듣지.

귀뚜라미 소리, 카나리아 소리, 망치 소리, 물레방아 소리,

공사장 소리, 소낙비 소리

그리고 내가 사랑하는 그이의 부드러운 목소리를.

내게 너무나 많은 걸 준 삶아, 고마워.

내게 소리와 글자를 주었지.

그걸로 난 단어들을 생각하고 표현하지.

어머니, 친구, 오빠, 찬란한 빛,

그리고 내가 사랑하는 그의 영혼의 길을.

내게 너무나 많은 걸 준 삶아, 고마워.

내 피곤한 두 발로 걸을 수 있게 해주었지.

그 발로 난 도시들과 늪지들을 걸어 다녔어.

해변과 사막을, 산과 벌판을,

그리고 그이의 집, 그이의 거리, 또한 그이의 정원을.

그녀에게는 눈과 귀와 발과 문자, 이 모든 것이 사랑하는 이를 향한 도구였다. 얼마나 행복이 넘쳤으면 세상 모든 것을 연인을 향한 매개체로 받아들였을까. 하지만 정작 그녀가 뒤늦게 사랑에 빠졌다가 실연당한 뒤 자살한 정황을 놓고 보면, 그녀가 삶에 감사드린 것은 사랑하는 이를 볼 수 있고 그의 음성을 들을 수 있고 그에게 사랑을 전할 수 있는 편지를 쓸 수 있으며 그의 편지를 읽을 수 있는 도구를 준 것에 대한 쓸쓸한 고마움이요, 자신이 잃어버린 것들에 대한 한탄을 역설적으로 표현한 것일지도 모른다. 그녀는 자살하기 전 마지막 공연에서 이 노래를 부르며 말했다.

이 노래는 바로 여러분의 노래이자 우리 모두의 노래이고 또한 나의 노래입니다. 인생이여, 고맙습니다. 인생이여, 고맙습니다.

연우의 비망록에는 성장기부터 그가 마지막으로 치른 공연에 이르기까지 과정이 상세하게 기록돼 있었다. 그의 비망록은 그가 종적을 감추기로 작정한 시점부터 집필되기 시작한 것 같다. 그가 자신의 '에덴'이라고 명명한 유년기의 들녘마을에서부터 도시로 나와 가난과 욕망을 알기 시작한 시절, 그리고 그가 가객으로 살면서 사랑을 나누던 시절로 크게 나뉘어 있었다. 그는 비망록에 아침, 오전, 대낮, 오후, 저녁으로 나누어 소제목을 달아 놓았다. 짧은 하루의 시점들에 삶의 장면들을 대응시킨 것을 보면, 그는 인생을 하루살이의 삶으로 간주했는지도 모를 일이다. 아니, 그렇게 단정 지어 버리는 것은 불길하다.

시체 안치소에서 나올 때 승미의 옆얼굴을 훔쳐보았다. 승미는 안도의 낯빛이기보다는 허탈함에 지친 표정이었다. 왜 그녀는 연우에게 죽음이라는 변고가 생겼으리라고 심각하게 예단했을까. 비망록을 아직 그녀에게 보여 주지 않은 건 잘한 일일까. 그녀가 받을 상처를 생각하면 차마 용기가 나지 않는다.

병원에서 나올 무렵 도로는 출근길 차들로 빽빽했다. 허기가 몰려왔다. 오래된 한옥이 듬성듬성 서 있는 길가에 가마솥을 걸어 놓은 식당들이 보였다. 숙취에 시달리는 샐러리맨들의 아침 속을 풀어 주기 위한 해장국집들이었다. 낮은 천장, 비좁은 공간에 넥타이를 느슨하게 풀어젖힌 젊은 샐러리맨들이 해장국을 후루룩거리며 들이마시고 있었다.

승미와 낡은 유리문 곁에 자리를 잡았다. 좁은 공간에서 피어오르는 해장국의 훈김과 사람들의 체온으로 유리문엔 하얗게 김이 서렸다. 뿌연 유리 너머로 사람들이 바쁘게 걸어가는 모습과 느리게 움직이는 차량들의 흐름이 희미하게 보였다.

「많이 놀랐지? 얼굴이 반쪽이 돼버렸네. 거울 좀 봐.」

「돌아오려니 했는데…… 그 사람 늘 공연 끝나면 잠적하는 게 취미였잖아요. 나도 재충전을 위해서 휴식이 필요하다고 인정하는 편이었지만, 이번만큼은 예감이 이상해요. 벌써 소식이 끊긴 지 3개월이 넘었어요. 전에는 어디에 가 있든 전화는 했거든요.」

「……」

「사실 병원에서 나오면서 많이 반성했어요. 어떻게 그리 쉽게 그이가 죽었을지도 모른다고 생각했는지, 그 사람이 스스로 생을 포기할 거라고 짐작했는지. 그이는 분명 어딘가에서 새로운 노래를 만들고 있을 거예요.」

해장국이 나오자 승미는 한 숟갈 떠서 입에 넣는 시늉을 하다가 이내 숟가락을 놓아 버렸다.

「왜, 못 먹겠어?」

「영 입맛이 없네요. 우리 해장술 한잔 할래요? 그래도 출근하는 데 무리 없겠어요?」

「왜 문제가 없겠어, 이 아줌마야. 어쨌든 시켜 보자고.」

소주가 나오자 승미는 서둘러 자신의 잔에 술을 채운 뒤 털어넣듯이 비워 버렸다. 어지간히 속이 탔던 모양이었다. 승미는 여전히 아름다웠다. 시원한 콧날에 맑은 눈, 환한 이마에 긴 머리칼을 지닌 그녀는 여전히 예전의 이미지를 그대로 지니고 있었다.

「그동안 너무 안일하게 생각했던 것 같아요. 몇 군데 알아봤는데, 다들 연락 끊긴 지 오래됐다면서 외려 나에게 안부를 물어보는 거예요.」

「승미야, 너 다른 생각은 안 해봤니?」

「무슨 엉뚱한 말을 하려고 그래요? 그러잖아도 실종 신고 하러 갔을 때 경관이 그러데요. 혹시 남편이 사귀는 여자는 없었느냐고. 노래가 그이의 사랑이었다는 건 나도 잘 알아요. 나도 노래를 사랑하는 그이를 사랑해요. 그이의 노래는 나에게 질투의 대상이 아니라 공동의 연인 같은 것이지요.」

「만약에 그 대상이 노래가 아니라 다른 여인이었어도?」

「여인? 그래요, 그이를 좋아하는 여인들이 많다는 건 나도 알지만 적어도 내가 알기로는 그 사람 마음이 흔들린 적은 없었어요. 가객의 아내로 살아간다는 게 여느 아내들의 삶과 달리 힘든 면이 있는 건 사실이지만, 아직까지 그런 문제로 마음고생한 적은 없었어요.」

「그렇게 확신을 해?」

「선배는 도대체 아침부터 무슨 말을 하려고 이렇게 뜸을 들이는 거야? 이상하네, 오늘…….」

「승미야, 잘 들어 봐. 나는 너와 연우, 둘 다 똑같이 걱정돼. 연우의 행방도 걱정되고, 연우 때문에 몸까지 상한 너를 보는 것도 참기 힘들어. 우리, 일단 현실을 똑바로 보자. 어떠한 경우에도 흥분하지 말고 끝까지 냉정해질 수 있겠어?」

「뭔가 알고 있구나…….」

나를 빤히 바라보던 승미의 눈시울이 붉어지기 시작했다. 막연히 치밀어 오르는 불안감을 애써 감추었지만 끝내 그 정

체 모를 적에게 당하고 만 듯한 허탈감 때문이었을 것이다. 비
망록의 존재를 끝까지 승미에게 감출 수는 없었다. 승미는 연
우의 아내이지 않은가. 그렇지만 그의 비망록에 절절하게 담
긴 그 모든 이야기를, 더구나 그가 사라진 이유를 승미가 알게
됐을 때 그녀가 감당할 상처와 쓸쓸함에 생각이 미치자, 그것
또한 인간적으로 못할 짓이었다. 하지만 연우를 찾아야 한다.
살아 있으면 살아 있는 대로 그를 직접 대면하고 저주를 퍼붓
든, 죽었으면 주검이라도, 그도 아니면 어디로 갔는지 흔적이
라도 찾아야 그녀도 남은 인생을 어떻게 살아야 할지 마음을
정리할 수 있을 테니까. 우선 비망록을 승미에게 공개하고 함
께 그가 갈 만한 곳을 추적해 보는 수밖에 다른 도리가 없을
것이었다.

「연우가 얼마 전에 우편물을 보내왔어. 그동안 자신이 살아
온 이야기를 담은 원고 뭉치인데, 어디까지가 사실이고 어디
까지가 꾸며 낸 이야기인지 분간은 잘 안 가지만 꼼꼼히 읽
어 보면 그 친구가 간 곳을 알 수 있을지도 몰라. 내가 내일
집으로 가져다줄 테니까, 읽더라도 너무 흥분하지 말고 그
인간이 무엇 때문에 지금까지 고통받았고 그 녀석에게 노래
란 무엇이었는지 가능한 한 이해하도록 노력해 주었으면 좋
겠어.」

나를 바라보던 승미의 눈동자가 커지면서 얼굴 근육에 경련이 일었다. 그녀의 목소리가 가느다랗게 떨렸다.

「왜, 그걸…… 선배에게, 보냈죠?」

「읽어 보면 그 이유도 자연스럽게 알게 될 거야. 너무 섭섭하게 생각하지 마.」

「꼭 내일까지 기다려야 되나요? 어차피 선배, 오늘 회사도 늦었는데 내친김에 지금 선배 집에 같이 가서 받으면 안 될까?」

승미는 머리를 떨군 채 여전히 떨리는 목소리로 말했다. 잠시 침묵이 흐른 뒤 그녀는 붉은 눈을 들어 나를 빤히 응시했다.

「아니에요. 선배도 출근하셔야 할 테니, 내일 주세요. 사실 나 그 사람과 꽤 오래 살았지만 늘 마음 한구석이 허전했어요. 몸은 내 곁에 있어도 마음은 늘 어딘가에서 헤매고 있는 느낌이었어요. 내가 그 사람 곁에 있을 수 있다는 사실만으로도 행복하다고 스스로 되뇌곤 했지요. 내가 사랑한 것이 따지고 보면 그 사람이었는지, 그 사람이 부르는 노래였는지 잘 모르겠어요. 함께 밥을 먹다가 숟가락을 든 채 허공을 멍하게 응시하는 그의 모습에 가슴이 철렁 내려앉은 적이 한두 번이 아니었죠. 그럴 때마다 아, 이이의 마음은 또 어느 허공엔가 머무르고 있구나, 아직 혼이 노래에 실려서 현실로 내려오지 못했구나, 이런 식으로 자위하곤 했어요. 어디선가 살아만 있어 준다면 좋겠어요. 그이 마음의 복잡한 지도를 열어 볼 수 있게 돼서 어쩌면 다행인지도 모르겠어요.」

승미, 그녀를 나는 대학 시절 푸른 슬픔의 여인이라고 명명했었다. 그해 가을, 학생회관 무대에는 검은 휘장이 드리워져 있었다. 비로드 휘장은 캠퍼스의 현대식 분위기와 어울려 깊은 빛을 띠었다. 이미 라운지에는 바닥에 신문이나 책들을 깔고 아무렇게나 주저앉은 학생들로 빼곡했다. 계속해서 꾸역꾸역 들어오는 학생들로 인해 이미 자리를 잡고 앉은 이들은 무대 바로 앞까지 밀려 나갔다. 그러나 아무도 비좁은 자리를 불평하지 않았다. 더 이상 안으로 들어갈 수 없는 포화 상태에 이르자 늦게 온 청중은 라운지 주변에 서서 인간 장벽을 만들었다. 무대에서는 웅웅거리는 마이크 테스트 소리와 휘장 뒤에서 기타 줄 맞추는 소리들이 들려왔다. 드디어 창문에 일제히 커튼이 드리워졌다. 바깥엔 단풍이 한창 익어 가고 양광이 내리쬐는 따사로운 가을 오후였다. 커튼을 내리자 실내는 캄캄해졌다. 잠시 후 무대 중앙에서 휘장을 들치고 나온 젊은 남녀 두 명이 비로드 한 자락씩을 잡고 양쪽으로 달려가면서 막을 열자 무대 위에 조명이 들어왔다. 한 여인이 둥글고 높은 의자에 앉아 기타를 잡고 고개를 숙인 채 앉아 있었다. 객석은 깊은 물속처럼 고요해졌다. 객석의 소음이 완전히 가라앉은 뒤에도 여인은 고개를 숙이고 있다가 느리게 기타 줄을 퉁기기 시작했다. 전주가 한참 동안 계속되더니 드디어 그녀의 입이 열리고 노래가 흘러나왔다.

봄볕 내리는 날 뜨거운 바람 부는 날
붉은 꽃잎 져 흩어지고 꽃향기 머무는 날
묘비 없는 죽음에 커다란 이름 드리오
여기 죽지 않은 목숨에 이 노래 드리오
사랑이여 내 사랑이여

이렇듯 봄이 가고 꽃 피고 지도록
멀리 오월의 하늘 끝에 꽃바람 가도록
해 기우는 분수 가에 스몄던 넋이 살아
암천에 눈매 되뜨는 이 짙은 오월이여
사랑이여 내 사랑이여.

가사도 가사지만 느린 기타 반주에 흐르는 여인의 호소력 짙은 목소리가 온몸의 신경을 저릿하게 마비시키는 듯했다. 나는 여인의 노래에 집중하다가 2절이 끝나고 기타 반주의 여음이 사라지면서 청중의 박수 소리가 시작될 때에야 참았던 숨을 토해 냈다. 광주에서 죽어 간 오월의 넋을 애도하는 노래임을 누가 들어도 충분히 짐작할 만했다. 용케도 학교 당국의 검열을 통과한 것은 가사가 서정적인 데다 순화된 은유를 사용했기 때문이었을 것이다. 팸플릿에 실린 가사를 보기 전까지는 '이 짙은 오월이여'를 '이 짐승의 오월이여'로 들었다. '짐승의 오월'로는 도저히 무대에 오를 수 없었을 것이다.

나는 청중이 모두 빠져나갈 때까지 라운지에 남아서 공연패들이 뒷정리를 하고 나오기를 기다렸다. 라운지에 흩어져 있는 신문 쪼가리나 쓰레기들을 후배들이 나와서 일일이 정리하고, 한 패는 무대에 남아서 악기와 엠프, 마이크 등 공연 장비들을 챙겼다. 한 여인이 그들 사이에서 비질을 하다 말고 창밖을 바라보았다. '짐승의 오월'을 서정적으로 절창했던 바로 그 가수였다. 창 쪽으로 비스듬히 옆을 보이고 서 있는 여인은 어깨까지 내려오는 긴 생머리였다. 얼굴은 갸름한데 마른 편은 아니었다. 공연을 끝낸 흥분 탓인지 홍조가 어려 있는 볼은 적당히 살이 올라 도톰했다. 긴 속눈썹이 초추의 양광을 받아 선명한 윤곽으로 도드라져 보였다. 청바지보다는 긴치마가 더 잘 어울릴 것 같은 느낌이었지만 검정 티셔츠에 받쳐 입은 자줏빛 재킷이 청바지의 가벼운 느낌을 우아하게 희석해 주었다. 천천히 여인에게 다가가 가볍게 고개를 숙였다.

「저는 올해 창단된 민요패 회원입니다. 공연 잘 봤습니다.」

「아, 올해 창단한 그 동아리 말이지요? 반갑네요. 저도 민요에 관심이 많은 편이에요. 아 참, 뒤풀이에 같이 가시지요. 그러잖아도 다른 문화패들에서도 참가할 모양이던데요.」

뒷정리를 마친 패들이 악기를 하나씩 둘러메고 캠퍼스를 내려가기 시작했다. 은행잎이 어지럽게 발밑에서 굴러다니고 있었다. 은행잎 하나가 바람에 날려 여인의 긴 머리칼에 앉았다. 나란히 걷던 또래의 여학생이 그녀의 머리에서 은행잎을 떼어내 건넸다. 그녀는 손바닥을 펼쳐 두 손으로 은행잎을 받아 입술을 뾰족하게 모으고 또래를 향해 다시 이파리를 날렸다. 마른 잎이 또래의 머리 위에서 팔랑거리다가 보도로 미끄러져 내렸다. 그녀가 환하게 웃으면서 은행잎을 줍기 위해 허리를 굽혔다가 일어날 때 내 눈빛과 마주쳤다.

교문을 향해 내려가는 대열은 어느새 스크럼을 짜는 형국이었고 자연스럽게 노래가 시작되었다. 뒤에서 학생들이 몰아쳐 내려오는 바람에 나는 그녀 옆에 서게 되었다. 그녀의 오른손이 내 어깨 위에 올라왔고, 나의 왼손도 그녀의 어깨를 안았다. 교문은 이미 로마 병정 같은 제복으로 무장한 전투 경찰들로 폐쇄돼 있었다. 학생들은 교문 앞 도로에 주저앉았다. 여기저기서 구호가 터져 나오더니 합창으로 변했다. 어느 순간 교문 앞에 도열해 있던 검은 장갑차가 연기를 내뿜기 시작하더니, 전경들이 방망이를 휘두르며 대열을 향해 달려왔다. 순식간에 대열은 아수라장으로 변해 버렸다.

캠퍼스 안쪽으로 한참 달리다 보니 뒤에서 그녀가 힘겹게 뛰어오고 있었다. 나는 잠시 뜀박질을 멈추고 거의 쓰러질 듯한 그녀를 부축해서 천천히 달렸다. 그날 캠퍼스는 오후 내내 쫓고 쫓기는 군상과 함성과 최루탄 발사기의 소음으로 뒤덮였다. 짧은 가을 해가 천천히 산 너머로 내려앉기 시작하면서 캠퍼스에도 황혼이 깃들기 시작했다. 가까스로 도서관으로 대피해 화장실에서 서둘러 얼굴과 손을 씻고 나온 뒤에도 쓰라린 눈두덩과 메슥거림 때문에 정신을 차리기 힘들었다. 그녀는 더 심한 듯했다. 한참 동안 무릎 사이에 얼굴을 박고 고통스러워하던 그녀가 이윽고 고개를 들더니 여전히 쓰라린 눈에서 흐르는 눈물에 젖은 채 희미하게 웃었다.

「노래도, 죄가 많네요.」

나는 그렇게 승미를 만났다. 그날 저녁 늦게 문화패 뒤풀이에서 연우도 승미를 처음 보았으니, 승미를 알게 된 건 사실 내가 연우보다 조금 앞선 셈이다. 그녀는 결국 연우의 아내가 되었지만, 나도 승미를 많이 좋아했다. 승미와 연우의 결합은 나를 약간 쓸쓸하게 했지만 축복하지 못할 일은 아니었다. 캠퍼스를 대표하는 두 사람의 노래는 많은 이들을 전율케 하고, 행복하게 만들었다.

다행히 그날은 마감할 원고가 없어서 거의 점심시간 무렵에야 신문사에 도착했지만 급하게 쫓길 일은 없었다. 부장도 자리를 비운 뒤였다. 가방에서 연우의 비망록을 꺼내 책상 위에 털썩 던져 놓았다. 새벽에 집에서 나올 때부터 사실 연우의 비망록을 챙겨 왔지만, 승미에게 전해 줄 결심이 서지 않았다. 해장국집에서 승미에게 비망록 이야기를 꺼내 놓고도 그 자리에서 전달하는 것을 망설인 이유는 다시 한 번 그의 기록을 찬찬히 검토해 보고 싶어서였다.

그가 인생의 아침이라고 묘사하고 에덴이라고 명명한 유년기의 삶은 아무런 욕망이나 욕정에 휘둘리지도 않고 탐욕이나 거짓이나 비루함 같은 것도 개입할 여지가 없는, 말 그대로 순수한 어린 생명의 기록이었다. 그러나 에덴의 기록 말미에 그의 가족이 고향에서 떠나온 뒤 부친과 그가 겪은 고통의 원인을 여자에게서 찾고 있다는 점이 안타까웠다. 승미와 함께 비망록의 기록을 토대로 그가 갈 만한 곳을 찾아다닐 수밖에 없을 것이

다. 그를 찾지 못하더라도 최소한 행방이나 생사 여부만이라도

알 수 있다면 좋겠다.

아침 __ 에덴에서

　아직까지 내 유년 시절 초가집 장독대 주변에 울타리로 서 있던 탱자나무들만큼 키가 큰 탱자자무를 본 적이 없다. 물론 작은 아이가 까마득한 유년기에 보았던 기억이 정확하지 않을 수도 있고, 나중에 성인이 되어 같은 장소를 방문했을 때 주변 사물이 기억에 비해 형편없이 초라하고 작은 것에 놀라는 경우가 왕왕 있지만, 적어도 그 탱자나무에 대한 기억만큼은 그리 심하게 과장되지 않았을 것이라는 확신이 든다. 어른 키의 두 세 배 정도 높이는 됐을 것 같다. 그 탱자나무 울타리 가운데에는 사람들이 드나들 만한 작은 구멍이 문처럼 나 있었다. 봄이면 탱자나무들이 일제히 하얀 꽃을 피웠다. 꽃은 앵두꽃처럼 작았고, 하얀 꽃잎으로 둘러싸인 씨방에는 노란 수술이 고개를 내밀고 있었다. 탱자나무는 탄탄하고 뾰족한 가시를 자신들을 완강하게 방어하는 무기로 내세웠다. 그렇지만 이상하게도 그 가시에 찔려서 아팠다거나 울었던 기억은 없다. 가시의 끝은 검었고, 길쭉하고 날렵한 삼각형 형태였다. 나무에 매달린 부분은 약간 폭이 넓었고 끝으로 가면서 점차 뾰족해지다가 마지막 꼭지점은 검은 빛깔이었다. 탱자나무는 바람이 불어도 흔들리지 않았다. 완강하게 가시와 가시들이 맞물려 서로 어깨동무를 하고 있었던 탓일까.

탱자나무의 줄기는 무척 단단해서 새총을 만드는 데 제격이었다. 나무가 일직선으로 곧바르지도 않고 대부분 다양한 모양으로 휘어 있는 꼴이어서 적당한 부위를 맞춤하게 잘라 내어 양쪽 나무 끝에 고무줄만 매달면 훌륭한 새총이 되었다. 탱자나무가 베푸는 혜택은 새총에서 끝나지 않았다. 무엇보다도 탱자나무의 가장 큰 소임은 굵직한 탱자를 생산해 내는 일이었다. 탱자꽃이 지고 나면 어린 소녀의 젖몽울처럼 짙은 녹색의 열매가 꽃 진 자리에 열리기 시작했다. 그 녹색 망울은 봄이 가고 여름을 지나면서 서서히 굵어져 가을이 되면 왕사탕만 한 크기로 성장했다. 성장을 멈추고 나면 서서히 몸 빛깔을 바꾸어 갔다. 노랗게 익은 탱자들이 커다란 나무들에 가득 매달려 있는 모습이란 하얀 탱자꽃으로 뒤덮인 봄철보다 더 감동적이었다.

탱자의 용도는 무척 다양했다. 우선 약재로 요긴하게 쓰였는데, 여동생의 동상 걸린 손을 치료하는 데 단골로 활용됐다. 탱자를 따서 말린 뒤 푹 삶은 물에 손을 오래 담그고 있으면 터진 살갗과 손의 부기가 가라앉는다고 했다. 그 시절 방에는 늘 탱자 향기가 감돌았다. 방 윗목 농 위에 바구니째 가득 담아 올려놓은 탱자는 일년 내내 훌륭한 방향제 역할을 했다. 어린 시절 놀이 기구가 변변치 않았던 시골 들녘마을에서 탱자는 도시 아이들의 구슬치기 대용으로도 그만이었다. 구슬 대신 굵은 탱자로 마을 아이들과 탱자치기를 벌이곤 했다. 마당 군데군데 구멍을 파놓고 구멍 앞의 일정한 거리에 그어 놓은 금 앞에서 탱자를 굴려 구멍 속으로 넣는 놀이였다. 탱자를 얼마든지 확보할 수 있었던 나로서는 부족함이나 가난 따위를 몰랐다. 유족하고 뿌듯한 포만감이 그 시절 정서를 지배할 수 있었던 사소한 이유 중의 하나가 그 탱자였을 것이다.

탱자 울타리가 있던 장독대에는 메주를 띄운 장독과 고추장독, 된장독 들이 모여 앉아 있었다. 마당에서 장독대로 가려면 몇 개의 계단을 올라가야 하는데, 그 장독대와 마당 사이의 경사면은 딸기 언덕이었다. 할머니가 언젠가 딸기 몇 그루를 심어 놓은 것이 저희끼리 줄기와 뿌리를 뻗고 자연스럽게 성장해 장독대 언덕은 온통 야생 딸기밭으로 변해 버렸다. 딸기도 꽃을 피웠는데 멀고 희미한 기억 속에 탱자꽃과 딸기꽃, 그리고 앵두꽃 들이 모두 비슷비슷한 모양으로 혼동되어 하나의 이미지로만 남아 있다.

할머니가 만들어 놓은 마당 구석의 꽃밭 가장자리에 당시 해당화라고 부르던 꽃나무가 있었다. 달리아가 낮게 앉아서 꽃을 피워 내는 데 비해 그 나무는 일어나서 붉고 커다란 꽃을 매달고 있었다. 나중에 성인이 되어 확인해 본 바로는, 해당화는 키가 작은 관목과의 나무로 어린 시절에 보았던 제법 큰 키의 나무와 달랐다. 그 시절에는 그 꽃나무를 상사화라고도 불렀지만 내 기억 속의 나무가 정확하게 식물도감에 나열된 나무들과 일치하리라는 보장은 없다. 기억 속의 나무는 굳이 그 실체를 지금 명확하게 밝혀내지 않는 편이 더 나을지도 모르겠다. 달리아 뿌리는 할머니가 성당의 수녀원 온실에서 얻어 와 심은 것이었다. 들녘의 촌 마을에서 달리아를 마당에서 본다는 것은 쉽지 않은 일이었다. 달리아 뿌리는 고구마와 비슷했다. 싹이 올라오는 것도 흡사해서 겨우내 방 윗목에 수수대로 만들어 놓은 고구마광의 고구마에서 방 안의 온도 때문에 싹이 올라오던 모습과 다르지 않았다. 연초록의 싹이 땅거죽을 뚫고 올라와 차츰 시간이 지나면 놀랍게도 고구마 싹과는 달리 꽃봉오리를 매달았다. 달리아꽃은 둥글고 널찍했다. 화사한 도시 여인의 이미지였다.

생명이 나고 자라서 결실을 맺는 모습은 식물이나 동물이나 매한가지였다. 눈가루가 푸슬푸슬 날리고 바람도 차가운 겨울날 닭우리 철망 앞에 쭈그리고 앉아 둥지에서 알을 낳는 닭의 꽁무니를 뚫어져라 지켜본 적이 있다. 항상 딱딱할 것만 같은 달걀이 닭의 똥구멍에서 나올 때는 놀랍게도 말랑말랑하게 구부러지면서 빠져나왔다. 달걀도 처음에는 그렇게 연약하고 말랑말랑한 껍질에 싸여 나온다는 사실이 신기했다. 그렇게 나온 달걀들을 품고 있는 암탉에게서는 사람보다 더 맹목적인 모성애가 느껴졌다.

닭이 알을 품는 자리는 안방의 고구마광 위에 횃대를 질러 마련해 놓았다. 암탉은 혹시나 누구라도 자신이 품고 있는 알에 위해를 가할까 봐 온종일 그 자리에 앉아 있었다. 가까이 다가서서 모이라도 줄라치면 날카로운 부리로 찍어 댔다. 암탉은 종일 모이도 쪼지 않았다. 암탉의 눈에는 막걸리를 마셨을 때와 비슷한 몽롱한 취기 같은 것이 어려 있었던 것 같다. 지금 생각하면 그것은 취기가 아니라 생명을 품어 내는 광기였다. 생명을 향한 발정과 교미와 수태와 탄생으로 이어지는, 육욕을 배태시키는 그 원초적인 본능의 광기가 그 뿌리에 도사리고 있었다. 스스로 알을 깨고 젖은 솜털을 세상 바깥으로 내민 병아리들이 봄이 와서 마당에 노란 동그라미 형태로 무리를 이루어 돌아다닐 즈음에 녀석들을 가두는 달기가리 위에 앉아서 찍은 돌사진이 남아 있다. 달기가리는 저녁이면 병아리들을 덮어서 가두어놓는 봉분 형태의 작은 병아리집이었다. 병아리를 가둔 봉분 위에 보자기를 펴놓고 앉아 있는 어린아이의 모습이 생명의 이중주처럼 다가온다.

학교에서 돌아오면 할머니는 장독대의 탱자나무 아래에서 푸성귀를 다듬고 있었다. 할머니 곁에는 트랜지스터라디오가 놓여 있었고, 라디오에서는 알아듣기 힘든 노랫가락이 지루한 가락으로 반복되었다. 할머니는 그 가락을 흥얼흥얼 따라 불렀다. 그 가락은 왠지 서글프기도 하고 따분하기도 했으며 무엇보다도 가사가 분명히 우리말이긴 한데 무슨 말인지 해독이 안 돼 심통이 났다. 하지만 한없이 지루하고 단순하게 오르내리는 가락의 정조가 봄날의 나른한 날빛과 탱자꽃잎이 분분히 날리는 청명한 대기와 더불어 내 기억의 창고 한구석에 선명하게 박혀 있다. 그것이 내가 처음으로 접한 판소리였다.

할머니는 닳아빠진 책에 구식 활자체로 진하게 박힌 글자들이 빨간 줄 위에 늘어선 책을 판소리를 하듯 읽어 주곤 했다.

굳이 나에게 읽어 주었다기보다는 할머니 스스로 누가 듣건 말건 소리 내어 읽는 행위였을 수도 있다. 내용은 전혀 기억나지 않는다. 어떤 연유인지 이후 대학을 졸업할 때까지 한 번도 들어 본 적 없는 〈유충렬전〉이라는 제목이 지금까지 선명하게 기억에 박혀 있으니 신기하기만 하다.

이야기책을 읽는 목소리의 높낮이와 가락은 정확하게 라디오에서 흘러나왔던 소리의 흐름과 비슷했다. 나는 할머니 옆에 쪼그리고 앉아 나른한 봄볕에 취해 졸고 말았다. 그 소리의 가락은 졸음을 부추기기에 안성맞춤이었다. 나직하게 반복되는 리듬과 구슬픈 정조는 따스한 햇볕과 함께 어린 소년의 가슴패기를 가만가만 토닥여 주는 최면 효과를 발휘하기에 충분했다. 탱자나무 사이로 불어오는 바람이 머리카락을 흔들어 이마를 간지럽힐 즈음에야 부스스 눈을 뜨면 봄날의 하늘이 파랗게 뒤덮고 있었다. 탱자나무 위에서 새소리가 들려왔다. 봄이면 어디선가 날아와 초가집 추녀 끝에 집을 짓기 시작하는 제비들이 탱자나무 위에 올라가 자신들이 돌아왔음을 고하듯 명랑하게 지지배배거리는 소리였다. 참새들도 날렵하게 파란 하늘에 선을 그으며 날아다니다가 제비 옆에서 멀찍이 떨어진 탱자나무 위에 앉아 작은 머리를 부지런히 움직이며 짧고 맑은 여운의 울음을 울어 댔다.

할머니가 후줄근한 속바지 주머니에서 닳고 닳은 종이쪽지를 꺼내어 주먹만 한 글씨로 써진 가사를 보며 노래를 부르던 때의 절기는 겨울이었다. 할머니는 노래 가사를 종이에 큼직하게 적게 하여 그것을 여러 번 접어서 치마 밑의 속바지 주머니에 넣은 뒤 옷핀으로 여미었다. 겨울날 문풍지가 울고 나뭇가지가 눈빛과 달빛을 배경으로 창호지에 어른거리면 그 종이를 꺼내어 허벅지 장단을 넣어 가면서 노래를 부르곤 했다.

그 노래도 라디오에서 흘러나오던 가락과 비슷했다. 할머니에게 모든 노래는 가사만 다를 뿐 가락은 다 비슷했다. 당시 할머니가 종이에 적어서 즐겨 부르던 18번은 〈타향살이〉였다. 그때까지만 해도 할머니는 고향을 떠난 적이 없었지만, 아들 내외는 대처로 나가고 홀로 손자를 데리고 들녘에서 살아가는 심정이 고향을 타향같이 느끼는 배경이었을 것이다. 그 노래의 배경으로 문풍지가 울고 바깥에서 겨울바람이 나뭇가지를 흔들며 사납게 지나갈 때, 비록 높낮이나 가락은 매번 같았지만 할머니의 노래는 그네가 수녀원에서 얻어 온 달리아 뿌리를 마당 가에 심어 꽃을 피웠던 것처럼 어린 소년의 가슴 밑바닥에 애수의 뿌리를 심어 놓았던 것이리라.

일찍 저녁밥을 먹고 문풍지 사이로 들어오는 우풍을 담요로 가린 채 이불 속에 들어가 있던 겨울밤, 바깥에서 서천댁을 부르는 소리가 들려왔다. 할머니는 서천에서 들녘으로 시집왔다. 할머니는 자신을 부르는 소리에 대답하지 않은 채 집게손가락을 입술에 가져다 대며 조용히 하라고 명령했다. 문풍지는 파르륵거리며 우는데 할머니는 바깥에서 부르는 소리가 사라질 때까지 이불을 뒤집어쓴 채 소년을 껴안고 있었다. 바깥이 잠잠해지자 그제야 할머니는 이불을 걷고 문을 조금 연 뒤 그 틈새로 바깥의 동정을 살폈다. 개 짖는 소리는 요란한데 삽작문 밖에는 아무런 그림자도 보이지 않았다. 그날 이후로 나는 지옥에서 연옥을 거쳐 천국까지 여행했던 단테의 이야기를 더 이상 들을 수 없었다.

마을 공동 우물가에 함께 성당에 다니는 집이 있었다. 이 집에는 할머니보다 연배가 서너 살 아래인 남정네가 살았는데, 시골 마을에서 먼 성당에 함께 다니는 교우였기에 소년의 집과 왕래가 많았다. 그 집에 상처한 뒤 홀로 오랫동안 자식들을 키워 온 홀아비가 살고 있었다. 그 홀아비가 길고 긴 겨울밤이면, 우리 집에 찾아와 단테의 《신곡》을 읽어 주곤 했다. 지옥에서 고통 받는 망령들의 이야기를 들은 날 저녁이면 소년의 꿈속에 어김없이 지옥이 나타나곤 했다. 유황불에 휩싸여 단말마의 비명을 내지르며 꿈틀대는 사람에서부터 서로 반대 방향에서 무거운 짐을 굴리고 올라와 정상에서 부딪치면 서로 두들기고 욕을 해대다가 다시 내려간 뒤 또다시 짐을 굴리며 올라오는 사람들도 만났다. 성인이 돼서 직접 신곡을 접했을 때에야 비로소 그 영상이 무엇인지 알 수 있었다. 그들은 제2지옥의 중천에서 벌을 받고 있는 육욕의 죄를 범한 자들이었다.

지옥의 광풍은 쉴 새 없이 망령의 무리를 휘몰아쳐 억세게 을러 대며 맴돌고 윽박지르며 고통을 준다. 망령의 무리는 폐허 앞에 이르자 비명과 한탄 속에서 통곡을 하며 주의 권능을 저주한다. 이런 형벌을 당하는 것은 육욕에 져서 이성을 버리고 육욕의 죄를 범한 자가 떨어져 가는 운명임을 알 수 있었다. 추운 계절에 황새가 퍼덕이면서 하늘 가득 떼 지어 날아가듯 흡사 그와 마찬가지로 죄 있는 영혼의 무리가 바람결에 이리저리 떠돌아다니고 있다. 아무런 희망도, 위안도 없다. 휴식도, 감형도 기대할 수 없다.

할머니는 우물갓집 홀아비의 호의가 처음에는 고마웠지만 마을에 이상한 소문이 날까 봐 어느 겨울밤 결단을 내렸던 것이다. 자식은 돈벌이를 위해 대처로 내보내고 손자를 시골마을에서 홀로 키우던 시절, 할머니는 아직 피가 다 식지 않은 50대 후반이었을 게다. 육욕이 무엇인지, 사랑이 무엇인지 그 에덴의 시절에는 알 수 없었다. 그 겨울밤, 할머니는 홀로 조용히 노래를 부르기 시작했다. '낙양성 십리허예 높고 낮은 저 무덤은 영웅호걸이 몇몇이며 절세가인이 그 누구냐 우리네 인생 한 번 가면 저기 저 모양이 될 터인데…….' 그즈음에는 〈타향살이〉보다도 〈성주풀이〉를 더 자주 불렀던 것 같다. 〈타향살이〉는 후일 들녘마을을 나와 손자 곁을 떠나 홀로 지낼 때 더 자주 불렀을 것이다. 손자가 삐뚤빼뚤 써준 고구마처럼 큰 글씨들이 다 닳고 해질 때까지 꺼내고 다시 접어 넣기를 반복하면서.

〈성주풀이〉의 가사는 어린 나에게 무슨 암호처럼 들렸다. 낙양성은 어디에 있는 곳이며, 영웅호걸과 절세가인은 어떤 사람들이며, 인생이 간다는 건 또 무슨 말인지 해독할 길이 막막했지만 적어도 그 노래의 분위기에서 뭔가 허전하고 쓸쓸한 정조만은 느낄 수 있었다. 그래도, 저 건너 잔솔밭에 설설 기는 저 포수야 저 산비둘기 잡지 마라 저 산비둘기 나와 같이 길을 잃고 밤새도록 임을 찾아 헤매이누나, 로 이어지는 그다음 가사는 그나마 이해가 될 것 같았다. 할머니는 바로 자신의 처지를 노래로 부르고 있었던 것이다.

마당에 차일이 쳐졌다. 구멍을 파고 나무 기둥을 세운 뒤 그 위에 차일을 길게 드리워 할머니의 환갑잔치 마당을 열었다.

동네 아낙들이 모여들어 달리아 꽃밭 가에다 화덕을 만들어 가마솥을 올려놓고 찌개를 끓였다. 부엌에서 부침개 부치는 기름 냄새가 차일이 쳐진 마당은 물론 탱자나무 울타리 곁 장독대까지 진동했다. 차일 밑의 마당에는 멍석을 깔아 놓았고, 그 위에는 막걸리가 가득 담긴 질그릇 동이가 놓여 있었다. 한쪽 구석에서는 마을의 당골네가 장구를 앞에 놓고 장단을 쳐댔으며 동네 사람들은 막걸리를 한 사발씩 연신 퍼마셔 가며 멍석 위에서 춤을 추었다. 나에게도 동네 아낙 중 누군가가 막걸리 사발을 권했고, 분위기에 들뜬 탓인지 얼떨결에 한 사발을 꿀꺽꿀꺽 마신 뒤 아낙이 쥐여 준 김치 한 가닥을 우적우적 씹어 먹었다. 막걸리를 마신 뒤의 김치 맛은 보통 때보다 훨씬 좋았다. 씹고 난 뒤 새코롬하고 은근하게 뒷맛을 당기는 느낌이 몽롱했다. 아낙은 내가 제법 어른스럽게 막걸리를 마시는 품에 손뼉을 치며 웃다가 내 팔을 잡아끌어 멍석 위의 춤판으로 데려갔다. 오늘같이 경사스러운 날 장손자가 할머니를 위해서 춤이라도 한 번 추어야지. 아낙은 넉살 좋게 너스레를 떨며 내 팔을 잡고 할머니 앞으로 나섰다. 엉겁결에 멍석판으로 나서긴 했지만 알큰한 취기가 배 밑에서 뜨거운 기운으로 솟아오르면서 장구 장단이 흥을 돋우는 바람에 어른들 흉내를 내어 아무렇게나 어깨를 들썩이면서 멍석판을 겅중겅중 돌아다녔다. 그 뒤 어떻게 되었는지, 그날의 기억은 거기까지만 난다.

우물가 집은 상여가 나가기 전날 밤부터 사람들로 붐볐지만 소란스럽지는 않았고 무거운 기운이 내내 지배했다. 열린 방문 너머 사람들 틈새로 곱게 화장시킨 죽은 여인의 얼굴을 보았다. 살아 있을 때 그녀의 얼굴은 기억나지 않았지만 죽어 누워 있는 모습이 무섭기보다는 오히려 예쁘고 슬퍼서 그날은 종일 우울했다. 그 우울함은 결국 그날 밤 두려움으로 바뀌었고, 할머니 품속에 기어들어 그네의 마른 젖꼭지를 움켜쥐고 자는 동안에도 꿈속이 어지러웠다. 공동 우물가에서 상여가 나가던 날은 햇빛이 환하지도 않았고 그렇다고 아주 흐린 날도 아니었던 것 같다. 해가 옅은 구름 속으로 들어갔다가 나오기를 느리게 반복하면서 어두워졌다가 눈부신 햇빛을 화살처럼 상여에 쏘아붙이기도 했다.

기다란 두 개의 튼튼한 막대를 나란히 놓고 그 사이를 또 다른 막대들로 튼튼하게 엮어 놓은 받침대 위에 붉은 명정을 덮은 관을 올려놓았다. 그 위에 꽃상여를 씌웠다. 동네 장정들이 상여 양쪽에 두 패로 나뉘어 앉아서 관 받침대에 굵게 얽어 놓은 하얀 무명베를 움켜쥐었다. 상두꾼이 천천히 요령을 흔들며 소리를 시작하자 장정들이 요령 소리에 맞추어 서로 눈짓을 하다가 상여를 일제히 허공으로 올렸다. 허공에 뜬 상여는 우물 갓집 마당을 바로 나서지 않고 소리에 맞추어 한참 동안 제자리에서 천천히 흔들거렸다.

긴 선소리를 하던 상두꾼이 드디어 중머리 가락으로 소리를 메기기 시작했다. 어노, 어노, 어이가리 넘자 어노. 소년은 그 시절 상엿소리의 뒷소리를 '어노'로 들었다. '어노'란 '어디로 갈 거나'의 의미를 담은 함축된 의성어였을지도 모른다. 아니면 단지 슬픔을 표현하는 탄식 소리 같은 것이었을까.

그 '어노' 소리는 아직 세상과 인생살이를 잘 모르는 어린 나에게도 예리한 칼끝으로 심장을 겨누는 듯한 아픔으로 다가왔다. 그렇지만 그 에덴의 유년기에 처음으로 목도한 죽음을 처리하는 행사는 그때까지만 해도 죽음이라는 것의 영원한 단절의 의미와 허무함으로 체감되지는 않았다. 막연히 무겁고 두렵지만 한편으로는 오히려 뭔가 허전하고 안타까운 감정을 달래주는 서럽고 따뜻한 무엇인가가 있었다. 상여는 요령 소리에 맞추어 천천히 우물가를 지나서 마을 앞 수로의 제방 길로 나아갔다. 그 제방을 따라 걸어가다 보면 들녘과 제방이 경계를 이루는 야산 지대에 공동묘지가 있다.

상여가 공동 우물가 옆을 천천히 스쳐 지날 때 구름 속에서 해가 나와 종이꽃들 사이로 투명한 빛을 뿌렸다. 꽃잎들이 바스락거리며 흔들릴 때마다 관 밑으로 장정들의 그림자와 함께 종이꽃의 섬세한 윤곽이 맑은 계곡물에 비친 햇살 무늬처럼 어룽졌다. 상여가 당산 마당에 이르러 다시 한참 동안 제자리걸음을 하다가 제방 길로 들어서서 묘지 입구에 이를 때까지 태양은 맑은 햇살을 내내 뿌려 주었다. 상여가 묘지에 들어서 붉게 파헤쳐 놓은 구덩이로 다가서자 다시 해는 구름 속으로 숨어 버렸다. 구덩이에 이르러 장정들은 조심스럽게 상여를 내려놓았다. 상여를 걷어 내자 파헤쳐진 황토보다 더 붉은 명정으로 덮인 관이 초라하게 드러났다. 구덩이에 관을 내려놓자 상제들이 흙덩이를 삽으로 흩뿌렸고, 뒤이어 장정들이 나서서 본격적으로 관을 덮기 시작했다. 황토 언덕배기에 앉아 있는 상엿집이 그들을 굽어보았다.

그날 밤의 일은 오래도록 기억에 남아 있다. 전후좌우의 맥락은 이어지지 않지만 달밤에 당산 마당에서 벌어진 기마전에서 기수가 되어 땅으로 곤두박질치던 장면은 비교적 선명한 편이다. 당산은 산이 아니라 들판으로 나아가는 마을 입구에 있는 둥그런 모래 마당이었다. 통상 당산이라 함은 신성한 기운이나 주술적인 의미가 깃든 곳일 터인데, 왜 그곳이 그렇게 평평한 공간으로 방치되어 있었는지는 지금도 잘 모르겠다. 동네의 큰 아이들이 형편없는 약골인 어린 나를 왜 기수로 올렸는 지, 얼떨결에 둘러보니 기수가 되어 버렸지만 그들이 나를 일 부러 곤경에 빠뜨리기 위해 벌인 수작임을 뒤늦게 알았다. 달 빛은 당산 마당을 하얗게 비추는데 검은 그림자들을 음산하게 늘어뜨린 악동들이 서로 싸움을 시작했다. 내가 올라탄 말과 상대편의 말이 맞붙는 순간, 순식간에 나는 바닥으로 무너지기 시작했고, 아이들 밑에 깔려 목이 꺾이는 바람에 아득한 죽음 의 공포 속으로 곤두박질쳤다. 나는 그 달밤에 울면서 집으로 돌아갔다.

정월 대보름 어름에 벌어진 일들 중 당산 마당의 기마전 때 와 비슷한 공포를 체험한 일이 또 하나 있다. 마을 뒤로 올라가 면 언덕이 하나 있었고, 그 언덕 너머에 철길과 신작로 건너편 에 야산이 있었다. 아이들은 구멍이 숭숭 뚫린 깡통에 불을 붙 여 돌리면서 건너편 야산 쪽에 아지트를 마련한 정체 모를 동 네의 아이들과 한판 싸움을 시작했다. 그날 밤 달은 뜨지 않았 다. 달이 구름 속으로 숨어 버려 사방은 칠흑같이 어두웠고, 아 이들이 돌리는 깡통에서 새어 나오는 불빛들만이 음산하게 아 이들의 얼굴과 언덕의 무덤들을 슬쩍슬쩍 비출 따름이었다. 어 둠 속에 긴장감이 감돌았다. 어느 틈에 싸움이 시작됐는지, 비 오듯 쏟아지는 돌멩이들 틈새로 요리조리 몸을 피해 가며 이쪽에서도 응전을 시작했다. 그것은 전쟁이었다. 머리에서 진득한 액체가 만져졌다. 그 당시 아이들 표현으로는 박이 터졌다고 했다. 후일 전쟁 영화를 본다거나, 비가 억수같이 내리는 길을 걷는다거나, 바람이 광포하고 진눈깨비까지 내리는 풍경 속에 놓여 있을 때면 그 시절의 막막한 공포와 마음의 추위가 떠올랐다. 에덴에서는 늘 평화롭고 따뜻하며 아늑한 기억만 존재하는 것은 아니었지만, 그 시절을 상기하면 그 음산함과 공포까지도 애틋하기만 하다.

그 시절 성당 가던 길은 늘 눈보라가 치거나 비가 내리거나, 아니면 어두운 풍경으로만 떠오른다. 맑은 햇빛이 내리고 철로 주변 논에 황금빛으로 익은 벼들이 꽃밭처럼 아름다운 풍광을 보여 줄 때도 있을 터인데, 왜 그 시절을 떠올리면 고통스럽던 기억만 나는지 모르겠다. 지금은 자동차로 10분 거리도 채 안 될 길이지만 어린아이의 짧은 다리로 걸어 다니는 일이 쉽지는 않았을 것이다. 들녘마을에서 성당까지 가는 길은 철길을 따라 걷는 방법과 포장이 되지 않은 신작로로 가는 두 가지 방법이 있었다. 신작로 길은 안전하긴 해도 우회하는 길이었고, 철길 은 위험하지만 성당에 이르는 가장 빠른 지름길이었다. 할머니 는 주로 철길을 이용했다.

여기 첫 영성체 사진이 있다. 사진 하단에 적힌 날짜를 보니 때는 신록이 상큼한 5월이었다. 목에 나비넥타이를 매고 하얀 반팔 셔츠에 검정 반바지를 입은 소년들이 사제의 오른편에 서 있고, 역시 하얀 원피스를 입은 소녀들이 이마 위쪽에 꽃을 단 미사포를 쓰고 손에는 촛불을 들고 서 있다. 소년들도 촛불을 들었는데 유독 그의 반바지 아래로 보이는 타이즈가 누구의 것을 빌렸는지 헐렁하게 주름 잡혀 있을 뿐 아니라 왼쪽 바지 끝은 위로 올라가 어색하다. 소년들은 종이꽃을 오른쪽 가슴에 매달고 있다. 머리는 상고머리다. 사제 뒤편 바로 제단 밑에는 꽤 큰 소년들이 서 있다. 소년들 쪽에는 검정 수녀복 차림의 수녀 한 분이 서 있는데, 꽤 키가 커 보인다. 소녀들 쪽에는 수녀가 보이지 않는다. 수녀 한 분이 쑥스러워서 사진사가 터뜨리는 불꽃이 점화되기 직전에 그 자리에 주저앉아 버렸기 때문이다. 제단 뒤편 양쪽에 기다란 창문이 나 있는데 그곳으로 환한 빛이 후광처럼 들어오고 있다. 사진 중앙의 제단에는 황금빛으로 빛나는 감실을 가운데 두고 양쪽에 긴 촛대가 세 개씩 도열해 있고 가장자리에는 수호천사들이 날개를 활짝 편 채 기둥을 부여잡고 소년과 소녀들을 자애로운 눈길로 내려다보고 있다. 이 흑백 사진이야말로 에덴에서의 한때를 극명하게 보여 주는 흔적이다.

그날 우리는 노래를 부르며 입장해서 긴 시간 동안 미사를 봉헌했고, 사진을 찍은 뒤 종탑 방으로 올라가 성당에서 차려놓은 식탁 앞에 앉았다. 국물에는 기름이 둥둥 떠 있었고, 꼬불꼬불한 면들이 입 안에 착착 감겨들었다. 국물 맛 또한 일품이었다. 그날 마을에 돌아와 맛있는 고깃국을 먹었다고 아이들에게 자랑했는데, 나중에 알고 보니 그 기름기 둥둥 뜬 맛있는 고깃국은 바로 라면이었다. 종탑 방은 행복한 추억이 깃든 곳이기도 하지만 들녘이 내려다보이던 다소 쓸쓸한 공간으로 기억되기도 한다. 나무 계단을 오를 때 나던 삐걱거리는 소리가 지금도 귀에 들리는 듯하다.

미사가 끝나면 소읍의 들머리에 있는 집에 들르곤 했다. 천장이 낮았던 그 집에는 그날 첫 영성체 때 나의 대모를 서주신 분이 홀로 살고 계셨다. 말려 놓은 붕어에 시래기를 넣어 함께 끓인 그 집의 찌개 맛을 지금도 잊을 수 없다. 대모 집은 늘 아늑했고 다사로운 평화가 감돌았다. 에덴의 정점이 바로 그곳 아니었을까. 나무 계단을 밟고 올라간 종탑 방의 기억들과 함께 따뜻하게 떠오르는 추억의 공간이다. 대모 집 위편에는 여자고등학교가 있었다. 하얀 교복을 입은 여학생들이 하굣길에 우르르 지나갈 때면 아릿한 향기가 가슴을 설레게 했다. 여고의 정문은 성당처럼 엄숙한 분위기였고, 여학생들이 사라지고

난 텅 빈 공간에는 대형 거울 하나가 정문 안쪽 갈림길 중앙의 소나무 아래에 서 있었다. 채 열 살도 되지 않은 아이에게 그 공간은 경외스러운 또 하나의 성전처럼 느껴졌다. 그러므로 후일 성경에서 본 여자에 관한 저주는 아이의 심성에 뿌리내린 이러한 정서에 비출 때 충격을 주기에 충분했다.

죽음보다 더 독한 것은 여자다. 여자는 올무이다. 그녀의 마음은 덫이요, 그녀의 손은 포승줄이다. 하나님께 좋게 보이는 자는 그녀로부터 벗어날 것이나 죄인은 잡히리로다…… 나의 마음이 항상 찾았으나 아직 얻지 못한 것은 이것이다. 천 명의 남자 중에서 하나를 얻었으나 천 명의 여자 중에서는 하나도 얻지 못하였다.

나에게 한없는 애정을 기울인 할머니와 대모는 모두 여자였다. 그뿐인가. 가끔 다녀가기는 했지만 멀리 떨어져 사는 어머니도 나에게는 늘 그리운 존재였다. 나중에 발견한 글이긴 하지만 교부철학자 아우구스티누스는 오랜 망설임 끝에 낙원에서도 최초의 인간들이 성관계를 가졌음을 인정했다. 하지만 낙원에서는 의지로 조절이 가능했고, 타락한 이후에는 스스로 감성을 지배할 수 없게 됐으며 정욕에 압도됐다는 것이다. 에덴에서는 여자가 결코 저주받은 존재는 아니었다는 얘기다. 대모 집 위의 여자고등학교가 경외스러운 또 하나의 성전처럼 다가왔던 것도 그곳이 그 시절 아이의 에덴이기 때문이었을까. 물론 아우구스티누스나 전도서의 글들은 분명히 그 시절의 완고한 편견을 반영하는 내용에 불과할 것이다. 신약 성서의 어느 구절을 살펴보아도 예수는 여자들을 죄인으로 취급한 적이 없다. 죄인 취급은 커녕 예수가 부활한 뒤 맨처음 모습을 드러낸 것도 남자가 아닌 여자였을 뿐 아니라, 예수는 복음을 전하는 여로에서 만난 수많은 여자들에게 사랑을 베풀었고 여자들 또한 헌신적으로 예수의 발아래 엎드려 무한한 애정을 보여 주었다.

마음속에서 에덴을 잃어버린 자들이 여자를 정욕의 대상으로 보면서 욕망과 함께 저주를 지어냈을 것이다. 하지만 아버지는 마음의 지옥에서 벗어나지 못한 채 끝내 여자라는 덫과 올무에 걸려 고통 속에서 죽어 갔다. 그리고 그 업보는 아들에게도 고스란히 이어지고 있다. 피할 수 없는 것이라면, 올무가 숨통을 죄어들 때까지 정면으로 맞설 것이다.

퇴락한 낙원에서 만난 사람들

성당은 여전히 들녘에서 가장 돋보이는 건물이었다. 사각의 방들이 탑을 쌓듯 5층까지 이어지다가 급격하게 가팔라지면서 뾰족한 종탑으로 연결됐다. 종탑 오른쪽으로는 돔형의 지붕을 인 성전이 이어졌다. 성당 입구에는 능소화가 정문의 기둥을 타고 하늘을 향해 올라가고 있었다. 늙은 수녀의 안내로 삐걱거리는 나무 계단을 조심스럽게 밟고 종탑 방으로 올라갔다. 수녀는 정적 속에서 들판이 내려다보이는 종탑 방 창문 곁에 섰다.

「이곳에서 요한 형제와 많은 이야기를 나누었지요. 형제는 극심한 번민 속에서 저에게 조언을 구했어요. 요한이 가장 궁금해한 것은 성서의 가르침이 현실에서 충돌하는 문제들이었어요. 요한에게 말했지요. 성서의 많은 요구들이 원칙적으로는 이미 실행 불가능한 것들이라고, 문화적으로나 의식적으로 시대에 뒤떨어진 부분들이 많다고 말입니다. 심지어 혼외 관계나 매춘 행위의 유죄 여부까지도 성서에 의해 증명될 수 없다고 말해 주었습니다. 요한은 눈물에 젖은 얼굴을 들어 귀를 기울이더군요.」

늙은 수녀의 말은 너무나 뜻밖이었다. 승미도 수녀의 이야기에 깊은 관심을 가지는 듯했다. 승미가 물었다.

「어떻게 그런 말씀을 하실 수 있지요? 신앙인들이 들으면 뒤로 넘어갈지도 모르겠네요.」

승미의 말에 수녀는 빙긋이 미소를 지으며 잠시 들녘을 내려다보았다. 들녘 너머로 떨어지는 해가 수녀의 머리에 길게 빛을 드리웠다. 수녀는 마룻장을 또각또각 밟으며 나무 걸상과 책상 주변을 천천히 걷다가 다시 입을 열었다.

「그건 제 얘기가 아니라 이미 오래전에 저명한 신학자들이 주장한 내용입니다. 성서에서 매춘 행위에 대한 단죄의 증거를 찾을 수 없는 것과는 반대로 성서에 일부다처제, 살인자에 대한 복수가 명시적으로 허용되었다고 해서 이런 행위들이 우리 시대에도 정당한 것은 결코 아니지요. 우리의 현재 상황을 성서에 기준하여 잴 수도 없고, 또한 성서를 우리의 필요에 따라 자의적으로 해석해서도 안 된다는 것이 그 주장의 핵심입니다. 규범들은 그때그때의 현실 속에 그 기초를 두어야 하고, 주어진 상황에서 이성적이고 정당한 것이 윤리적으로도 좋다는 것입니다.」

「성서의 가르침을 문자 그대로 받아들이는 것은 달라진 문화와 시대적 배경을 감안하지 않는 어리석은 독법이라는 말씀이신가요?」

「바로 그겁니다. 예수님이 형식에 얽매인 바리사이파 사람들과 율법학자들을 질타했던 것도 바로 그런 이유 때문이지요.」

「결국 요즘 사람들도 바리사이파 사람들과 같은 우를 되풀이하고 있다는 말씀이시군요.」

「이야기의 핵심을 금방 파악하시니 요한 형제와 나누었던 말들을 들려주기가 훨씬 수월하겠네요. 형제님도 세례를 받으신 분인가요?」

수녀는 반색을 하며 물었다.

「크리스천은 아니지만 개인적인 관심 때문에 성서를 여러 번 읽었습니다. 지금 저희는 전화로도 말씀드렸지만 연우, 아니 요한의 종적이 궁금해서 찾아온 겁니다. 여기에서 수녀님과 많은 얘기를 나누고 갔다니 다행인데요, 수녀님 말씀을 더 자세히 듣고 나면 요한이 어디로 갔을지 가닥이 잡힐지도 모르겠네요.」

승미는 말없이 어둠이 내리는 먼 들녘만 내려다보았다. 수녀가 승미에게 다가가 그녀의 어깨를 가만히 감싸며 말했다.

「자매님, 요한 때문에 마음고생 많으셨지요? 요한은 그날 대화 내내 자매님에 대한 죄책감 때문에 괴로워하더군요. 어디서부터 얘기를 들려 드려야 할까요? 요한이 어릴 적부터 나는 요한을 잘 알고 있습니다. 마음이 여려서 아직 자매님에게 돌아갈 결심을 못한 모양인데 시간이 더 필요할지도 모르겠습니다. 그날 제법 마음의 평화를 얻은 듯했습니다. 분명히 어딘가에서 참회의 기도를 올리고 있을 거예요. 너무 걱정하진 마십시오. 어쨌든 그날 나누었던 이야기를 상세하게 설명해 드리지요.」

수녀는 다시 승미에게서 떨어져 오래된 나무 걸상에 앉아 시선은 창밖에 둔 채 이야기를 시작했다.

「요한은 여성에 대한 뿌리 깊은 피해 의식을 가지고 있더군요. 사실 성서에서는 여성에 대한 적대감들을 수없이 찾아볼 수 있습니다. 구약보다도 신약에 이르면 그 적대감이 더 깊어집니다. 하지만 오늘날 액면 그대로 받아들이는 사람은 아무도 없을 겁니다.」

「그런데 왜 당시에는 그처럼 여자와 성을 적대적으로 대했던 것이지요?」

「여자와 성욕, 그 자체에 죄가 있었던 게 아니라, 그로 인해 파생될 불안정한 상태를 경계한 겁니다. 성욕이야말로 인간이 비이성적인 힘에 종속돼 있다는 사실을 끊임없이 일깨워주는 본능이기 때문이지요. 성욕은 호기심, 경탄, 꺼림, 두려움, 방어, 갈망, 열정, 경외 따위의 복잡한 정서들과 뒤얽혀 있는데 어떤 상황에서 어느 하나가 그때그때 다른 정서들보다 더 강하게 대두되는 것이지요. 인간은 평상시의 자기 우월성, 존엄성 등을 유지할 수 있는데 이 제어할 수 없는 감정들에 의해 압도되고 걷잡을 수 없는 쾌감이 자기를 실존 체험의 끝으로 몰아 갈 때 이를 위험하다고 느낄 것이 분명합니다. 이 위험과 쾌감을 죄악시했고, 그 죄악의 원인인 정욕 또한 여자로 인해 파생된다고 판단한 겁니다.」

잠자코 듣고 있던 승미가 고개를 돌려 수녀를 바라보며 격앙된 목소리로 말했다.

「정욕에 관한 한 남자들은 여자들에 비해 죄가 없거나 가볍다는 논리였군요. 여자들만 없으면 인간의 존엄성을 비이성적인 힘에 휘둘리지 않고 유지할 수 있다는 편견에 사로잡혀 있었다니, 그런 사람들이 성경을 기술했다니 어이가 없네요.」

「맞는 말이에요. 구약시대부터 여자는 남자와 동등한 인격체이기보다는 재산으로 간주되는 의미가 컸기 때문에 일방적으로 그 죄를 여성에게 투사했다고 봅니다. 아우구스티누스는 심지어 우리가 정욕의 유혹과 괴롭힘을 이겨 낸다면 여자를 우리에게 예속시킬 수 있다고 말하기까지 했답니다. 하지만 당시의 문화적 배경을 제거하고 나면 성서의 본질은 그렇지 않습니다. 창세기를 주의 깊게 살펴보면 인간은 낙원에서 쫓겨난 직후부터 성관계를 맺기 시작했다는 걸 알 수 있어요. 진보적인 신학자들은 이 사실에서 성이란 인간의 정상적인 상태에 속하며 이 삶의 냉혹한 현실 속에서 위로와 안정을 선사한다는 사실을 추출해 냅니다. 낙원에서 행복을 누리는 동안에는 두 사람 다 성관계를 가질 생각을 하지 않았지만 어려운 처지에 놓이니 서로를 찾게 되었다는 얘기지요.」

「그런데도 성욕이 야기하는 불안정한 심리 상태의 원인을 여자에게만 들씌운 건 남자들의 폭력에 불과한 것 아닐까요?」

「당연하지요. 사실 오래전부터 남성들은 여성이야말로 생명의 근원과 연계된 존재라는 사실에서 일종의 열등감을 느꼈을 수도 있습니다. 여자는 생명력이라는 불가사의한 힘으로 남자들을 얼마든지 능가할 수 있다는 사실에서 본능적인 두려움을 가졌던 게지요. 그래서 남자들이 위협적이고 악한 것은 모두 여자에게 투사시키고 자신을 더 훌륭한 존재로 여기면서 여자와 구별한 이유를 이러한 맥락에서 찾는 학자들도 있습니다.」

「요한이 수긍하던가요?」

「요한은 그저 말없이 고개를 끄덕거리기만 하더군요.」

「요한이 뭐라고 더 말하진 않던가요? 혹시 어디로 간다거나, 앞으로 어떻게 할 거라는 다짐 같은 건 내비치지 않았습니까?」

「그런 얘기는 없었어요. 무언가 깊이 생각하는 듯하더니, 갑자기 일어서서 서둘러 작별 인사를 하더군요. 가겠다는 사람을 붙들고 수녀원에 데리고 가서 신자들이 가져다준 먹을거리 몇 가지를 싸서 손에 쥐여 주었습니다. 필요하면 언제든지 다시 찾아오라는 당부도 했지요. 요한은 고개를 끄덕거리다가 어둠 속으로 사라졌습니다.」

연우가 여성에 대한 뿌리 깊은 피해 의식을 내보였다는 것은 그의 비망록에서도 얼핏 짐작할 수 있는 대목이었다. 그는 유년의 에덴 시절, 여자들만의 공간을 성전처럼 받아들였다고까지 고백했었다. 그렇지만 에덴에서 나온 뒤 그는 지옥과도 같은 정념의 바다에서 익사할 정도로 고통을 받았다는 얘기인데 그의 순한 성정으로 미루어 보건대 특별한 다른 이유가 있었을 법하다. 종탑 방에서 내려와 수녀와 헤어져 성당 정문을 막 빠져나가려는데 뒤에서 부르는 소리가 들렸다. 수녀가 빠른 걸음으로 쫓아오고 있었다.

「요한은 아마 여기서 나간 뒤 소읍으로 갔을 것 같아요. 그곳에 요한의 어머니가 살고 계시는데, 분명히 들렀을 겁니다. 제가 요한에게 어머님 안부를 물었더니 아직 건강하시다고, 그러잖아도 곧 뵈러 갈 거라고 했던 기억이 나요.」

나는 수녀의 말을 듣고 승미를 바라보았다. 승미는 조용히 고개를 가로저었다.

「그이가 사라진 뒤 제일 먼저 시어머니께 전화를 드렸지요. 연로하신 분이 충격을 받을까 봐 사실에 대해선 말을 못 하고 거기에 그이가 내려가지 않았느냐고만 물었더니 그러잖아도 아들 얼굴이 꿈속에 자꾸 나타나 궁금했다고 하시면서 오히려 저에게 안부를 물으시더라고요. 어머니께는 가지 않았어요.」

「어쨌든 소읍으로 한번 가보지. 어머니를 만나진 않았더라도 비망록의 기록에 나온 소읍의 풍경 속으로 들어가면 어떤 단서가 잡힐지도 모르잖아?」

우리는 수녀에게 다시 한 번 고맙다는 인사를 남긴 뒤 어둑해진 성당 문을 나섰다. 이미 날이 깜깜해져 오는 상황이어서 그 밤으로 소읍까지 간다 해도 어차피 날이 밝아야 움직일 수밖에 없었다. 소읍에는 다음 날 아침에 가기로 하고 우선 어디든 찾아들어 요기를 하고 숙소를 정하는 게 나을 성싶었다.

성당에서 나와 기차역으로 향했다. 우리는 역전 거리의 선술집으로 들어가 저녁 겸 반주를 곁들였다. 그사이에도 승미는 손에서 휴대 전화를 놓지 않고 연우와 연락이 닿을 만한 사람한테 일일이 전화를 걸어 그의 종적을 물었다.

「아무래도 우리가 괜한 짓을 하고 있는 건 아닌지 모르겠네요. 어디선가 행복하게 잘 지내고 있을 텐데 호들갑을 떠는 건 아닐까요? 자기 아내에게까지 전화 한 통 없다는 건 아무리 생각해도 괘씸하고 야속하지만, 살아만 있다면 나도 이제 포기하고 싶어지네요.」

「……승미 말이 맞아. 비망록만 없었더라도 느긋하게 기다려 볼 만한데, 녀석이 괜스레 청승맞은 말들을 늘어놓아서 이렇게 초조해진 거지. 기왕에 나선 길이니까 우리, 차분하게 돌아보고 가자고.」

「무슨 청승으로 미주알고주알 지난 얘기들을 기록해서 우송까지 했는지……. 하지만 그이의 심정을 알 것 같긴 해요. 조금도 미련이 없다면 거짓이겠지만, 그이가 어딘가에 살아 있기만 하다면 더 이상 바라지 않겠어요. 그이에겐 그이의 길이 있고, 나에게도 내 삶이 있겠지요.」

선술집 너머 기차역에서 기적 소리가 길게 들려왔다. 열차가 들어오는 모양이었다. 연우는 유년기의 에덴에서 떠나오면서 기차역에서 주검을 실은 열차를 보았다고 했다. 어린 그의 착각이었을지 모르지만, 에덴을 나온 이래 죽음이라는 숙명을 걸머지고 살아가야 하는 인간의 처지를 생각하면 대단히 상징적인 대목이다. 그가 죽은 이들을 보내는 노래에 그리 천착했던 것도 에덴과 실낙원 사이에 가교를 놓고 싶은 무의식 때문이었을지 모른다. 에덴에서 쫓겨난 대가로 죽음이라는 형벌을 감수한다고 해서 망자들이 다시 에덴으로 돌아갈 수 있는 건 아니다. 그 슬픈 운명을 알기에 망자들을 그리 애절하게 위로했던 것일까.

에덴의 성당에서 노수녀를 만나기 전에 그가 아름답게 묘사했던 들녘마을에 먼저 들렀다. 녀석이 살갑게 회고하던 탱자나무는 흔적도 없고 초가집마저 사라졌다. 집터 또한 밭으로 변해 무성한 잡풀과 콩이 함께 자라고 있었다. 그 터에서 내려다보이는 들녘마을의 풍광만은 비망록에 묘사된 그대로였다. 마을 고샅을 돌아 상여가 나갔다는 공동 우물터로 내려왔지만 이미 우물 또한 폐쇄된 지 오래였다. 사라진 우물 옆에서 멈칫거리고 있는데 노파 한 명이 느릿느릿 걸어왔다. 노파는 우리 바로 옆에 멈춰 서서 민망할 정도로 가까이 고개를 들이밀며 눈을 꿈뻑거렸다.

「누기여? 이 동네 사람들이 아닌가 비네. 내가 눈이 어두워설랑. 뉘 집을 찾아왔어?」

「할머니, 우리는 저 윗집에 살던 사람을 찾으러 왔는데요, 집이 몽땅 허물어지고 흔적도 안 남았네요.」

「거참, 이상도 허네. 얼마 전에도 어떤 남자가 그 집터 주변을 어슬렁거리더니만. 대체 뭔 일이래여?」

「할머니, 그 남자가 무슨 이야기 안 했어요?」

「뭔 얘기를 허긴 혔는디 당최 뭔 말인지 못 알아듣겠더라고. 뭐? 아담이 어떻고 이브가 어띠여? 사과나무는 어디 있느냐고? 뭐 이런 얘기들만 중얼중얼하더니 훨훨 날아가듯이 저 언덕을 넘어가 버리더라고.」

승미가 노파의 말을 듣더니 난감한 표정으로 나를 바라보았다. 수녀에게서 들은 이야기를 되짚어 볼 때 적어도 연우의 정신 상태에 문제가 있는 것 같지는 않았다. 늙은 노파의 청력이나 정신에 오히려 문제가 있을 수 있는 것이고 보면, 단순한 기우에 불과할지도 모른다.

우거지 해장국에 동동주가 나왔다. 피로한 몸을 풀어 줄 겸 승미에게 먼저 동동주 한 사발을 따라 준 뒤 나도 희멀건 액체를 들이켰다. 소읍의 선술집은 조용했다. 기차를 기다리는 사람들이 서넛 앉아 있긴 해도 술을 마시는 이들이 아니라서 허기를 때운 뒤에는 곧바로 일어서서 나가 버렸다. 오늘 하루의 소득은 그가 비망록에 기록한 장소들을 차례대로 답사하고 있다는 사실을 확인한 것이다. 그가 다녔던 장소를 추적하다 보면 어떤 실마리가 잡힐 수도 있을 것 같다. 그가 비망록을 집필하기 전에 답사한 것이 아니라 다 작성하고 난 연후에 돌아보았을 것이다. 그렇지 않다면 그처럼 달라진 풍경들이 비망록에 조금이라도 언급되지 않았을 리 없다.

「아무래도 쓸쓸한 짓을 하고 있는 것 같네요. 그이를 만난다 한들, 그이는 이미 예전의 그 사람이 아닌 것을, 왜 이렇게 허망한 추적을 해야 하는지 슬퍼지네요.」

승미가 동동주 한 사발에 그동안 쌓인 피로가 한꺼번에 되살아나는지 가느다란 한숨을 내쉬며 말을 이어 갔다.

「그이, 처음 보았을 때 참 멋있었어요. 긴 머리가 바람에 날릴 때면 검은 말의 머리에서 휘날리는 갈기처럼 보였고, 큰 눈은 종마의 순한 눈동자처럼 깊었어요. 노래를 할 때 고음을 내지르면서 머리를 하늘로 치켜 올릴 때면 후광이라도 드리워진 것처럼 감동적이었어요. 누가 보아도 첫눈에 반하지 않고는 못 배길 사람이었죠. 거기에다 노래의 깊은 맛이라니……. 나는 노래도 노래지만 그이의 낮고 깊은 목소리와 따뜻하고 순한 마음이 더 좋았어요. 그이와 함께 있으면, 여러 사람과 함께 머무는 자리라 하더라도 같은 공간에 있다는 사실 하나만으로도 충분히 위안을 받을 정도였으니까요. 결혼 생활 내내 집에 머무는 시간보다 바깥으로 떠도는 날들이 더 많은 그이였지만, 바로 이런 힘 때문에 큰 불만 없이 견딜 수 있었던 것 같아요. 그이가 곁에 없어도 나는 그이의 존재만으로 늘 힘을 얻었으니까요.」

안다……. 심지어 남자인 나도 그를 사랑할 지경이었으니 승미야 더 말해 무엇하겠는가. 하지만 새삼스럽게 쓸쓸해지는 것은 어쩔 수 없다.

해외 출장에서 돌아왔을 때 승미의 첫 전화를 받았다. 승미는 암청색 목소리로 연우의 위험을 알려 왔다. 승미를 만나러 갔을 때 북악산에서 불어오던 겨울바람이 귓불을 벌겋게 만들었다. 평창동의 오래된 연립 주택 마당은 봄이면 벚꽃이 눈처럼 날리던 곳이었다. 지은 지 20년은 좋이 넘겼음 직한 연립이었다. 층계참의 유리에는 흙먼지가 자욱하게 끼었고, 목조 난간은 반들반들 윤이 났다. 그 시절 우리는 방음이 제대로 안 되는 연립의 계단을 새벽에 고양이처럼 살금살금 발소리를 죽여 가며 올라가 그녀의 집으로 스며들곤 했다. 연립에서 나와 골

목길을 걸어 터널로 이어지는 대로변도 그때처럼 별로 달라진
게 없었다. 개발 제한 구역으로 오랫동안 묶여 있기 때문일 것
이다. 골목과 대로가 만나는 지점에 서 있던 호텔도 그대로였
다. 명색이 호텔이지 우후죽순 솟아나는 웬만한 모텔보다 시설
이 더 낙후된 곳이었다.

호텔 1층의 카페는 오래된 곳에서 풍기는 아늑한 정취를 간
직하고 있었다. 카페는 한적했다. 카운터에는 30대 후반쯤 됨
직한 여인이 홀로 앉아 잡지를 뒤적이고 있었고, 2층 테라스
안쪽에는 중년 남녀가 나란히 앉아 창밖을 바라보며 웃고 있었
다. 익숙한 음악이 실내를 배회했다. 다 늙어서야 오랫동안 빼
앗겼던 음악을 되찾은 〈부에나 비스타 소셜 클럽〉의 늙은 여가
수 오마라가 부르는 〈베인테 아뇨스〉였다. '스무 살 그때' 혹은
'이십 년'쯤으로 번역되는 제목이다.

당신의 사랑이 식어 버렸다면

내 맘이 무슨 상관인가요

지난날의 사랑은 잊어야 하네

한때 난 당신 인생의 전부였는데

이젠 과거의 사람이 돼버리다니

그때 모든 게 우리의 뜻대로 됐더라면

당신은 이십 년 전처럼 날 사랑하고 있겠지

이젠 슬픈 마음으로 바라만 보네

사라져 가는 사랑과 찢겨진 우리의 영혼.

뿌연 유리창에 비껴드는 석양 속으로 오마라의 노래가 연기처럼 흘러갔다. 눈을 감았다. 트럼펫과 피아노가 늙은 가수의 서정적인 목소리를 배음으로 받쳐 주었다.

「선배, 자는 거야?」

젖은 듯하지만 맑은 기운이 감도는 승미의 목소리가 귓전에서 울렸다. 가슴의 박동이 새삼스럽게 빨라지고 있었지만 나는 얼른 눈을 뜰 수 없었다. 몇 초라도 이대로 눈 감고 시간을 유예하고 싶었다. 늘 보고 싶던 얼굴과 듣고 싶었던 목소리지만, 지금 이 순간이 꿈일까 봐 두려웠다. 눈을 뜨자, 역광의 검은 실루엣으로 석양 속에 그녀가 서 있었다. 나는 천천히 일어나 그녀에게 손을 내밀었다. 승미는 내 손을 잡고 요람을 다루듯 천천히 위아래로 흔들었다. 여윈 손이 따뜻했다.

「저 노래 가사 알아? 꼭 우리의 20년 전을 노래하는 것 같군.」

「만나자마자 웬 뜬금없는 소리예요? 남은 심각해 죽겠는데.」

「누가 죽기라도 했나? 왜 그렇게 심각해?」

승미는 예전의 긴 머리는 간데없고 짧게 자른 헤어스타일에다 잠옷 같은 헐렁한 옷을 걸치고 가볍게 산보라도 나온 차림이었다. 역광에 익숙해지자 그녀의 얼굴 윤곽이 비로소 선명하게 잡혔다. 가뜩이나 호리호리한 몸이었는데 더 말랐다. 눈빛은 여전히 맑고 또렷했다. 말은 아무렇지 않은 척 대범하게 했지만 그녀의 눈은 이미 물기가 어려 석양에 붉었다.

「왜 그리 출장이 길었어요?」

「뭐, 만날 그렇지. 오랫동안 기다리기라도 한 애인처럼 말하네?」

「선배, 농담할 기분 아니야. 아무래도 그이에게 무슨 일이 생긴 것 같아.」

「연우에게? 그 친구는 늘 바깥으로 떠돌아다니는 데 이력이 나지 않았어? 왜, 이번에는 아예 돌아오지 않을 거라는 연락이라도 받은 거야?」

「차라리 그런 전화라도 받으면 마음이나 편하지요. 온다 간다 말도 없이 사라진 사람이 벌써 석 달이나 지났는데 소식이 전혀 없어요.」

「자식, 어디 가서 잘 살고 있겠지. 좌우지간 무정한 놈이야.」

「혹시 말이에요, 혹시······.」

「혹시 뭐? 녀석이 바람이라도 피우는 것 아니냐고?」

「그럴지도 모르지요. 하지만 그런 느낌보다는 자꾸만 불길한 쪽으로 상상이 돼요. 사라지기 전에 그이의 행동이 아주 불안정했거든요. 혼자 골똘히 생각에 잠겨 있다가 옆에서 무슨 말을 해도 전혀 못 알아듣고, 굉장히 허둥대는 모습이었어요. 그런 모습을 전에는 보지 못했거든요. 그래서 어디가 아프냐고 물어도 고개만 저을 뿐 아무 말도 하지 않았어요. 뒤에 생각해 보니 그이가 사라지기 전날 밤, 이상한 말들을 했던 것 같아요. 어디 죽으러 가는 사람처럼 내 손을 꼭 잡고 새삼스럽게 애정 고백을 하고, 그동안 고생시켜서 미안하다는 말을 하기에 그냥 웃어넘기고 말았는데, 나중에 생각해 보니 그런 행동과 말들이 모두 불길한 쪽으로만 연결돼요.」

오랜만에 승미의 전화를 받고 약간 상기돼 있었는데, 정작 승미를 만나서 듣게 된 이야기들은 우울한 것뿐이었다. 연우는 분명 어딘가에서 다른 여자를 만나고 있을 것이다. 녀석은 가끔 나에게 찾아와 술을 마시면서 고민을 털어놓곤 했었다. 그가 승미를 사랑하지 않은 건 아니었다. 오히려 승미에게서 가장 편안한 위로를 얻는다고 토로했었다. 하지만 연우는 본인의 의지로도 어찌해 볼 수 없는 상황에 빠져 있노라고 고백했다. 그는 더 이상 자세한 이야기는 털어놓지 않았고, 나도 구체적으로 캐묻지 않았다. 다만 그는 내가 묻지도 않았는데 승미에

게 마음 편히 돌아가기 위해서는 시간이 필요하다고 다짐하듯
이 말했다. 지옥에서 연옥으로 올라가는 데 걸리는 시간은 저
세상에서는 영원에 가까운 긴 시간일지 모르지만, 이승에서는
생각보다 그리 길지 않을 것이라고도 했다. 분명히 무슨 사연
이 있는 것 같았다. 녀석은 승미에 대한 미안함과 죄책감 때문
에 많이 괴로워했다. 이런 정황을 알고 있던 터라 어떤 대답을
해야 그녀가 덜 불안하고 덜 고통받을지 몰라 난감했다.

「승미야, 내 말 잘 들어. 살다 보면 누구든지 자신의 이성적
인 의지로는 어찌해 볼 수 없는 순간들이 있게 마련이야. 아
마 연우도 그런 상태에 있는지 몰라. 나약하게 스스로 생목숨
을 어찌할 친구는 절대 아니라고 믿어. 연우는 너를 사랑해.
그걸 믿지 못했다면 내가 너를 놓치지 않았을 거야.」

소읍의 선술집에 밤이 이슥해졌다. 동동주 잔술에도 은근히
취기가 올라왔다. 몸집이 크고 얼굴이 둥그런 주인 아낙이 홍
어회 한 접시를 들고 와 말을 붙였다.

「이거나 한번 잡숴 보시유. 우리 집은 안주를 따로 시킬 필요
가 없는 집이여. 보아허니 먼 데서 온 분들 같은디 여그서 숙
박허실랑가요? 나가 좋은 집 하나 소개해 줄 거라? 역전에서
오른쪽으로 쪼매만 걸어가면 들판이 내려다보이는 길에 낙

원장이라는 여관이 있어요. 우리 먼 친척이 허는 집인디 깨끗허고 전망도 괜찮어요.」

이 지역의 술집 문화는 연우에게 들어서 익히 알고 있었다. 막걸리 한 통을 시키면 안주가 최소한 열 가지는 자동으로 따라 나왔다. 거기에다 계란찜은 물론이고 조기 매운탕까지 기본으로 안주들 가운데 턱 놓이니, 미안해서라도 술을 더 시킬 수밖에 없는 상황이었다. 아낙의 말에 승미가 대답 대신 나를 바라보며 천천히 고개를 끄덕거렸다.

「그렇게 하지요. 아주머니가 소개했다고 말하면 여관비라도 깎아 주나요? 여기 일단 동동주 한 병 더 주세요.」

아낙이 얼른 술을 가져와 탁자 위에 올려놓으면서 넉살 좋게 의자를 끌어당겨 우리 자리에 합석했다. 내가 술을 한 잔 따르자 목이 말랐다는 듯 기세 좋게 잔을 비운 뒤 나에게 술잔을 건넸다.

「아따, 시상에 여관비를 깎아 주는 디가 어디 있다요? 내가 대신 서비스를 많이 줄 팅게 그리 알더라고. 근디 이런 촌구석까지 점잖게 생긴 양반들이 뭐 헐라고 왔다요? 아이고, 내 정신 좀 봐. 요새 시상에 밤늦게 남자 여자 같이 다니는 거를 보고 왜냐고 묻는 사람이 바보지, 내가 한참 눈치가 없구먼이라. 촌구석에 살다 봉게 그라요.」

「아주머니 농담도 걸쭉하게 잘하시네. 안주는 이만하면 충분한 것 같고, 안주 서비스 대신 아주머니 잘 하시는 노랫가락 있으면 손님도 없는데 한 자락 펼쳐 주시지요.」

우울한 기분을 잠시라도 떨쳐 버리려고 농담 삼아 건넨 말인데 아낙은 반색을 했다. 승미도 오랜만에 슬쩍 미소를 내보였다. 어느 하늘 밑에서 어두운 마음의 골목길을 헤매고 있을지 모를 연우도 자신이 성장기의 한때를 보낸 들녘마을에서 선술집 아낙과 노랫가락을 나누었다는 얘기를 후일 듣게 된다면, 아마 승미처럼 미소를 띨 것이다.

「오매, 그란 혀도 그만 장사 접고 술이나 한잔 허면서 아무나 붙잡고 신세타령이라도 헐라고 했드만 잘 되아 부렀네. 일단 나 술 한 잔만 더 주소.」

아낙은 술을 한 잔 더 들이켜고 난 뒤 주방 뒤쪽의 방문을 열고 시렁 위에 놓인 장구를 들고 나왔다. 빈 의자를 하나 끌어당겨 그 위에 장구를 올려놓고 줄을 조인 뒤 아낙은 궁채와 열채로 가죽의 상태를 점검하기 위해 실없이 둥둥 치면서 말했다.

「나가 요새 젊은 애들 노래만 빼놓고는 어떤 노래든지 장구로 장단을 맞출 수가 있지라. 뽕짝이면 뽕짝, 창가면 창가, 소리면 소리, 머든지 이 장구가 끼지 않으면 노래가 맛이 안 나드만, 이? 손님들 취향에 맞을랑가 모르겄는디 내가 하나 불러 볼라요. 괜히 노래 시켰다고 후회혀도 나는 몰라라 잉?」

아낙은 이윽고 장구 장단을 놀리기 시작했다. 왼손에는 열채를, 오른손에는 궁채를 쥐고 손을 놀리는 동작이 오랜 세월 단련된 익숙한 솜씨였다. 궁채가 둥둥 가죽을 울리면 대나무로 깎아 만든 열채가 다른 쪽 가죽을 끼닥끼닥 때렸다. 둔중한 소리와 가벼운 대나무 가지의 울림이 조화를 이루며 리듬을 만들어 갔다. 손놀림이 어느 정도 풀리자 아낙이 흥겨운 가락의 노래를 풀어 놓았다.

오동추야 달이 밝아 오동동이냐 동동주 술타령이 오동동이냐

아니요 아니요 궂은비 오는 밤 낙숫물 소리

오동동 오동동 그침이 없어 독수공방 타는 간장 오동동이요

동동 뜨는 뱃머리가 오동동이냐 사공의 뱃노래가 오동동이냐

아니요 아니요 멋쟁이 기생들 장구 소리가

오동동 오동동 밤을 새우는 한량님들 밤놀음이 오동동이요

백팔염주 경불 소리 오동동이냐 똑딱꿍 목탁소리 오동동이냐

아니요 아니요 속이고 따나가신 야속한 임을

오동동 오동동 북을 울리며 정안수에 공들이는 오동동이오.

아낙의 솜씨는 놀라웠다. 〈오동동타령〉은 언젠가 〈가요무대〉

에서 들어 본 적이 있는 노래인데 뽕짝 리듬도 아니고 전통 민요 가락도 아닌 것이, 적당히 그 중간 지점에서 유희요로 창작된 퓨전 민요 혹은 퓨전 뽕짝인 셈이다. 가락이나 리듬도 특이했지만 가사가 특히 재미있었다. 오동나무 열매가 익어 가는 가을밤을 연상시키는 '오동추'에서 시작해 '오동동'이라는 의성어를 이용해 말장난을 하듯 운율을 살려 가는 솜씨가 그냥 유행가 가사로 치부하기에는 아까웠다. 이 노래는 식민지 시대를 거치면서 민간의 사랑방이나 술청에서 만들어졌을 법하다. 무엇보다도 가사와 가락과 리듬이 아주 흥미롭고 유연하게 연결된다는 점에서 구전 가요 중에서도 명곡이라 할 만했다.

사실 연우와 함께 꾸렸던 우리 노래패가 민요를 전면에 내세우고 노래 운동을 벌였을 때, 민요의 포괄적인 정의에 우리 시대의 다양한 구전 가요들을 포함시켰었다. 형식에만 너무 집착할 경우 박제화된 옛날 가락만을 민요로 정의할 수밖에 없는데, 이는 넓은 의미의 민요 정신을 해치는 편협하고 기계적인 접근인 것이다. 노래는 노래일 뿐 자연스럽게 즐기면 되는 것을, 어디서나 노래만 들으면 자동적으로 어떤 상념을 떠올려 의미를 부여하는 버릇은 어쩔 수 없이 뇌리에 습관처럼 박혀 버린 지난 시절의 관성 때문이리라. 아낙의 노래가 끝나자 승미와 나는 진심에서 우러나오는 박수를 쳐주었다. 아낙도 우리의 반응이 생각보다 뜨겁자 다소 흥분된 낯빛으로 다시 술 한 잔을 시원하게 들이켰다.

「이 바닥에서 벌써 30년도 넘었소. 젊었을 때는 나가 노래를 허면 사내들이 오금을 못 펴고 나자빠져 버렸당깨. 명창 소리까지는 못 들었어도 요 근방에서 내 노래 솜씨는 유명허제. 진도아리랑 한바탕 풀어 놓을 테니께 뒷소리들 한번 받아들 보시오, 잉?」

아낙은 이번에는 청하지도 않았는데 자신이 먼저 나서서 노래를 시작했다. 〈진도아리랑〉은 우리 노래패에서도 단골로 부르던 민요였다. 민요 중에서도 그 신명과 설움이 절묘하게 조화된 명곡 중의 명곡이었다. 더욱이 이 노래는 선창자가 메기는 가사가 밑도 끝도 없이 이어져서 노래가 한 번 시작될라치면 좌중이 지칠 때까지 얼마든지 길게 판을 꾸려 갈 수 있었다. 민초들이 자신들의 이야기를 얼마든지 즉흥적으로 담아낼 수 있는 민요의 열린 구조를 상징적으로 보여 주는 노래이기도 하다.

서산에 지는 해는 지고 싶어서 지며
날 두고 가는 님은 가고 싶어서 가느냐
(아리아리랑 스리스리랑 아라리가 났네
아리랑 응응응 아라리가 났네)

만경창파에 둥둥둥 뜬 배

어기여차 어야디여라 노를 저어라

(아리아리랑 스리스리랑 아라리가 났네

아리랑 응응응 아라리가 났네)

청천하늘엔 잔별도 많고

우리네 가슴속엔 수심도 많다.

(아리아리랑 스리스리랑 아라리가 났네

아리랑 응응응 아라리가 났네)

아낙의 노래는 자신이 뽑낸 것처럼 제법 구성지고 찰졌다. 널리 알려진 가사로 선소리를 메겨 가던 아낙은 흥이 오르자 질펀한 가사로 은근슬쩍 넘어갔다.

우리 집 서방님이 명태잡이를 갔는데

바람아 광풍아 석 달 열흘만 불어라

앞산의 딱따구리는 참나무 구멍도 뚫는데

우리 집 멍텅구리는 뚫린 구멍도 못 찾네

아낙은 갈수록 흥겨워하며 두 손으로 장구를 치고 입으로는 노래를 부르며 오랜 세월 술청에서 갈고 닦았던 노래 솜씨를 맘껏 자랑했다. 대처에서 온 젊은 객들이 자신의 노래에 반색하자 아낙은 오랜만에 물 만난 가수처럼 스스로 노래를 즐겼다. 누가 주인이고 누가 손님인지 모를 판이었다. 나도 자연스럽게 아낙의 노래에 뒷소리를 메기며 흥을 내다가 얼핏 승미의 얼굴에 그늘이 깔려 있는 것을 보고 목소리를 낮추었다. 연우 때문일 것이다. 그러고 보니 〈진도아리랑〉은 연우가 특히 좋아하고 잘 부르는 민요였다. 승미는 술 몇 잔 들어간 데다 아낙의 넉살이 좋아서 잠시 마음을 놓았다가 또다시 연우 생각이 난 모양이었다. 혼자 신이 나서 노래를 부르던 아낙도 승미와 내가 주춤하는 모습을 보더니 적당히 노래를 맺었다.

어둠 속에서 멀리 성채처럼 버티고 서 있는 낙원장의 네온사인 간판을 향해 묵묵히 걸었다. 실내에 있을 때는 술기운이 오르더니 밤공기 속으로 나오자 정신이 또렷해진다. 낙원장은 철길 옆 들판을 바라보며 우뚝 서 있었다. 아낙의 말처럼 실내는 깔끔하게 정돈돼 아늑한 시골 가정집에라도 들어온 듯한 느낌이었다. 승미의 방을 안내해 주고 옆방으로 들어갔다. 피로가 해일처럼 몰려와 이불도 펴지 않은 채 온돌 바닥에 길게 누웠다. 멀리서 밤의 들녘을 달려온 차가운 바람이 창문을 흔들어댔다. 석양 무렵 성당의 종탑 방에서 들었던 노수녀의 목소리가 귓전에 생생했다.

‘낙원에서 행복할 동안에는 더불어 존재하는 것만으로도 충분했지만 낙원에서 쫓겨나 광야를 헤매기 시작하면서 서로 위로하기 위해 몸을 탐하기 시작했습니다…….’

연우의 무거운 짐까지 지고 다녀야 하는 나에게도 위로가 절실했다. 열린 창문으로 들이치는 들바람에 낡은 방문이 삐걱거렸다. 자세히 들어 보면 누군가 조심스럽게 방문을 두드리는 소리 같기도 했다. 무거운 잠 속으로 바람이 불었다.

오전 _ 애수의 소야곡

에덴의 마지막 날들이 오고 있었다. 그것은 몇 가지 불길한 징조로 시작됐다. 아버지와 어머니는 에덴을 떠나 대처의 소읍에 나가 살았다. 할머니는 들녘에서 어린 손자를 키우면서 틈나는 대로 기차를 타고 소읍에 다녀오곤 했다.

햇빛이 화사하던 어느 날 바깥에서 놀다가 집에 왔더니 할머니가 보이지 않았다. 점심 무렵이 돼도 할머니는 돌아오지 않았고, 할머니가 늘 애지중지하던 트랜지스터라디오마저 보이지 않았다. 그 라디오는 할머니가 적적할까 봐 아버지가 소읍에서 다니러 올 때 큰맘 먹고 목돈을 들여 사온 것이었다. 평소에 할머니는 늘 넘칠 정도로 사랑을 베풀었지만 한 번 매를 들

때면 엄격했다. 할머니의 성정을 아는지라 라디오가 보이지 않자 더럭 겁부터 났다. 울음이 터져 나왔다. 홀로 그 당혹감을 감당하지 못해 동네 고샅으로 내려가 울면서 집에 도둑이 들었다고 떠들었던 것 같다. 동네의 다정한 이웃 아낙들이 걱정스럽게 나를 다독였고, 자기네 집으로 데려가 따뜻한 국물에 밥을 먹였다. 포만감과 안도감에 잠이 들었던 모양이다. 할머니가 돌아왔다. 내가 마실을 나간 틈에 할머니는 소읍에 다녀왔던 것이다.

할머니는 자고 있는 나를 깨워 집으로 데리고 올라갔다. 할머니는 마당 가에서 들녘을 내려다보며 열을 지어 서 있는 가죽나무의 가지 한 개를 꺾은 뒤 이파리를 주르륵 훑어 내렸다. 그것은 순식간에 훌륭한 회초리로 몸을 바꾸었다. 할머니가 종아리를 치기 시작했다. 울음소리에 아랫집 아낙이 달려와 할머니를 말렸지만 멈추지 않았다.

「이놈이 동네 망신을 시켜도 유만부동이지, 집을 나설 때는 어디를 갔는지 애타게 찾아도 안 보이더니만 이제 와서 동네를 시끄럽게 해? 이놈아, 농짝 위에 올려놓은 라디오는 안 보이더냐? 누가 이 마을에서 도둑질을 헌단 말이여. 아무리 어려도 그렇지, 그렇게 생각이 없어?」

그날 저녁 할머니는 나를 꼭 껴안고 몸을 뒤척였다. 나도 쉽게 잠을 이루지 못하고 문풍지 울음소리를 듣다가 잠깐 선잠이 들었을 때 할머니는 일어나서 장죽에 풍년초를 말아 넣어 한숨을 쉬듯 연기를 뱉어 내고 있었다. 창호지문 너머에서 달빛을 배경으로 가죽나무 가지가 그림자를 흔들어 댔다. 할머니는 문을 활짝 열어젖히고 밖으로 나갔다. 나는 갑자기 방 안으로 불어오는 바람 때문에 진저리를 치다가 가만히 문을 닫고 문틈으로 할머니의 거동을 살폈다. 할머니는 당산 쪽을 향해 절을 올리고 있었다. 독실한 가톨릭 신자인 할머니가 성당이 아닌 곳에서 절을 하는 모습은 처음이었다. 할머니는 달빛이 밝힌 뿌연 들녘을 오랫동안 내려다보다가 마당 가 화단으로 걸어가서 달리아 꽃잎을 매만지기도 하고 해당화 꽃술을 따서 코에 대기도 했다. 할머니는 그렇게 마당 구석구석과 장독대의 딸기밭을 지나 탱자나무 울타리까지 돌아본 뒤 휘영휘영 사립문 밖으로 사라졌다.

이튿날 아침, 가마솥을 여닫는 금속성 마찰음과 아궁이에서 나뭇가지를 태우는 소리가 아늑하게 들려왔다. 아침을 먹고 난 뒤에도 할머니는 아무 말이 없었다. 무슨 생각엔가 홀로 깊이 빠져 들어 기쁜 것 같기도 하고 한편으론 가느다랗게 한숨을 내쉬는 모양이 그리 편안한 것만은 아닌 듯했다. 오후 들어 비가 내리기 시작하더니 폭우로 변했다. 마룻장 밑까지 파고드는 빗줄기 너머 어두워지는 들녘의 지평선을 망연히 바라보고 앉아 있던 할머니가 무언가 작심한 듯 일어서더니, 서둘러 나에게 나들이옷을 입혔다. 할머니를 따라 거센 비바람을 뚫고 간 이역까지 가서 기차를 기다렸다. 상행선 막차를 10분 정도 남겨 놓은 시각이었을 것이다. 기차는 오지 않았다. 한 시간을 기다려도 두 시간이 넘어가도. 기차는 연착이었다. 결국 우리가 기차를 탄 시각은 예정보다 세 시간 반이나 지난 시점이었다. 기차가 소읍에 도착했을 때 대합실에는 기차를 기다리는 승객들이 빼곡하게 들어차 침울한 표정으로 쑥덕거리고 있었다. 인근 역에서 큰 사고가 났다고 했다. 기차끼리 서로 충돌해 많은 사람들이 상했다는 얘기였다. 그로 인해 열차가 연착됐고, 지금은 화물 열차가 그곳에서 주검을 나르는 중이라고 했다.

역사 바깥에는 비에 젖어 번들거리는 석탄 더미가 산처럼 쌓여 있었다. 석탄이 젖지 않도록 덮어 놓은 포장막이 미끄러지는 빗물과 가로등에 반사돼 섬뜩하게 번쩍였다. 오랜만에 기차 하나가 역에 도착해서 비를 맞으며 긴 숨을 몰아쉬었다. 석탄 더미를 덮은 포장막 때문에 화차칸들은 까맣게 번뜩거렸고 그 검은빛 아래 뒤덮인 것이 죽은 사람들의 몸이라고 누군가 속삭였다. 그 속삭임 사이로 할머니의 목소리가 들려왔다.

「아가, 이제 우리는 들녘을 떠난다. 세상 속에서 이 사람들이

랑 사는 거여.」

나는 할머니의 그 소리가 앞으로는 죽은 사람들 속에서 살아야 한다는 이야기처럼 들려 소름이 끼쳤다. 지금 생각해 보면 할머니의 이야기가 반절은 맞았던 것 같다. 낙원에서 쫓겨나기 전에 태초의 사람은 죽음을 몰랐지만 에덴에서 나온 이래로 사람들은 늘 죽음이라는 마지막 숙명을 향해 고통 속에서 몸부림치는 형국 아니었던가. 나의 에덴이라고 묘사한 그 들녘마을에서도 죽음은 있었지만, 아름다운 꽃상여에 실려 곱게 화장한 여인이 공동묘지로 나가던 기억은 죽음으로 다가오기보다는 삶의 유희처럼 환상적으로 느껴질 뿐이었다.

비 내리는 기차역에서 걸어 나와 늦은 밤 할머니가 나를 이끌고 간 곳은 낯선 이층집이었다. 아폴로 우주선이 달에 착륙하는 장면을 흑백텔레비전으로 본 것은 들녘마을 아이들이 다니던 초등학교 숙직실 앞에서였다. 그날 처음으로 인간이 달에 착륙하는 장면을 보았다는 흥분보다는 처음으로 텔레비전이라는 물건을 보았다는 감흥이 더 컸다. 교사들이 묵는 숙직실 앞에 텔레비전을 내놓고 인근 주민들이 영화관에 모여들듯 운집해 아폴로 12호의 달 착륙 장면을 보았다. 주검을 운반하는 검은 석탄 화차가 멈추던 역을 출발해 당도한 그 이층집 방에서는 한 아이가 편안하게 앉아서 텔레비전을 차지하고 있었다.

텔레비전을 보고 있던 또래의 여자아이는 흘깃 나를 바라보더니 다시 화면에 몰두해 버렸다. 나는 쭈뼛거리며 방문 앞에 앉아 흑백 화면을 신기하게 바라보았다. 화면에서는 어른들이 나와 서로 삿대질을 하며 싸우다가 한 명이 비칠비칠 걸어 다니는 한 사람을 슬쩍 건드리자 그는 이내 고꾸라졌다가 다시 일어났다. 화면의 배경에서는 사람들의 웃음소리가 낭자하게 퍼졌다. 다시 일어난 사람은 바보 같은 표정을 지으며 그를 넘어뜨린 이에게 다가가 어눌한 목소리로 뭔가를 항의하는 듯했지만 그는 상대방이 집게손가락으로 자신의 배를 콕콕 찌르며 훈계하듯 나무라자 다시 픽 쓰러져 버렸다. 나는 쓰러지는 사내가 안타까운 마음뿐이었는데 정작 화면 속에서는 사내가 쓰러질 때마다 너무나 즐겁다는 듯이 왁자하게 웃어 댔다. 그 화면을 바라보던 여자아이도 웃었다.

그 집은 바야흐로 나에게 가난과 부끄러움을 가르쳐 줄 곳이었다. 주황색 페인트가 칠해진 넓은 대문, 그 대문 한쪽에 달린 쪽문을 통해 그 집에 들어서면 향나무와 꽃나무들이 서 있는 정원이 보였다. 그 정원 가운데에는 연못이 파여 있었고, 수련 잎이 떠 있는 못 속에는 비단잉어들이 유영하고 있었다. 이층 양옥집의 현관에 도달하려면 연못 위로 난 구름다리를 건너야 했는데, 그때까지 알고 있던 세상과는 전혀 다른, 낯설고 가슴

뛰게 하며 뭔지 모를 부끄러움을 느끼게 하는 공간이었다. 조심스럽게 현관문을 밀치면 누군가가 나타나곤 했는데, 그때 아이의 할머니나 어머니가 나오면 다행이었지만 그 집의 식구들이 등장하면 아이는 늘 죄지은 사람처럼 허둥대곤 했었다. 진한 고동색으로 반들거리는 나무 바닥을 조심스럽게 밟고 거실에 들어서면 그 집 특유의 냄새가 낯선 공간에 들어섰음을 실감케 했다. 거실에 잇대어 마당 쪽으로 따로 지은 넓은 응접실은 이층집과 같은 공간이긴 하되 또 하나의 집이었다. 벽에는 호피가 걸려 있고 푹신한 소파들이 중앙에 나란히 서로 마주보게 놓여 있었다. 그 응접실은 그 집 식구들이 없을 때 아이가 혼자 들어가 가만히 구석에 서서 여기저기 두리번거리며 구경하곤 하던 풍경이었다.

부엌과 연결된 허름한 방이 아이의 어머니나 할머니가 기거하던 공간이었다. 그 방에 들어서면 비로소 아이에게도 익숙한 냄새가 마음을 편안하게 했다. 곰팡이 냄새와 음식 냄새가 적당히 배합된, 천장에 보이는 얼룩과 장판 가장자리의 그을린 자국들이 아이의 집에서 보던 것들과 비슷했다.

그 시절 나는 세상에 나와서 처음으로 가난이 부끄럽다는 느낌이 들기 시작했다. 그 느낌이 '부끄러움'이라는 단어로 분명하게 정리되어 머릿속에서 작동된 것은 아니었지만 왠지 쭈뼛

거려지고 떳떳하지 못했던 것이다. 그 집의 자녀들은 한결같이 키가 훤칠했고 피부가 뽀얀 선남선녀들이었으며, 특히 내 또래의 여자아이는 예쁜 얼굴에 성격까지 서글서글해서 부자는 으레 거만하고 탐욕스럽게 마련인 동화책의 도식적인 선악 구도와도 맞지 않았다. 그것은 이중으로 부끄러움을 부추겼을지도 모른다. 깔끔하고 선량하며 예쁘고 세련된 그 집의 아이들과 대비되어 내 집의 처지는 물론 외모까지도 본능적으로 비하되곤 했기 때문이다. 2층으로 올라가는 폭 좁은 나무 계단이 떠오른다. 아이에게 나무 계단은 성당에서나 볼 수 있었던 것으로, 개인 집에서 나무 계단을 올라가 책들이 아늑하게 벽에 꽂혀 있는 공간을 접하는 일은 그 집 대문을 들어서서 정원 연못의 구름다리를 건너는 것과는 사뭇 다른 설렘으로 다가왔다. 하지만 그 집은 나에게 선명하게 가난을 먼저 깨우쳐 주고 말았다.

할머니와 먼 인척 관계였던 그 이층집의 주인은 아버지에게 일자리를 제공해 주었다. 할머니와 어머니는 그 대신 그 집에 노동력을 제공했다. 우리는 소읍의 비좁은 골목길에 자리 잡은 작은 셋방으로 이주했다. 그 단칸방에 살기 시작하면서 할머니는 서울로 떠났다. 호젓한 방에서 흑백텔레비전을 즐기던 이층집의 아이들이 서울에서 학교를 다니고 있었는데 그들의 침모 역할을 자청한 것이다.

　여기 사진 한 장이 또 있다. 바둑무늬 점퍼를 입은 나와 말똥 거리는 눈을 총명하게 반짝이는 남동생이 서로 어깨를 겯고 사 진관에서 찍은 사진이다. 할머니가 손자들이 보고 싶다며 눈물 바람을 자주 하면서 사진을 보내 달래서 찍은 사진이었다. 할 머니는 삐뚤빼뚤한 글씨로 적어 주었던 타향살이 가사를 속주 머니에서 꺼내 종이가 닳도록 홀로 부르고 또 불렀다고 나중에 술회했다.

　　타향살이 몇 해던가 손꼽아 헤어 보니

　　고향 떠난 십여 년에 청춘만 늙어

　　부평 같은 내 신세가 혼자도 기막혀서

　　창문 열고 바라보니 하늘은 저쪽

　　고향 앞에 버드나무 올봄도 푸르련만

　　호들기를 꺾어 불던 그때는 옛날

　　타향이라 정이 들면 내 고향 되는 것을

　　가도 그만 와도 그만 언제나 고향

　보지 않고 듣지 않아도 할머니가 이 노래를 어떻게 불렀을지는 훤하다. 할머니가 부르면 모든 노래는 판소리 음조로 바꿔어 버렸다. 일정한 높낮이의 가락이 반복되면서 그 위에 가사만 실어 나르는 형국이었다. 뽕짝이나 서양 악곡의 형식은 할머니 세대로서는 적응할 수 없는 낯선 것이었다. 요즘 세대가 민요를 낯선 가락으로 받아들이며 적응하지 못하는 것과 마찬가지였다. 이 땅에 처음 기독교가 전파됐을 때 찬송가가 모두 창가 형식으로 바뀌어 불렸던 점을 상기한다면 할머니의 노래 솜씨를 짐작할 수 있을 것이다.

아버지는 기차가 싣고 온 화물들을 부리는 역전의 하역판에서 일했다. 아버지의 점심 바구니를 들고 가는 어머니를 따라 그 하역판을 구경하곤 했다. 커다란 덩치의 장정들이 오른쪽 어깨에 하얀 보자기를 하나씩 걸치고 검은 화차에서 화물들을 지고 내려왔다. 화차와 지상은 임시로 가설한 나무판자가 다리 역할을 했다. 어머니가 만드는 아버지의 점심은 늘 보기만 해도 침이 꼴깍 넘어가는 부러운 차림이었다. 냄비에서 빨갛게 보글보글 끓는 돼지고기 찌개를 중심으로 다른 밑반찬과 함께 큼직한 사기그릇에 둥그런 봉분처럼 꾹꾹 눌러 담은 밥을 바구니에 담았다. 그 바구니를 머리에 이고, 어머니는 내 손을 잡은 채 아버지의 노동판으로 매일 나갔다. 물론 매번 돼지고기 찌개만 가지고 나갔던 것은 아니겠지만 유독 내 기억 속에는 그 그림만 남아 있다. 아버지가 그 붉은 찌개와 삽으로 퍼서 담은 듯한 높은 봉우리의 밥그릇을 맛나게 깎아 내리던 장면이 너무나 선명하다. 이 압도적인 붉은 돼지고기 찌개의 이미지 때문에 다른 종류의 반찬은 아예 기억에 남아 있지 않은 것일지도 모른다. 점심을 마친 이들은 다시 노동에 나섰다. 점심 바구니를 들고 나왔던 아내들은 남편들이 포만감을 안고 다시 일에 나서는 모습들을 흐뭇하게 뒤돌아보며 석탄가루가 날리는 하역판을 나왔다. 나는 어머니의 가벼운 발걸음 뒤에서 잔치판에라도 다녀온 양 겅중거리며 따라갔다.

　지금처럼 도로 교통이 발달하지 않았던 그 시절에는 대부분의 화물이 기차를 이용했다. 당시 화차에서 하역하던 주요 품목은 비료와 석탄이었다. 요즘에야 석탄 수요가 원천적으로 줄어들어서 화차에 실리는 석탄이 많지 않지만, 당시에는 서민들의 삶에 가장 필수적인 요소가 연탄이었고 시골의 작은 역까지 석탄은 배달되어야 했던 것이다. 이 때문에 아버지의 노동 현장에는 늘 석탄가루가 날렸고, 바닥은 비라도 올라치면 석탄가루가 뒤섞인 검은 진창으로 변했다. 이런 날 어머니의 점심 바구니를 따라가면 신발과 바지는 말할 것도 없고 얼굴까지 검은 진창으로 뒤발해야만 했다. 하물며 그 현장에서 하루 종일 노동을 하는 아버지들이야 더 말해 무엇하겠는가. 온몸이 시커멓게 분칠

돼 있었는데, 그들이 점심 바구니를 들고 나온 아내들을 향해 반가워서 웃을라치면 막장에서 나온 광부들처럼 검은 얼굴에 하얀 이만 드러나는 흑인의 이미지를 연상케 했다. 메마른 날들에는 석탄가루가 황사처럼 기차역을 떠다니곤 했다. 나에게 기차역은 늘 그런 검은 석탄가루와 함께 떠오르곤 한다.

아버지는 일이 끝나면 양손에 새끼로 묶은 연탄을 들고 노동의 뒤끝에 찾아드는 나른한 피로를 안고 집으로 돌아오곤 했다. 아버지가 돌아온 집 안은 일 나갔던 가장을 반기는 따스함으로 가득했다. 어머니는 연탄불 위에 데운 뜨거운 물을 대야에 받아 놓고 아버지의 양말을 벗긴 뒤 정성스레 닦아 주었다. 아버지가 신발을 벗으면 단칸방은 고약한 냄새로 진동했다. 우리는 코를 싸쥐었고, 아버지는 그 모습이 재미있다는 듯이 벗어 놓은 양말을 들이대며 놀리곤 했다. 하루 내내 신발을 벗지 못한 데다 발에서 배어 나온 땀이 가세해 만들어 낸 노동의 향기였다. 아버지에게 하역판 일은 힘들었지만 뿌듯하고 소중한 노동이었다. 가난한 들녘마을의 얼마 되지 않는 논밭에서 겨우 세 끼 풀칠할 정도만 벌어먹던 처지에서 일거리가 많은 하역판에 취직해 안정적으로 식솔들을 위한 임금을 벌었을 뿐 아니라 저축까지 할 여력이 생겼기 때문이다. 어머니도 그 시절을 행복했던 한 시절로 회고하곤 한다.

시간이 흐르면서 아버지는 하역판 노동조합의 간부로 활동하기 시작했다. 노조의 전임 간부였는데, 당시 전국적인 조직을 가지고 있던 그 노조에서 전임으로 활동한다는 것은 관리자의 위상과 맞먹었다. 현장의 노동에서 멀어지면서 아버지의 행색도 달라졌다. 허름한 작업복 차림에서 벗어나 넥타이는 매지 않았지만 깔끔한 평상복으로 바뀌었고 하이칼라 머리에 기름도 발랐다. 일이 바쁠 때는 평상복을 벗어 던지고 작업복으로 갈아입은 뒤 동료들의 일을 도와주기도 했다. 아버지는 현장 노동자들이나 집 주변의 사람들에게도 좋은 평을 얻었다. 전국 노조 회의에 참가하기 위해 도청 소재지의 도시나 서울까지 가끔씩 나들이를 하기도 했다.

들녘마을에서 철길을 걸어 힘들게 오갔던 성당이 소읍에도 있었다. 읍내의 성당은 시골의 성당보다 부지는 넓었지만 건물 자체의 규모는 거의 비슷했다. 당시 소읍의 성당에는 먼 친척뻘 되는 수녀님이 계셨다. 이 땅에 천주교가 들어올 때 받았던 박해를 피해 산중으로 피신한 신자들이 이룬 산골 마을이 있었다. 할머니는 당신의 딸들을 그곳으로 시집보냈다. 가난 때문이기도 했겠지만, 교우는 교우들끼리 혼인해야 한다는 고집이 가장 큰 명분이었다. 그곳 마을은 모든 이들이 마을 가운데에 서 있는 성당을 중심으로 생활했다. 할머니를 따라 먼 산길을

걷고 걸어서 그곳에 가본 기억이 지금도 눈에 선하다. 성당 옆
으로 깊은 산속에서 흘러나온 계곡물이 소리를 내며 흘러가고
있었다. 성탄절 무렵이면 산골로 시집간 고모들이 남편들과 함
께 들녘으로 왔다. 들녘의 초가집은 잔치 분위기였다. 젊은 고
모, 고모부 들과 어울려 아버지와 어머니, 할머니 들은 초저녁
부터 밤이 깊을 때까지 이야기꽃을 피우다가 자정 미사에 참례
하기 위해 눈 내리는 컴컴한 들길로 나섰다. 새벽녘에 돌아와
곤한 잠을 자는 동서들의 발에 불꽃이 사그라드는 성냥골로 불
침을 놓아 늦잠 자는 이들을 골려 주던 고모부의 장난스러운
얼굴이 생각난다. 아버지는 멀찍이 떨어져 그 모습을 보면서
껄껄대고 있었다.

이 마을로 시집간 고모의 올케가 일찍이 수도원에 들어가 수
녀로 살고 있었는데, 그분이 소읍의 성당에서 봉사하고 있었다.
우리는 그분을 수녀 고모라고 불렀다. 소읍의 성당에 있는 수녀
원 내부를 그때 처음으로 구경한 기억이 난다. 일반인들은 들어
갈 수 없는 수녀들만의 거처였다. 수녀 고모는 우리를 친정집
식구들처럼 반갑게 대하곤 했다. 그녀의 말처럼 하느님에게 시
집갔으니 속세의 인척들은 모두 친정집 식구들인 셈이었다. 수
녀 고모는 우리를 스스럼없이 대했고, 수녀 고모 곁에서 할머
니와 함께 하룻밤을 잔 적도 있다. 나는 소읍의 성당에서 미사

때 제단에 올라 사제 곁에서 시중을 드는 복사 역할을 맡았다. 수녀 고모의 배려였을 것이다. 원피스 형태의 빨간 제의를 입고 미사 시작 전에 긴 장대에 매달린 불을 들고 높은 촛대를 밝힌 뒤 미사 중에는 황금색 종을 흔들기도 했다. 때로는 '말씀의 전례' 시간에 성서의 한 대목을 읽기도 했다. 낭랑한 목소리로 성서의 한 대목을 읽을라치면 천장이 높은 성당 안으로 내 목소리가 증폭되어 울려 나갔고, 나는 내 목소리에 스스로 감동했다. 폭이 좁고 길쭉한 창문들에 수놓인 스테인드글라스를 통해 햇빛이 성당의 마룻장을 길게 비출 때면 들녘마을에 남겨 두고 온 탱자나무와 가죽나무와 달리아 꽃밭이 떠올랐고, 할머니가 탱자나무 아래에서 부르던 느린 노래들도 그리웠다.

에덴에서 멀어졌다는 증좌는 노래를 잃어버리는 것으로 나타났다. 돌이켜 보면 소읍에서의 나날에는 노래가 끼어들 틈이 없었던 것 같다. 할머니는 멀리 떨어져 있었고, 단칸방에서 살아가는 날들에는 아버지의 고된 노동이 풍기는 냄새와 어머니의 부지런한 움직임, 들녘마을의 작은 학교에서 소읍의 큰 학교로 환경이 바뀌었을 때의 당혹감들이 지배하는 나날이었다. 더 이상 할머니의 노래는 들을 수 없었고 동네 아낙들의 흥겨운 춤도 구경할 수 없었다. 그 자리를 대신 차지한 것은 가난에 대한 자의식과 대처 아이들과 경쟁해서 이겨야 한다는 강박감이었다. 하지만 보람도 있었다. 아버지의 성실한 노동은 결실을 맺었다. 단칸방 생활을 청산하고 아늑한 양옥집을 사서 드디어 이사하게 된 것이다. 그 집의 긴 마루가 떠오른다. 마루의 테두리에는 커다란 유리문을 달아 여름에는 마루에서 잠을 자기도 했다. 여름밤 마루에서 자다가 깨어나면 철길 너머 먼 산봉우리에 들녘마을에서 보았던 환한 달이 걸려 있었다.

그 집에 이사 들어오던 날, 세 들어 살던 동네의 사람들과 아버지가 일하는 곳에서 온 사람들이 동시에 풍물을 치면서 집들이를 위해 몰려왔다. 단칸방 동네에서 아버지와 어머니는 좋은 인상을 남겼던 모양이다. 그 동네 사람들 중에는 다른 동네로 이사하지 말고 그 동네에서 집을 장만해 함께 살자고 간곡하게 권유하는 사람들도 있었다고 나중에 어머니는 술회했다. 아버지에 대한 일터 사람들의 신망은 두말할 나위도 없었다. 아버지가 자신들의 권익을 위해 얼마나 헌신적으로 노조 일을 보는지, 그들은 잘 알고 있었다. 이들이 몰려든 새 집 마당은 큰 잔치판을 연상케 했다. 예전에 들녘마을 집의 마당에 차일을 치고 벌였던 할머니의 환갑잔치 이래 처음으로 경험하는 축제 마당이었다. 그날의 잔치는 에덴을 나선 후 첫 축제이자 마지막 향연이었다.

우리에게는 마지막이었지만, 아버지에게는 인생의 축제가 아직 기다리고 있었다. 우리 모두는 에덴을 떠나와 누군가의 위로가 필요했던 게 사실이다. 하지만 모두 나름대로 바빠서 한가롭게 위로를 찾아 이리저리 손을 벌릴 여가가 없었다. 아버지는 노동으로, 어머니는 아버지와 자식들의 뒷수발에다 이층집 침모 역할까지 맡아 아버지 못지않은 노동에 시달려야 했다. 나는 나대로 달라진 환경에 적응하기 위해, 가난과 부끄러움을 잊기 위해 학교와 고샅에서 기를 쓰고 대처 아이들과 겨루었다. 에덴의 수호자였던 할머니는 가장 멀리 떠나간 상태였다. 할머니는 그곳에서 노래와 사진으로 위로를 찾았던 모양이다.

아버지는 노조의 전임으로 신분이 달라지면서 노동 현장을 떠나 한가해졌다. 시간이 빌 때면 팔을 걷어붙이고 동료들을 돕기 위해 자발적으로 일에 나서기도 했지만, 어디까지나 그것은 봉사 차원의 일이었기 때문에 아버지의 평소 업무라고 보기는 힘들었다. 요컨대 아버지는 철든 이래 처음으로 한가해진 것이다. 가난한 집안의 편모슬하 외동아들로 성장해 괄괄한 성격의 모친을 모시면서 아내와 자식들을 건사하기 위해 노동으로만 버텨 온 세월이었다. 타고난 성정이 여려서 어느 누구에게도 싫다는 내색을 못 하는 스타일이었고, 목소리는 유량하여 노래를 잘 불렀다. 집 안에서 한 번도 큰소리를 낸 적이 없었다. 밤늦게 들어오면 하루 동안의 피로를 씻고 아이들 볼을 토닥거린 뒤 윗목에서 어머니와 늦은 밥상을 가운데 두고 도란도란 이야기를 나누는 소리를 잠결에 듣곤 했다. 그 소리는 어린 마음에도 평화를 확인해 주는 행복한 음악처럼 들렸다. 그런 밤이면 잠 속은 아늑하고 따뜻했다.

에덴의 주민이었던 시절, 아버지가 읍내 콩쿠르에서 우승해 한 손에는 조기 꾸러미를, 한 손에는 과자봉지를 들고 기분 좋게 들어서던 저녁이 생각난다. 그 시절 젊은 아버지는 늘 콧노래를 달고 살았는데, 동네에서 잔치가 있거나 친구들끼리 어울리는 자리면 청이 좋다는 소문이 자자했던 아버지의 주가가 올랐다. 아버지의 18번은 주로 남인수의 노래였다. 남인수처럼 테너 톤은 아니었지만, 아버지의 청은 맑고 호소력이 있어서 남인수와는 또 다른 맛이 있었다. 남인수 노래 중에서도 아버지의 콧노래를 많이 들어 나도 모르게 흥얼거리던 노래가 〈추억의 소야곡〉이다.

다시 한 번 그 얼굴이 보고 싶어라

몸부림치며 울며 떠난 사람아

저 달이 밝혀 주는 이 창가에서

이 밤도 너를 찾는

이 밤도 너를 찾는 노래 부른다

바람결에 너의 소식 전해 들으며

행복을 비는 마음 애달프고나

불러도 대답 없는 흘러간 사랑

차라리 잊으리라

차라리 잊으리라 맹서 슬프다

아버지와 어머니 두 분이 나들이를 가서 나란히 찍은 사진이 떠오른다. 아버지는 키가 커서 오른쪽으로 비스듬히 기울어진 형국인데 보기에 따라서는 아버지가 내외를 하는 것처럼 느껴지기도 한다. 사실 아버지는 숫기가 없었다. 내성적인 사람을 두고 하는 말이 바로 '숫기'가 없다는 표현인데, 아버지는 이러한 성격 때문에 주위에서 오히려 말이 없고 성실한 인물로 긍정적인 평가를 받았던 것 같다. 어머니는 키가 작다. 단순히 아버지의 큰 키에 비해 작다는 말이 아니라 평균적인 여성의 키에 비해서도 작은 편이다. 어머니의 표정은 단단히 굳어 있다. 아버지에게 무언가 화를 내고 있는 느낌이다.

내가 소읍을 떠나 대처에 있는 고등학교에 입학할 때 입학식에 홀로 오신 아버지가 나에게 검정 목도리를 선물했다. 나중에 그 목도리를 본 어머니는 안색이 굳어지면서 몹시 언짢아했던 기억이 난다. 그 목도리는 검정 바탕에 꽃무늬가 섬세하게 수놓아져 있어 고급스러웠다. 입학식에 아버지 혼자 오신 것은 아마 그 여자를 만나기 위해서였을 것으로 어머니는 짐작했던 것 같다. 아버지의 여자에 대해서 지금까지 무성하게 말만 들었지 한 번도 목격한 적은 없다.

나는 주말이면 하숙집을 나와 시외버스를 타고 집으로 돌아오곤 했다. 어느 주말엔가 집에 왔을 때 어머니가 한숨을 크게 내쉬며 나를 불러 앉혔다.

「너희 아버지가 요사이 안 들어오는 날이 많아졌다. 요즘 들어서는 뚜렷한 이유도 대지 않는구나. 짚이는 게 없는 건 아니지만 내가 직접 역전에 나가서 아버지를 감시할 수도 없고 남들이 보면 뭐라 하겠어? 자식에게 이런 얘기 하는 내 심정이 참담하긴 하다만 너는 이 집안 장남이니까 알 건 알아야 한다고 생각한다. 오늘은 아버지 퇴근 무렵에 나가서 아버지가 어디로 가시는지 조용히 한번 따라가 보거라.」

어머니로서는 벼르고 벼르다가 힘들게 꺼낸 말이었을 것이다. 이야기를 마친 후 어머니는 돌아서서 옷깃으로 눈물을 훔쳤다. 어느 정도 짐작은 하고 있었지만 어머니에게서 직접 얘기를 듣고 보니 마음 한구석이 소리 없이 내려앉았다.

그날 저녁 무렵, 어린 시절 어머니 손을 잡고 아버지 점심 바구니를 내가던 이래 처음으로 아버지의 일터를 찾았다. 여전히 바닥은 석탄가루가 퇴적돼 검은빛을 띠고 있었고 희미한 석양의 빛줄기 속에서 검은 가루들이 부유하고 있었다. 나는 비료 야적장 위로 올라가 누워서 붉게 물든 하늘의 구름이 하느작거리며 서쪽으로 흘러가는 모습을 망연히 올려다보았다. 틈틈이 아버지가 근무하는 노조 사무실 쪽을 엿보면서 30분 정도 보냈을 때, 땅거미가 깔리기 시작하면서 아버지가 사무실을 나섰다. 큰 키와 보폭이 넓은 걸음걸이는 멀리서 보아도 아버지가 틀림없었다. 아버지는 읍내의 시외버스 터미널로 가서 인근 항구 도시로 가는 버스에 올랐다. 나는 마침 터미널 앞에 줄지어 서 있는 택시를 잡아타고 아버지가 탄 버스를 따라갔다. 아버지는 항구에서 내려 바닷가에 즐비하게 서 있는 일본식 목조 주택 거리로 들어섰다. 골목길의 한 집 앞에서 잠시 망설이던 아버지가 초인종을 누르자 누군가 나와 문을 열어 주었다. 나는 아버지가 사라진 감청색 대문만 뚫어져라 바라보았다.

대문이 열리는 기척에 전봇대 뒤로 몸을 숨겼다. 중학생쯤 돼 보이는 여자아이가 단발머리를 나풀거리며 대문을 나섰다. 여자아이는 골목길을 벗어나 항구 쪽으로 걸어갔다. 여자아이는 길가에 굴러다니는 깡통 따위를 툭툭 차면서 어두운 항구의 바닷가를 천천히 걸었다. 뚜렷한 목적지가 있는 것 같지는 않았다. 어느 정도 걷던 그 아이는 길가의 벤치에 앉아 바다 쪽만 바라보았다. 천천히 다가가 곁에 앉아도 그 아이는 별로 신경 쓰지 않는 눈치였다.

「밤중에 혼자 왜 이런 데 앉아 있는 건데? 무섭지 않아?」

내가 불쑥 말을 걸자 그 아이는 나를 똑바로 쳐다보았다. 가로등 불빛에 드러난 여자아이의 볼이 물기로 번들거렸다. 울고 있던 그 아이는 당돌하게 말을 받았다.

「남이야 혼자 있건 말건, 왜 남의 뒤를 졸졸 따라다녀요?」

「응, 어머니 심부름 왔다가 일을 제대로 못해 그냥 돌아가자니 걱정돼서……. 나야 그렇지만 밤에 집에서 나오면 부모님이 걱정할 텐데 어쩌려고?」

「부모님이요? 난 엄마밖에 없어요. 엄마는 내가 바깥에 나가 있으면 더 좋아할 거예요. 그게 효도니까.」

「밤에 바깥으로 나도는 게 효도라고?」

「늘 그런 건 아니에요. 오늘 같은 날은 내가 알아서 효도하는 거지요.」

「오늘 같은 날이라니?」

「너무 캐묻지 말아요. 가끔 그런 날이 있어요. 고등학생 오빠 같은데 오빠나 빨리 집에 들어가서 효도하세요.」

「아버지는 돌아가셨니?」

「아빠는 내가 초등학교 3학년 때 교통사고로 돌아가셨어요.

새아빠가 생겼는데 엄마와 크게 싸운 뒤로 돌아오지 않았어
요. 요즘은 엄마와 둘이 사는데 가끔 어떤 아저씨가 찾아와
요. 그 아저씨가 오면 바깥으로 먼저 나와 버려요. 그 아저씨
보다 엄마가 더 미워 죽겠어요. 이런 날은 내가 엄마한테 짐
이 되는 것 같아 멀리 도망가 버리고 싶어요.」
「그러지 마. 나도 잘은 모르지만, 어른이 되면 다 이해할 수
있을지 몰라.」
여자아이의 눈빛이 가로등 불빛에 반사돼 쓸쓸하게 흔들렸
다. 고개를 숙이고 팔짱을 낀 채 어두운 바다에 떠 있는 선박들
의 불빛을 바라보던 여자아이는 나이답지 않게 벌써 어른이 돼
버린 듯했다.

여자아이와 헤어져 시외버스 터미널로 가서 소읍으로 돌아
오는 버스를 탔다. 어두운 바깥을 물끄러미 바라보는 내 모습
이 차창에 떠 있었다. 아버지에 대한 원망보다도 정작 집에 홀
로 돌아가서 어머니에게 무슨 말을 어떻게 해야 할지 난감했
다. 무거운 마음 한구석으로 항구의 가로에서 만났던 여자아이
의 눈물 젖은 얼굴이 떠올라 머릿속은 더욱 혼란스러웠다.
아버지가 하숙비를 전달하기 위해 자전거를 타고 먼 길을 온
적이 있다. 아버지는 잠시 쉬어 가겠다며 방에 누웠다. 키가 큰

아버지가 길게 드러눕자 방 안이 가득 찼다. 아버지는 팔베개를 한 채 눈을 뜨고 멍하니 천장만 올려다보았다. 무슨 생각을 그리 골똘히 하는지 궁금했는데, 그때도 아마 아버지의 여자를 떠올리고 있을 거라는 짐작을 했던 것 같다. 어머니가 다른 곳으로 빠지지 말고 곧장 돌아오라고 신신당부했을 테지만, 아버지의 마음은 이미 항구의 뒷골목을 배회하고 있었을 것이다.

후일 시를 쓰는 친구를 만나기 위해 그 항구에 내려간 적이 있다. 일제시대에 평야 지대의 풍부한 쌀을 실어 나르기 위해 개발된 그 항구는 오래된 일본식 목조 가옥들이 그대로 남아 있었고, 바람에 휩쓸려 다니는 신문지 쪼가리들과 퇴락한 항구의 쓸쓸함도 함께 날아다녔다. 항구의 포장마차에서 숭어회 한 접시 시켜 놓고 술을 마실 때 내 옆구리에는 밀물도 들지 않는다고 했던 시인의 말이 기억난다. 그 퇴락한 항구의 쓸쓸함과 아버지의 여자에 대한 기억 때문에 그날 술을 더 많이 마셨을 것이다.

나의 목울대는 아버지에게서 물려받은 것 같다. 에덴에서 이브가 따준 복숭아를 먹다가 하느님에게 들켜 급히 삼키는 바람에 목에 걸려 불쑥 튀어나오게 됐다는 그 목뼈도 정확히 아버지를 닮았다. 아버지의 것이 조금 더 컸을지 모른다. 물론 그 복숭아씨의 크기와 목소리의 질감이 비례하지는 않을 테지만 아버지의 목청은 대단히 맑으면서도 비음이 약간 섞여 들어 선량하고 서늘했다. 아버지가 그 좋은 목청으로 노래를 부르는 모습을 사실 그리 자주 보지는 못했다.

아버지가 노래 부르던 장면이 선명하게 남아 있는 건 '닭집'에서였다. 여자가 사라지고 살림마저 피폐해졌을 때 아버지는 자살을 생각했던 것 같다. 모진 목숨은 건졌지만 집마저 빚쟁이들에게 빼앗기고 우리 가족은 닭집으로 옮겨 가야 했다. 닭을 대량으로 키우던 허름한 축사를 개조해 만든 쪽방집을 우리는 닭집이라고 불렀다. 사우디아라비아 건설 현장에서 귀국한 고모부가 녹음기를 사왔다. 그 녹음기를 앞에 두고 친지들이 무사 귀국 축하 노래판을 벌였다. 그때 모처럼 아버지의 기분은 좋아 보였다. 아버지는 녹음용 마이크를 들고 사회를 보면서 먼저 한 곡조 뽑았다.

운다고 옛사랑이 오리오만은

눈물로 달래 보는 구슬픈 이 밤

고요히 창을 열고 별빛을 보면

그 누가 불어 주나 휘파람 소리

차라리 잊으리라 맹서하건만

못 잊을 미련인가 생각하는 밤

가슴에 손을 얹고 눈을 감으면

애타는 숨결마저 싸늘하고나

무엇이 사랑이고 청춘이든고

모두 다 흘러가면 덧없건만은

외로운 별을 안고 밤을 새우면

바람도 문풍지에 싸늘하고나

아버지가 휘파람을 불던 기억도 난다. 막내가 태어나서 병원에 어머니와 함께 누워 있을 때, 아버지는 나를 자전거 뒤에 태우고 병원에서 집으로 돌아오는 길에 내내 휘파람을 불었다. 무슨 노래였는지는 아쉽게도 기억나지 않는다.

아버지는 할머니의 피를 받아 다분히 예인 기질이 강했다. 아버지가 그 여자에게 그리 푹 빠졌던 것도 해금 때문이었을 것이다. 허름한 기와집의 술청에서 가야금도 타고 해금도 켜며 손님들의 술맛을 돋우던 여자였다. 옛날로 치면 기생쯤 됐을 터인데, 격을 갖춘 집은 아니었다. 손님들 중에는 여자의 재주를 아예 모르는 사람들도 많았다. 여자가 늘 해금을 켜는 것은 아니었기 때문이다. 여자는 특별히 그녀의 마음에 드는 손님,

아니 정확하게는 그녀의 예술을 알아주는 사람 앞에서만 솜씨를 보여 주었다고 했다. 만취해 행패를 부리는 남정네들은 그녀 앞에서 한줌거리도 안 될 정도로 그 여자는 다부진 구석도 있었다. 하지만 그녀의 마음이 움직이는 자리에서는 더할 나위 없이 가녀리고 섬세하며 관능적인 교태를 부리는 아리잠직한 여인이었다고 했다. 어디에서 살다가 그 항구 도시까지 스며들었는지는 모른다. 할머니는 아버지가 돌아가신 후 늘 탄식하곤 했다. 그냥 그 들녘에서 살았어야 하는데 내가 우리 아들을 죽였어……. 에덴을 떠난 가장 치명적인 대가는 죽음이었다. 영생의 낙원에서 나와 언젠가는 반드시 죽어야 하는 숙명을 짊어지고 가는 인간들에게 내 노래가 조금이라도 위안이 됐을까.

이제 그날에 대해 얘기해야겠다. 될 수 있는 한 피하고 싶은 기록이다. 그날 나는 내 손으로 아버지의 두 손을 묶었다. 손을 묶을 만한 끈이 제대로 보이지 않았다. 옷장을 열어 가끔 특별한 날에 아버지가 매고 다니던 넥타이 하나를 골랐다. 폭이 좁고, 회색과 보라색이 화려하지 않게 점점이 섞여 있으면서 빛에 반사되는 재질이었다. 아버지는 가끔 그 넥타이를 맬 때면 들릴락말락 콧노래를 부르곤 했다. 그 흥얼거리는 노래가 무엇이었는지는 잘 기억나지 않는다. 아버지가 흥이 나서 단장하고 있을 때 어머니의 숨죽인 울음소리를 들었던 것도 같다.

장례 절차를 다룬 책에 따르면 망자의 왼손이 오른손 위로 포개지도록 묶어야 한다고 했다. 나는 아버지의 왼손을 들어 올려 오른손 위에 올려놓았다. 오랜 노동으로 단련된 아버지의 손은 투박하고 거칠었지만 손가락은 나처럼 길었다. 아버지도 노동을 하지 않았다면 그 가느다란 손으로 기타를 쳤을지 모른다. 아버지는 아무런 저항도 하지 않았으며 조용히 눈을 감은 채 깊은 침묵에 빠져 있었다. 코에서는 검은 피가 여전히 조금씩 흘러내렸다.

아버지의 죽음은 비참했다. 간음의 대가로는 너무 가혹했다. 아버지는 그날 저녁 자신의 죽음을 예감했던 것 같다. 술 때문에 간이 망가져 급기야 식도 파열로 이어졌다. 각혈의 선연한 자국이 방에 얼룩무늬를 이루었을 때 아버지의 술 요청을 뿌리치기 위해 친척집에 잠시 피신했던 어머니가 뒤늦게 그 현장을 목격하고 병원으로 모시려 했다. 그러나 아버지는 어머니의 손을 뿌리치고 소읍의 거리를 뛰기 시작했다. 당신이 일하던 노동 현장을 거쳐 성당의 문 안쪽을, 그리고 이미 남에게 넘어가 버린 옛집의 담장 주위를 까닭 없이 빙빙 돌았다. 어머니는 아버지의 뒤를 따르며 빨리 병원에 가지 않으면 큰일난다고 애타게 소리쳤지만 막무가내였다. 어머니는 급기야 속에 묻어둔 말을 외쳤다고 했다.

「그 여자가 보고 싶어서 그래요?」

아버지는 멈칫 그 자리에 서서 어머니를 물끄러미 바라보다가 다시 질주를 시작했다. 아버지도 그 여자의 종적을 몰랐을 뿐더러, 어머니에게 속마음을 들킨 게 미안하고 착잡했을 것이다. 결국 아버지는 병원 응급실에 잠깐 머무르다가 중환자실로 옮겨 갔다. 그리고 다음 날 새벽 고통을 호소하며 비명을 지르다가 절명했다. 중환자실에 누워 있는 아버지에게 갔을 때 아버지는 나를 힘없는 눈으로 쳐다보다가 고개를 돌려 외면했다. 미안했기 때문이었을까, 아니면 아비를 원망하는 자식의 눈빛이 야속했기 때문이었을까.

아버지가 돌아가신 후 할머니 혼자 집을 지키고 있는데 어떤 여인이 찾아와 아버지 영정 앞에 오랫동안 앉아 있다 간 적이 있었다. 할머니가 누구냐고 묻자 여자는 이리저리 둘러대다가 허둥지둥 자리를 떴다고 했다.

철도가 있는 소읍의 풍경

낙원장에서 눈을 떴을 때 창문 너머에서 눈부신 햇빛이 쏟아져 들어왔다. 지난밤에 나는 연우의 에덴에 다녀왔다. 어린 연우는 보름달이 떠 있는 환한 고샅길로 당산에서 울면서 돌아오고 있었다. 안다, 너의 그리움을 안다. 네가 어디에 있는지는 모르지만 너는 에덴으로 돌아가는 길에서 망설이며 이 세상을 돌아보고 있을 것이다. 그 시절 우리는 아무도 행복할 수 없었다. 너는 그 불행을 노래로 돌이켜보려고 했다. 우리는 너의 노래 때문에 잠시 에덴에 가 있는 듯했다. 나는 너의 노래가 때로는 야속했다. 현실의 고통을 마취시키는 아편처럼 들리기도 했다. 너는 투쟁의 노래 대신 서러운 만가를 불렀고, 힘찬 다짐의 노래 대신 청아한 목청으로 에덴의 노래를 불렀다. 노래를 부르는 너는 지옥에서 연옥을 구걸하는 소리로 울부짖었겠지.

창문 너머로 쏟아지는 맑은 햇빛 속에서 푸른 들녘의 지평선을 바라보며 창턱에 턱을 괴고 서 있을 때 문을 두드리는 나직한 소리가 들렸다. 승미가 피로한 모습으로 문 앞에 서 있었다. 몸은 여전히 피로해 보였지만 표정은 지난밤보다 밝았다. 승미, 내가 사랑했던 이 여인은 피로한 눈을 반짝이며 다시 길을 재촉하고 있다.

「아직까지 세수도 안 했나 봐요. 많이 피곤하세요? 괜히 나 때문에 억지로 끌려다니는 것 아녜요? 미안해요. 힘들면 오늘이라도 올라가세요. 어차피 이건 투정밖에 안 돼요. 사랑이라는 건, 그런 단어라는 건, 어차피 우스운 거예요. 말로 표현되면 사라져 버리는 그런 감정이나 다짐은 처음부터 존재하지 않았던 신기루일 수도 있어요. 지난밤 한숨도 자지 못했어요. 내가 왜 이렇게 그이의 자취를 따라다녀야 하는지 비참해지기도 했어요. 사랑이라는 단어는 결국 욕정과 애정을 구분하지 못하는 이들이 환상에서 깨어났을 때 자신들을 위로하기 위해 애써 만들어 낸 명함 같은 건지도 모르겠어요.」

승미는 창문 너머 들녘에서 달려온 아침 햇빛을 받으며 낙원장의 문간에 기대어 길게 말했다. 그녀의 얼굴에 쏟아지는 아침 햇빛에서 남미의 성가 〈키리에〉가 떠올랐다. 주여! 우리를 불쌍히 여기소서. 남미에서 원주민의 언어로 찬송하기 위해 교황청의 허락을 얻는 데 1백 년 넘게 걸렸다고 한다. 삶은, 취하면 아름답지만 깨고 나면 늘 연옥인 것이다. 지옥보다 연옥이 낫기는 나은 것일까. 지옥에서부터 연옥을 거쳐 천국까지 취재하고 돌아온 단테는 에덴에서 쫓겨난 사람들이 치러야 할 대가를 보여 주었지만 여전히 에덴의 이주민들은 찰나의 쾌락에 더 집착했다. 에덴에서 쫓겨난 대가로 모든 이들은 어차피 죽음이라는 형벌을 피할 수 없다는 사실을 그들은 누구보다 잘 알고 있기 때문일지도 모르겠다.

승미와 함께 낙원장을 나섰다. 철길을 따라 연우가 부친의 작업 현장으로 묘사했던 역의 화물 부리는 마당으로 갔다. 그곳은 이제 예전의 활기라고는 전혀 찾아볼 수 없었다. 석탄의 수요도 거의 사라져 버린 데다가 도로가 발달해 웬만한 화물은 집 앞까지 택배로 배달되는 현실에서 일거리를 찾기는 어려울 것이다. 황량한 하역판을 서성거리는데 노인 하나가 다리를 절름거리면서 우리 곁을 느리게 지나갔다. 연우가 비망록을 써놓고 회고한 장소들을 차례로 순례했다면 저 노인이 썰렁한 하역판을 서성거리는 그를 보았을지도 모른다는 생각이 퍼뜩 스쳤다. 노인은 오른쪽 관절에 문제가 있는 듯 심하게 기우뚱거리며 걸었다.

「할아버지, 혹시 얼마 전에 이곳에 어떤 사내 한 명이 어슬렁거리는 거 못 보셨어요?」

노인은 걸음을 멈추고 그 자리에 가만히 섰다가 천천히 몸을 돌려 우리를 쳐다보았다. 노인의 얼굴은 어딘가 모르게 연우의 이미지와 비슷한 구석이 있었다. 연우가 늙어 버렸다면 노인의 얼굴처럼 됐을까.

「뉘시우?」

「아, 예, 저희는 친구를 찾아다니는 중인데요, 친구의 부친이 옛날 이곳에서 일을 했답니다. 그래서 그 친구가 여기에 한 번 다녀갔을 것 같아서 와봤습니다.」

노인은 우리를 빤히 쳐다보다가 아무 말 없이 몸을 돌려 가던 길을 다시 천천히 가기 시작했다. 무안해진 우리도 하릴없이 발길을 돌리려는데 노인이 몸은 돌리지 않은 채 걸어가면서 나직이 말했다.

「궁금하면 따라오시우.」

잘못 들었나 싶어서 멈칫 걸음을 멈추었는데, 노인이 다시 말했다.

「나도 그 녀석이 어디로 갔는지 궁금한데, 일단 따라오란 말이오.」

노인은 천천히 하역판을 벗어나 역전 거리로 접어들었다. 노인은 전나무 한 그루가 마당 가에 기품 있게 서 있는 오래된 기와집으로 들어갔다. 노인의 방에는 향냄새가 떠돌았다. 방문 곁 앉은뱅이책상 위에서 향이 피어오르고 있었다.

「몸뚱어리가 낡아지니 냄새가 날까 봐 향을 피우는 거라우. 죽은 사람 앞에 두고 향을 피우는 일과 다를 것도 없지. 살아 있긴 하지만 오장육부가 천천히 죽어 가고 있으니까 말이오.」

노인은 우리에게 방석을 내주며 앉으라고 권한 뒤 자신은 자리에 앉지 않고 서랍을 뒤적거리더니 앨범 하나를 들고 왔다. 귀퉁이가 닳은 낡은 앨범을 뒤적거리던 노인이 사진 한 장을 꺼내어 우리에게 보여 주었다. 젊었을 적의 노인으로 보이는 사람과 코가 크고 눈이 선량하게 생긴 다른 남자가 바닷가에서 소년 한 명을 앞에 앉힌 채 찍은 사진이었다. 노인은 소년을 집게손가락으로 짚으며 말했다.

「혹시 당신들이 찾아다닌다는 친구와 이 아이가 닮은 구석이라도 있소?」

나는 솔직히 잘 분간이 가지 않았지만 어딘가 모르게 연우의 이미지가 느껴지기도 했다. 특히 귓불이 부처님 귀의 그것처럼 탐스러운 것이 연우를 닮았다. 내가 망설이고 있을 때 승미가 나섰다.

「예, 할아버지. 비슷한 것 같아요.」

「그래? 그럼, 내가 제대로 데려온 거구면.」

「나는 이 녀석의 아비와 둘도 없이 친한 친구였소. 달포 전
쯤에 친구의 아들을 하역판에서 만나 이곳으로 데려와 오랜
만에 친구 얘기를 많이 나누었지. 그런데 그날 헤어질 때 그
놈 표정이 워낙 어두워서 보내긴 하면서도 마음이 별로 좋지
않았소. 그 녀석에게 무슨 일이라도 생긴 거요?」

「아니요, 할아버지. 그냥 그 친구가 오랫동안 안 보이기에 궁
금해서 수소문해 보는 중이에요.」

「죽은 내 친구는 생전에 법 없이도 살 만한 사람이라고 주변
에서 칭송이 자자했어. 참 선량하고 어려운 사람들 도와주기
도 잘 했어. 그런 친구가 어쩌다가 그렇게 허방에 빠져 고생
하다가 가버렸는지. 벌써 옛날 일이 되었지만 지금도 가슴이
아파. 아들 자랑을 얼마나 했었는지, 나중에 그 친구가 고통
을 받으며 헤맬 때는 그 아들이라는 존재가 없었다면 아마
견디지 못할 것처럼 보이기도 했어. 하지만 그 아들놈은 대
처로만 싸돌고 죽기 직전까지도 아비 앞에 코빼기도 비치지
않았었네. 그 녀석이 이번에 새삼스럽게 옛날 제 아버지 이
야기를 꺼내면서 많이 후회하는 눈치더구면.」

「그날 그 친구가 특별히 어디로 간다는 말은 안 하던가요?」

「제 아비 묘에 들렀다가 서울로 올라가겠다던데, 집으로는 아직 돌아가지 않은 모양이네?」

「혹시 묘지가 어디에 있는지 아세요?」

「아다마다! 나도 가끔 마음이 쓸쓸해지면 천천히 산보할 겸 가는디, 철길을 타고 북쪽으로 조금만 걸어 올라가면 육교가 하나 보이고 그 오른편에 소나무들이 자라는 야산이 나올 거야. 금방 찾을 수 있어. 제일 키가 큰 소나무 곁에 있는 게 내 친구 집이야.」

노인의 집을 나와 묘지로 향했다. 소나무들이 에워싸고 있는 묘지 입구에 대형 화강암 십자가가 서 있었다. 십자가가 햇빛을 반사시켜 멀리서도 그곳이 천주교 묘지임을 쉽게 알 수 있었다. 묘지에 가까이 갔을 때 소나무 숲에서 하얀빛이 솔가지 사이로 날카롭게 새어 나왔다. 망자들이 어두운 땅속의 집에서 나와 화사한 햇빛을 받으며 산보라도 하고 있는 듯했다. 묘지는 평화로웠다.

프랑스 시인 폴 발레리는 〈해변의 묘지〉라는 시를 남겼다. 프랑스에 갔다가 우연히 그 해변의 묘지에 들른 적이 있다. 묘지는 흰빛으로 가득한 죽은 자들의 화사한 정원이었다. 묘석들 사이로 말라 가는 붉은 꽃들이 듬성듬성 놓여 있었고, 흰빛의 묘지 아래로 푸른 지중해가 잔잔한 몸을 뒤치고 있었다. 그때도 지금처럼 아늑한 평화를 느꼈다. 죽은 자들 사이에 있는 일이 두려움보다는 평화로운 느낌을 주는 이유를 나는 아직 잘 모르겠다. 받을 벌을 미리 받아 버린 이들의 편안함 때문일까.

「여기예요.」

입구에 서서 천천히 둘러보는 사이에 연우와 가끔 들렀었던 승미가 먼저 묘지에 들어가서 소나무 곁에 있는 봉분을 찾아냈다. 봉분 앞에는 소주병과 꽁초가 놓여 있었다. 우리는 무덤 앞쪽의 소나무 그늘로 가서 나란히 앉았다. 소나무들 사이로 광활하게 펼쳐진 들녘이 내려다보였다. 들녘에서 불어오는 바람이 소나무들 사이를 헤집고 들어와 머리칼을 날리자 승미는 왼손으로 머리칼을 움켜쥔 채 말없이 솔바람 속에 앉아 있었다.

그날, 내가 학생회관에서 처음으로 승미의 노래를 듣고 감동했던 날 뒤풀이는 시위 때문에 늦게 열렸다. 그 자리에는 막 새로 출범한 우리 민요패의 가수 연우도 참석했다. 그날의 공연에 대한 평가와 다른 패에서 온 사람들의 소개가 형식적으로 끝난 후 술이 적당히 돌자 낮 시간의 긴장을 풀어 버리려는 듯 뒤풀이에 참석한 이들은 저마다 자신들의 노래를 풀어 놓았다. 꾼들의 뒤풀이여서, 모두 노래와 재담이 뛰어났다. 연우의 순서가 돌아와 그가 노래를 부르기 시작하자 좌중은 모두 숨소리를 죽였다. 노래가 끝나자 작은 뒤풀이 공간은 환호 속에 터져 나갈 듯했다.

이날 연우의 노래에 가장 큰 충격을 받은 이가 바로 승미였다. 승미네 패들의 노래가 주로 기타 반주에 맞춘 여린 양악풍이라면 연우가 부른 민요는 힘차면서도 서러운 신명을 품고 있었다. 그날 연우는 며칠 전 내가 꿈속에서 다시 들었던 그 노래, 김지하의 시에 곡을 붙인 〈빈 산〉을 불렀을 것이다. 민요는 아니었지만 국악풍으로 작곡된 비감한 노래였다. 고음과 저음의 낙차가 대단히 커서 가장 높은 음으로 올라가는 부분을 제대로 처리하려면 웬만한 성량으로는 부르기가 무척 난해한 노래였다.

「사실 승미 메시지를 받았던 새벽에 연우 꿈을 꾸었어. 연우가 눈 덮인 산길을 걸어와 계곡의 바위로 올라가더니 〈빈 산〉을 부르기 시작하는 거야. 내가 반가워서 뛰어갔더니 사라지고 없더군. 녀석도 우리가 찾고 있는지 아는 모양이지? 바쁘신 몸이 꿈속까지 찾아와 노래를 불러 주고 말이야.」

승미가 움켜쥐고 있던 머리칼을 놓아 버렸다. 머리가 바람에 제멋대로 다시 날리기 시작했다. 그리 강한 바람이 아니라서 머리칼이 그녀의 눈썹과 코와 귀를 살랑살랑 간질이고 있었다.

「꿈도 차별하네요. 내 꿈에는 출연도 않더니만……. 사실 그때 그 노래가 나를 단박에 사로잡아 버렸어요. 고음으로 올라갈 때 자세히 보니 온몸이 노래와 함께 떨고 있더군요. 그날 아, 이런 노래도 있구나, 이렇게 부르는 사람도 있구나…… 나도 속으로는 떨렸어요.」

그랬을 것이다. 그날 나는 승미가 연우를 바라보는 눈빛을 보면서 야릇한 질투를 느꼈다. 그녀의 영혼은 이미 그날 연우의 것이 돼버렸다. 민요패라고 해서 북과 장구만 두들기며 노래하는 것은 아니었다. 전통 민요를 근간으로 노래 훈련을 하되 대중에게 보다 효율적으로 다가가기 위해 기타나 신시사이저 같은 현대 악기들을 활용한 민요풍의 노래를 만들어 적당히 섞기도 했다. 이러한 사정 때문에 승미가 민요패로 옮겨 온 것은 우리로서는 반가운 일이었다. 승미는 민요패에서 기타 반주도 했고, 비록 성악에 어울리는 목소리였지만 그 나름대로 민요와 접목시킨 노래들을 부르면서 독특한 매력을 발산했다. 연우와 듀엣으로 노래를 부르기도 했다. 그들은 무대에서만 아니라 무대 아래의 일상에서도 다정한 커플이었다. 공개적으로 언표하지 않더라도 암묵적으로 누구나 느낄 수 있는 분위기였다. 우리는 그들을 표 나지 않게 배려해 주었다.

하지만 그들의 행복한 시간은 그리 길지 않았다. 연우가 졸업을 앞둔 해에 여기저기서 분신 사태가 빈번하게 일어났다. 숨 막히는 현실의 마지막 돌파구는 자신의 몸을 횃불로 만들어 어둠을 밝힐 수밖에 없다는 절박감이 만들어 낸 상황이었을 것이다. 그들의 죽음을 헛되게 할 수는 없었다. 그들의 장례는 그 자체가 죽어 간 이들이 소망했던 공간이 되었다. 연우는 장례 행렬의 선두에 늘 불려 다녔다. 그는 도시의 상두꾼이었다. 노래도 죄가 많기는 많은 모양이었다. 그는 자신도 모르는 새 표적이 돼버렸다.

어느 날 연우는 우리 곁에서 사라져 버렸다. 그는 끌려간 곳에서 죽도록 맞다가 하루아침에 군복을 입고 철책선을 지키는 신세가 되었다. 노래 대신 구호를 외치며 구보를 해야 했고 검은 물을 들인 점퍼 대신 카키색 군복을 입고 유격 훈련을 받았고, 총을 들고 밤을 새워 보초를 서야 했다.

사실 연우는 본디 이른바 운동이라는 것과는 체질적으로 거리가 멀었다. 그는 단지 노래꾼이었을 따름이다. 세상이 그를 아무리 영웅처럼 치켜세운다고 해도 그로서는 그리 달갑지 않았을 것이다. 그는 노래가 좋아 노래를 불렀던, 서정적인 인간이었다. 하지만 어떤 시기에는 서정적이고 온순한 사람일수록 어쩔 수 없이 결과적으로 정치적일 수밖에 없는 환경에 직면하게 된다.

연우의 비망록에 따르면, 그가 군에서 나와 황폐해졌을 때

그에게 적극적으로 다가온 여자가 바로 선화였다. 그녀는 위로가 필요한 연우에게 아주 적절한 때에 접근한 것이다. 그녀의 해금은 연우의 가슴을 다시 덥히는 데 정말 유용한 악기였다. 이러한 사실은 연우 자신이 비망록에서 절절하게 털어놓고 있다. 사실 승미가 말은 하지 않지만 그녀의 심정이 어떤 어둠 속에서 자맥질하고 있을지 짐작하기는 어렵지 않다. 한편으로는 오히려 홀가분해지기도 했을 것이다. 지금 승미는 연우를 직접 대면하는 일만 남아 있다. 그러나 그가 이 세상 사람이 아니라면, 만약에 그렇다면, 승미는 죽을 때까지 그에 대한 미련을 떨칠 수 없을 것이다. 그것은 연우의 이기적인 계산일 수도 있다. 끝까지 두 여자를 놓으려 하지 않는 무의식적인 계산일 수도 있다는 얘기다. 연우를 비난하려는 것이 아니다. 그로서도 어쩔 수 없었을지 모른다. 승미에게 떳떳하게 밝히고 용서를 구한다든지, 아니면 확실하게 승미의 갈 길을 배려해 주었다면 그녀가 나름대로 상처는 받을지언정 지금처럼 저토록 안타깝게 고통 받지 않아도 될 것이니 말이다. 반면에 분명하게 용서를 구하거나 배려하는 행위는 승미와 그의 선명한 단절을 전제하지 않고서는 불가능한 용기이기 때문에 연우는 망설였고, 결국 나를 징검다리 삼아 간접적으로 용서와 배려를 선택한 것일 게다. 그러나 이런 간접적인 해명은 승미가 미련을 완전히 버

릴 수 없는 상황을 필연적으로 만들어 낼 것이라는 사실을 그
는 몰랐을까.

솔숲에서 일어나 그만 떠나자고 승미에게 눈짓을 했지만, 그
녀는 잠자코 앉아 봉분 쪽을 뚫어져라 바라보았다. 그녀가 갑자
기 일어서더니 봉분을 향해 허겁지겁 달려갔다. 나도 그녀를 따
라 봉분 쪽으로 다가갔다. 승미가 비석 뒤편 봉분에서 나풀거리
던 하얀 종이쪽지를 끄집어냈다. 메모지는 여러 번 접어 갈무리
한 뒤 흙 속에 3분의 2 정도를 파묻어 놓은 상태였다. 그 쪽지
에는 연우의 글씨가 깨알처럼 적혀 있었다.

녀석은 우리가, 아니 승미가 찾아오리라고 예측했던 것일까.
승미가 말없이 메모를 읽어 내려가더니 한동안 봉분 너머 십자
가상을 멍하니 응시하다가 나에게 쪽지를 건네주었다. 흙이 묻
어 있는 쪽지에는 플러스펜으로 휘갈긴 듯한 글씨가 번져 있었
지만 읽기에 어려움은 없었다. 쪽지를 묻은 지 그리 오래되지
는 않은 것 같았다.

나의 정결한 여인이여. 노래를 잃어버린 자에게 일상은 지옥
일 수밖에 없는 것, 어찌 살아 있다고 말할 수 있을까. 나의
노래가 사라진 곳으로 떠나니, 더 이상 고통 받지 말고 평온
한 삶을 누리시게. 미안하고, 또 미안하오.

승미와 함께 묘지에서 천천히 걸어 나왔다. 승미는 묘지 너머 철길을 따라 소읍을 향해 걷는 내내 아무 말이 없었다. 연우는 비망록은 정작 나에게 전달했으면서도 승미가 이곳에 나타나리라 예견하고 있었다. 내가 필시 승미에게 비망록을 전할 것으로 확신했을 것이다. 우리가 함께 이곳에 올 것까지도. 봉분에 저리 모호하게 메시지를 남긴 건 계속 숨바꼭질이라도 하자는 건가. 노래가 사라진 곳이라니……. 승미도 골똘히 생각에 잠긴 듯했다.

「그이도 비올레타 파라처럼 사랑이 노래를 부르게 한 동력이었다면, 노래가 사라진 곳이란 그 사랑이 사라진 장소를 말하는 것 아닐까요?」

소읍의 기차역에 이르렀을 때 승미가 먼저 입을 열었다.

「연우에게 사랑이란 구체적으로 남녀 관계의 사랑만을 의미하는 게 아닐지도 몰라. 원체 사랑이 넘쳐나는 놈이었거든. 연우의 노래가 많은 이들을 감동시켰던 건, 풀과 나무와 돌까지도 숨을 죽이게 만들 수 있었던 건, 그 모든 것에 대한 연민 때문이었을 거야.」

「가장 가까이 있던 아내조차 제대로 보듬지 못하면서 누가 누구를 그처럼 폭넓게 껴안을 수 있다는 거죠?」

「너무 냉소적으로만 생각하지 마. 지금은 연우의 입장에서 냉정한 분석이 필요한 때야. 그래야 녀석이 간 곳을 알아낼 수 있지 않겠어?」

「미안해요…… 잠시 내 생각만 했네요. 그이가 스스로 노래를 잃어버렸다고 단정하는 이유가 뭘까요? 노래를 더 이상 부를 자신이 없다는 말일까요? 그 잘난 사랑의 상처 때문에? 그이의 노래를 사라지게 한 가장 큰 원인이 선화라면, 선화가 그이의 노래를 빼앗아 어디론가 사라졌다면, 그곳이 정답이겠네요. 만약 선화가 돌아올 수 없는 곳으로 떠났다면…… 정말, 그이도 그곳으로 갈 작정일까요?」

소읍의 역에 들어서서 우리는 서울행 기차 시간표를 훑어보았다. 무궁화호는 바로 40분 후에 이어졌지만, 우리는 서로 지쳐 있어서 두 시간 후의 새마을호를 예약하고 역사를 나섰다. 지난밤에 들렀던 선술집에서 쉬다가 올라갈 요량이었다. 언제부터 술에 길들여졌는지, 승미는 선술집 미닫이문을 열고 들어서자마자 동동주부터 서둘러 시켰다. 술이라도 마시고 싶을 때는 그래도 사랑이 아직 그녀를 애태운다는 방증일지 모른다. 술 생각마저 사라질 때는 가슴이 텅 비고 생이 단지 지루해질 따름이다. 언젠가 한 번은 넘어야 할 무의미와 권태와 상실의 언덕인 것이다.

「우리가 지나치게 걱정하는 건지도 몰라. 어디엔가 잠적해서 잃어버린 노래를 찾을 때까지 마음을 다스리고 있다면, 다시 나타날 수도 있어.」

승미가 동동주 한 사발을 생수처럼 단숨에 비워 내고 한숨을 몰아쉰 뒤, 쓸쓸한 미소를 지었다.

「놔두세요, 이제 다 그만두고 싶네요.」

연우 어머니 심정이 이랬을까. 연우의 아버지가 다른 여인을 만나 몇날 며칠 바깥으로 떠돌 때 연우의 어머니는 아프지만 말아 달라고 기도했다고 기록했다. 대를 이어 똑같은 경우가 반복되는 양상인데, 여인들의 태도는 다소 다르다. 물론 그럴 수밖에 없다. 사람이 다르고, 세대의 정서가 달라졌으니.

「여기까지 왔는데 시댁에 들러 봐야 하는 거 아닌가? 왜, 혼자 가면 시어머니가 걱정하실까 봐?」

「그래요. 안 그래도 늘 걱정이 많으신 분인데, 외간 남자와 불쑥 들어서면 아마 없던 병도 생길걸요. 당분간 어머님께는 알리고 싶지 않아요. 정말 그이에게 무슨 일이라도 생기면 감당하기 어려우실 텐데…….」

외간 남자? 나는 지금 친구의 아내와 함께 밀월여행이라도 떠나온 건가. 벗의 안위가 걱정되어 나서긴 했지만, 내 심장 깊은 곳에 가두어 놓은 먼 기억 속의 감정이 조금씩 살아나고 있는 것도 사실이다. 승미, 푸른 슬픔의 여인, 내 생의 나그네.

「나는 오늘 올라가면 당분간 시간 내기가 쉽지 않을 것 같은데, 승미는 어쩔 거야? 문화면에 기사라도 올릴까? 왕년의 언더그라운드 가수 강연우, 노래를 찾아 사라지다?」

「농담인 줄은 알지만, 그것도 진지하게 생각해 볼 일이네요. 살아 있다면 어디선가 누군가 본 사람이 있을 테니까요. 진짜로 기사를 쓸 수는 있나요?」

「데스크 허락을 받아야 하겠지만, 명분을 잘 살리면 칭찬받을 아이템이야. 연우가 요즘 가수들보다야 지명도는 떨어지지만 알 만한 이들은 깊이 사랑하는 가수 아닌가. 데스크가 그쪽으로 영 문외한은 아니거든. 잘만 포장하면 좋은 기사가 될 수도 있어.」

승미의 눈이 잠시 빛났다. 기사가 나가고 나면 그를 걱정하는 시선을 어디선가 연우도 분명히 감지할 수 있을 것이다. 작정하고 잠적한 경우라도 좁은 땅덩어리에서 그의 소식은 어느 경로를 통해서건 들려올 가능성이 높다. 승미가 지푸라기라도 잡은 표정으로 동동주 잔을 높이 들었다.

「선배, 그거 알아? 선배가 늘 내 구원 투수 역할을 해왔다는 거. 그이가 공연을 떠나고 혼자서 적막할 때면 어떻게 알았는지 그때마다 선배가 나타나 내 마음을 달래 주곤 했어. 마치 기다리기라도 했다는 것처럼 말이야. 늘 신세를 지는 느낌인데 한 번만 더 적극적으로 도와줘. 그이가 만들어 놓고 사라진 이 컴컴한 방에서 날 좀 꺼내 줘.」

구원 투수……. 주전은 연우였고 난 구원 투수였다! 어쨌든 구원 투수일망정 승미가 나를 인생의 동반자로 생각한다는 말로 들려 그리 섭섭하진 않았다. 기사 얘기는 우연히 꺼냈지만 시도하지 못할 것도 없다. 이번 기회에 1980년대에서 1990년대에 걸쳐 활약한 재야 노래패 출신 가수들의 행보를 정리하면서 지난 시대 노래 운동이 어떻게 대중 속으로 스며들었고 어떻게 좌절했는지 정리해 보는 것도 의미 있을 것 같았다. 우선 단발성 기사로 사라진 가수 이야기부터 먼저 시작해 보는 거다.

대낮 _잃어버린 가족을 찾습니다

노래란 무엇인가. 음악과 노래는 어떻게 같고 어떻게 다른가. 가락에 가사가 따라붙으면 노래가 되고 가락만 있으면 음악인가? 말과 노래는 어떻게 다른가? 결국 말이 시가 되면 노래에 이르는 것인가? 누군가에게 자신의 말을 보다 효율적으로 전달하기 위해 고안된 장르가 노래일지도 모른다. 똑같은 말이라도 노래가 되면 그 울림은 상상할 수 없을 정도로 달라진다. 노래를 부르게 되면서 내 안에 고인 말이 그리 많았는지 처음 알았다. 하지만 그때까지만 해도 내가 노래와 인연을 맺게 되리라곤 생각하지 못했다.

연일 비가 퍼붓던 여름이었다. 바깥에서는 끊임없이 지붕을 두드리는 빗소리가 들리는데 무용 연습실 마루 한가운데 치마 저고리를 입은 한 여인이 노래를 부르고 있었다. 여인의 얼굴은 둥그렇고 코는 가파른 편이며 눈은 검고 깊었다. 나이는 그때 30대 후반쯤이었을 것이다. 우리는 그녀가 한 대목씩 부르고 나면 그녀의 성음과 최대한 비슷하게 따라 불렀다. 민요를 가르치고 배우려면 이렇게 원시적인 방법밖에 없었다. 양악처럼 악보로 옮긴다 하더라도 악보의 기호들만으로는 노래의 맛이 살아나는 것이 아니기 때문에 선생의 소리를 열심히 흉내 내는 길이 최선이었다.

꿈이로다 꿈이로다 모두가 다 꿈이로다

너도 나도 꿈속이요 이것 다시 꿈이로다

꿈 깨니 또 꿈이요 깨인 꿈도 꿈이로다

꿈에 나서 꿈에 살고 꿈에 죽어 가는 인생

부질없다 깨라는 꿈 꿈을 꾸어서 무엇하리

꿈속에서 보이는 님은 신의가 없다고 일렀건만

오매불망 그리울 적에 꿈이 아니면 어이 하리

저 멀리 만리 그리운 님아 꿈이라고 생각을 말고

자주자주 보여주면은 너와 일생을 보내련다

판소리와 유사한 민요 〈진도 홍타령〉이었다. 소리를 꺾고 굴리는 대목이 많아서 배우기 어려웠지만 한 서린 정조가 매력적인 노래였다. 전라도 지방의 이런 홍타령에는 수많은 가사들이 전해진다. 통상 민요를 연상하면 기방의 기생들을 떠올리기 쉽지만, 실제 일하는 현장에서 육성으로 듣는 민요는 대단히 감동적이다. 아무리 슬퍼도 슬픔 그 자체에 매몰되지 않고, 신명나는 노래라 할지라도 어느 구석엔가 슬픔이 숨어 있었다. 나는 그 슬픔이 좋았던 모양이다. 당시 대학가에는 기타를 치며 부르는 서양 악곡 형식의 노래들이 태반을 점령하고 있었다. 뜻있는 이들이 우리의 얘기를 우리의 가락과 리듬에 담는 노래에 관심을 가지기 시작했고, 그것은 곧 민요에 대한 새로운 이해와 발굴로 이어졌다. 이들의 뜻에 공감하면서 민요 배우기에 나선 시점이었다.

노래를 가르치던 여인이 잠시 뜸을 들이더니 강습생들을 천천히 둘러본 뒤 한 사람씩 따로 불러 보게 했다. 내 차례에 이르러 떨리는 목소리로 〈홍타령〉을 끝내자 여인이 나를 물끄러미 바라보았다.

「혹시 조상 중에 당골네가 있어요?」

무슨 의미인지 몰라 얼굴을 붉히자, 여인은 장난스러운 미소를 지으며 다시 물었다.

「처음 배우는데도 끼가 넘쳐서 물어본 거예요.」

칭찬을 받고 보니 으쓱한 기분이 들긴 했지만, 여인의 말이
마냥 좋았던 것은 아니다. 약간 귀기 어린 듯한 여인이어서 그
녀의 말은 내 운명에 대한 스산한 예감으로 다가왔다. 〈흥타령〉
을 다 뗀 뒤 우리는 마지막 노래인 〈상엿소리〉에 도전했다. 〈상
엿소리〉는 신명이 넘치는 대목에서부터 한없이 슬프고 비장한
대목, 진양에서 중머리 중중머리 휘모리 자진모리까지 이어지
는 장단이 골고루 섞여 있어 민요의 결정판이라 해도 과언이 아
니었다.

북망산이 머다드니 문턱 밖이 북망일세

서른두 명 상두꾼이 양쪽에서 메고 가네

앞산도 첩첩하고 뒷산도 첩첩하다

황천이 어디라고 그리 쉽게 가라는가

애초시에 이 세상에 생기지나 말을 것을

죽어서 하직허니 불쌍하고 설은지고

왔다 가면 그저 가지 놀던 터에 이름 두고

그리 바삐 가단 말가 그리 쉽게 가단 말가

칠성님 전 복을 빌고 성황님 전 명을 빌고 옥황님 전 수를 빌고

아버님 전 뼈를 빌고 어머님 전 살을 빌고

하느님의 은덕으로 우리 인생 생겨났네 가엽게도 생겨났네

아침나절 성턴 몸이 저녁나절 병이 들어

염라대왕 찾아오고 사자님이 찾아와서

처자식을 모두 두고 저승길을 떠난다네

일가친척 많다한들 어느 누가 대신 가며

친구 자식 많다한들 어느 누가 대신 가리

대문 밖을 썩 나서니 없던 곡성 진동하네

어서 가세 어서 가세 아주 갈 길 어서 가세

이제 가면 언제 오나 내년 이때 다시 오나

옹솥 안에 삶은 팥이 싹이 나면 오실랑가

병풍에 그린 닭이 날개 치면 오실랑가

구름 같은 이 세상에 초로 같은 우리 인생

칠팔십을 사잣더니 일장춘몽 꿈이로다

〈상엿소리〉가 아버지의 죽음을 재촉했던 것일까. 나는 그 시절 줄곧 〈상엿소리〉를 입에 달고 살다시피 했다. 슬픔의 신명이 나를 사로잡았다. 언젠가 집에 내려갔을 때 어머니께서 내가 흥얼거리는 만가를 듣더니 정색을 하며 당신 앞에 앉혀 놓고 말했다.

「그리 하지 마라. 너는 그냥 좋아서 부르는 노래겠지만 성가

를 불러도 시원찮은 판에 그런 우중충한 소리를 입에 달고 살면 집안에 무슨 좋은 일이 생기겠냐. 아버지가 내내 저렇게 입에 술을 달고 사시니 내가 걱정이 이만저만이 아니다. 저러다 덜컥 돌아가시기라도 허면 어쩐다냐.」

어머니의 말씀은 대충 이런 내용이었던 것 같다. 그때라도 어머니 얘기를 새겨들었어야 했다. 물론 사람의 운명이라는 게 다 정해져 있다지만 안 좋은 쪽으로 생각의 길이 나면 미신 같은 믿음이 작동하기도 한다. 우리 계획대로 학내에 드디어 민요 서클이 꾸려졌다.

그해 우리 노래패가 처음 신입 회원을 모집하던 때가 떠오른다. 우리는 어떻게 하면 신입생들의 관심을 끌 만한 포스터를 만들까 머리를 맞대고 고민했다. 그때 누군가 기발한 생각을 떠올렸다. 잃어버린 가족을 찾습니다, 이거 어때요? 어차피 우리가 만나게 된다면 대단한 인연일 텐데 그 따뜻함과 만남의 의미를 강조하는 제목으로 꽤 호소력 있지 않을까요? 후배의 아이디어가 재미있어서 모두 환하게 웃다가 포스터 제작에 들어갔다.

'잃어버린 가족을 찾습니다!'

아마도 이산가족 찾기 행사에서 본 눈물의 홍수가 이 제목을 연상케 했을지도 모르겠다. 어쨌든 잃어버린 가족을 찾아 처음 우리 노래패에 그녀가 쭈뼛거리며 문을 열고 들어선 순간 갑자기 서클 룸이 환해지는 것 같았다. 마침 서클 룸을 나 혼자 지키고 있었다. 한창 신입생들을 받는 시점이어서 선배 중 누군가는 교대로 서클 룸을 지키기로 회의에서 정해 놓았었다. 신입생 환영 공연 때문에 노래패의 회원들은 대부분 문화관 연습실로 옮겨 간 상태였다. 그녀는 신입생답지 않게 이미 성숙한 체취를 풍겼다. 긴 생머리가 어깨까지 내려오고, 눈썹은 미인도에 나오는 고전적인 여인처럼 반달 모양으로 휘어져 있었는데 특별히 그려 넣은 게 아니라 말 그대로 자연산이었다. 키는 그리 크지 않은 편이었지만 아담한 몸매가 오히려 호감을 주는 스타일이었다. 게다가 우리 노래패에서 애타게 기다리던 국악과 여학생이었다. 그녀는 악기 가방을 껴안고 있었다. 신입 회원들이 대부분 노래와 기악에 대한 관심은 있었지만 정작 전문적인 기량을 확보한 경우는 별로 없었다. 우리는 늘 음대 쪽의 전문 역량을 처음부터 활용하고 싶어 했다. 하지만 그쪽으로 소질이 있는 학생들은 우리의 거친 음악 활동에 처음부터 외면하는 편이었다. 그녀가 조심스럽게 다가와 붉은 입술을 열었다.

「저, 이 노래패에 가입하면 일주일에 며칠이나 연습을 해야 하는 건가요?」

「서두르지 말고 우선 이쪽에 앉아서 편하게 얘기하지. 내 소
개부터 하자면 국문과 3학년 강연우. 이 노래패에서는 주로
후배들 세미나를 담당하면서 노래 지도를 하고 있어.」
「아, 선배님이 그 유명한 우리 학교 가수세요? 소문 들었어
요.」
「무슨 그런 쑥스러운 말을……. 나야 아마추어에 불과하지
만, 그래, 악기를 들고 있는 걸 보니까 음대생인 모양인데.」
「예, 저는 국악과 신입생 유선화라고 합니다. 전공은 해금이
고요. 대학에 들어오면 많은 사람들과 어울리고 싶었어요.
어려서부터 늘 국악 하는 사람들 속에만 있다 보니까 답답한
느낌이 들더라고요. 다양한 세계에서 자극을 받다 보면 제
연주도 비슷한 틀에서 벗어날 것 같은 기대도 있고요.」
「잘 생각했어. 우리야말로 선화 같은 인재는 얼마든지 환영
해. 연습은 공연이 있을 때면 거의 매일 하다시피 하는데, 선
화는 이미 전문적인 기량을 지니고 있으니까 선배들이 얼마
든지 편의를 봐줄 수도 있어. 일단 가입한 뒤 이번 주 금요일
에 선후배 상견례가 있으니까 그때 서로 안면을 익히기로 하
지. 해금은 언제부터 배우기 시작했지?」
「어렸을 때는 엄마에게 배우다가 예고에 들어가면서 본격적
으로 만지기 시작했어요.」

「모친에게 직접 배웠다니, 완전히 예인 가족이네. 나도 해금은 제대로 소리를 들어 본 적이 없어. 혹시 지금 맛보기로 조금 들려줄 수 없을까?」

그녀는 내가 갑자기 연주를 부탁하자 난처한 표정으로 고개를 숙인 채 악기 가방을 잠시 만지작거리더니 지퍼를 천천히 내렸다. 해금은 구조가 간단한 악기였다. 작은 울림통 위에 대나무가 세워져 있는데 그 대나무에 명주실 두 가닥이 연결돼 있었다. 그녀는 의자에 앉아 울림통을 허벅지 위에 올려놓고 왼손으로는 명주실을 잡고 오른손에 잡은 활로 줄을 문지르기 시작했다.

깊은 한숨 같은 소리가 두 가닥 줄에서 묻어 나왔다. 소리의 결은 탁한 듯하면서도 단단한 오기 같은 게 묻어 있는 높은 톤으로 이어졌다가 다시 숨을 토하듯 낮은 가락으로 내려왔다. 숨을 죽이듯 잔잔하게 이어지다가 폭포를 거슬러 뛰어오르는 연어처럼 힘차게 도약하더니 이내 풍덩 물속으로 떨어지는 듯한 긴장과 이완이 적절하게 배어들었다. 소리의 밑바닥에 깔린 기본 정조는 애절함이었다. 머리카락을 풀어 헤친 여인네가 누군가에게 자신의 처지를 하소연하는 곡성 같기도 하고, 세상사를 다 놓아 버리고 홀로 훨훨 비상하는 듯한 헛헛함도 끼어들었다. 창밖에서 비껴들어 오는 봄날 오후의 나른한 햇빛 속에서 눈을 감았다.

해금 연주 소리가 그치자 주위에서 박수 소리가 들려왔다. 연습을 마치고 들어온 노래패들이 어느새 그녀를 둘러싸고 아낌없이 박수를 보내고 있었다.

「야, 이거 우리가 오늘 보물을 하나 얻었군. 가만있자, 이런 날 그냥 넘어갈 수 없잖아. 오늘 연습 총평도 할 겸 강 건너로 가지.」

노래패의 회장을 맡고 있던 상호가 너스레를 떨면서 나에게 눈짓을 했다. 그녀는 갑자기 들이닥친 청중에 당황해서 서둘러 악기를 케이스에 넣고 일어서려 했다.

「오늘 시간 어때? 쇠뿔도 단김에 빼랬다고 우리 같이 요앞 강 건너로 가지. 거기 가서 막걸리 사발 놓고 환영회라도 벌이고 싶은데…….」

내가 거들자 주변에서 적극적으로 호응하고 나섰다. 그녀도 어쩔 수 없다는 듯 빤히 내 눈을 바라보았다. 도시의 외곽 산기슭에 캠퍼스가 자리 잡고 있어서 그 당시 우리는 술집에 가려면 산 중턱을 한참 걸어 내려와 버스를 타야 했다. 하지만 다행히도 계곡 너머 등산로 초입에 등산객들을 위한 쉼터가 있어서 철조망에 뚫린 구멍을 통과해 급경사가 진 비탈을 조심스럽게 내려가 계곡을 건너면 멀리 나가지 않아도 목마름을 쉽게 해결할 수 있었다. 그곳은 일명 '강 건너'로 통했다. 강 건너의 계곡 주변에는 벚나무들이 한껏 벌어진 하얀 꽃을 등불처럼 매달고 있었다. 물위로 떨어진 꽃잎들이 맑은 햇살 속에 일렁이며 흘러 내려가는 계곡 옆에 노래패들은 자리를 잡고 앉았다.

「이번 신입생 환영을 겸한 봄 공연은 가제를 '젊음 같은 꽃사태가'로 정했습니다. 4·19 기념 공연 성격인데, 그동안 노래패가 공연 금지에 묶여 있었기 때문에 우리에게 거는 학우들의 기대 또한 크리라 생각합니다. 지금까지 잘해 왔지만 공연이 얼마 남지 않았으니 더 긴장해서 열심히 해봅시다. 오늘은 마침 보배도 얻었으니 모두 다짐하는 의미에서, 또 신입 회원을 환영하는 따뜻한 마음으로 건배합시다.」

상호가 막걸리 사발을 높이 들자 모두 기다렸다는 듯이 연습 뒤끝의 칼칼한 목을 서둘러 축였다. 나는 슬쩍 옆자리에 앉은 선화를 곁눈질했다. 의외로 그녀는 막걸리 사발을 한 번에 비워 냈다. 맞은편에 앉아 있던 상호도 그 모습을 보았는지 들뜬 목소리로 말했다.

「야, 이거 우리 보물, 술도 잘 마시네. 자, 여기 내가 한 잔 더 따라 줄 테니 마셔요.」

선화는 말없이 술잔을 내밀었고 상호는 그 잔에 술이 넘치도록 철철 부었다. 술기운이 오르자 좌중은 낮에 연습했던 노래를 자연스럽게 다시 부르는 분위기로 바뀌었다. 2학년 후배 하나가 신입 회원도 들어왔는데 뭔가 보여 주어야 하지 않겠느냐며 나에게 노래를 청했다. 가라앉은 노래를 부른 것은 벚꽃이 계곡물에 떠내려가는 석양 무렵의 정취 때문이었을 것이다.

서럽다 뉘 말 하는가 흐르는 강물을
꿈이라 뉘 말하는가 되살아 오는 세월에
가슴에 맺힌 한들이 일어나 하늘을 보네
빛나는 그 눈 속에 순결한 눈물 흐르네
가네 가네 서러운 넋들이 가네
가네 가네 한 많은 세월이 가네.

분위기는 숙연해졌고 선화의 막걸리 잔 위로 벚꽃 하나가 날아와 떨어졌다. 노래가 끝나자 기다렸다는 듯이 모든 눈빛이 선화에게 쏟아졌다. 선화에게 솜씨를 보여 달라는 자연스러운 요청이었다. 굳이 말로 부탁하지 않은 것은 이제 입회한 지 몇 시간도 지나지 않은 신입생에게 멋쩍었기 때문이었을 게다. 선화는 잔 위에 떨어진 꽃잎을 물끄러미 내려다보다가 술잔을 들어 한 모금 마시더니 가방을 열고 해금을 꺼냈다. 그녀는 방금 전에 내가 불렀던 노래를 해금으로 켜기 시작했다. 해금으로 연주하는 〈마른 잎 다시 살아나〉는 그 빛깔이 아연 달라졌다. 내 노래에서는 그저 착 가라앉은 서러움만 느껴졌다면, 그녀가 연주하는 해금 가락에는 서러움과 함께 분노가 힘차게 얹히는가 하면 떠나가는 넋들의 아픔을 달래는 위로의 정서가 웅숭깊게 배어 있었다. 이제 갓 대학에 입학한 그녀가 이전에 그 노래를 들어 보았을 리는 없을 터인데, 한 번 듣고 자신의 감정을 실어 연주해 낼 정도면 가벼이 여길 실력은 결코 아니었다. 그녀가 해금 연주를 끝내자 회원들은 잠시 침묵에 빠져 있다가 이내 계곡이 떠나갈 듯 박수를 치며 환호했다. 연주의 여운에 취해 멍하니 앉아 있던 이들이 정신을 차린 것이다. 선화는 그렇게 우리 앞에 나타났다.

그해 가을 그동안 배운 노래들과 전국에서 수집한 민요들을 축으로 그 당시 시대 상황을 담아내는 가사들을 담아서 본격적인 발표의 장을 펼칠 기회가 왔다. 학내에서는 대중적인 인기를 모으고 있던 노래 서클의 공연이 장기간 금지되고 있었다. 그러나 당시만 해도 학교 당국에는 민요가 시대 상황과 무관한 장르로 받아들여졌기 때문에 공연 허가가 쉽게 나왔다. 우리는 노래판이 지루하지 않도록 머리를 맞댔다. 신명 나는 노래, 슬픈 노래, 힘을 돋우는 노래로 나누었다. 마지막 순서에는 상엿소리를 넣어서 시대의 고혼들을 위로하는 판으로 꾸몄다. 내가 가운데에 주저앉아 상엿소리를 불렀고, 남은 패들은 서로 어깨를 겯고 인간 띠를 만들어 내 주위를 느리게 돌면서 뒷소리를 받았다. 공연은 대성공이었다. 뒤풀이 난장에는 모든 학생들이 학생회관 라운지에서 마구잡이 춤을 추는 바람에 놀란 수위들이 달려와 진정시켜 보려 했지만 풍물 소리와 난장의 신명에 파묻혀 제어할 도리가 없었다. 2층 공연장이 금방이라도 무너질 것처럼 출렁거렸다.

공연에 참가했던 청중이 자연스럽게 시위대로 변하면서 캠퍼스는 격렬한 소용돌이에 휘말렸다. 여기저기서 다연발 최루탄이 발사되고 페퍼포그 차에서 내뿜는 연기가 온 교정을 뒤덮어 버렸다. 학생회관의 구내식당까지도 최루탄 연기가 스며들어 여기저기 쓰러지는 학생들이 속출했다. 방독면을 쓴 전투경찰이 쓰러진 학생들에게 방망이질을 해댔다. 이날 공연 말미의 시위는 사실 학내의 엄혹한 분위기를 깨뜨리기 위해 사전에 치밀하게 계획된 것이었다. 학생들이 모일 기회 자체를 원천적으로 차단당해 오던 터여서 우리의 공연 마당은 자연스럽게 시위를 기획할 수 있는 좋은 여건이었던 셈이다.

그날 공연 이후 민요패라고 방심했던 학교 당국은 우리 서클을 주시했다. 사실 학내 행사는 그 공연이 처음이자 마지막이었다. 우리는 여러 다양한 집회에 불려 다니느라 학내 공연을 준비할 여력도 많지 않았지만 공연을 기획하더라도 허가가 나기 쉽지 않은 상황이었다. 선화는 그날 시위대에 휩쓸려 얼떨결에 선두로 밀렸다가 버스 유리창에 철망을 두른 이른바 '닭장차'에 실려 가 구류를 살고 나온 뒤 노래패에서 종적을 감추었다. 음대에 알아보았지만 학교조차 나오지 않는다는 사실만 알아냈을 뿐이었다.

그즈음 승미는 양악 노래패에서 나와 민요패에서 살다시피 했다. 민요패에서 그녀는 전문 지식을 살려 민요를 악보로 옮기거나 창작 민요에 기타 반주를 넣는 일, 성악풍의 배음이 필요한 노래를 녹음하는 일들을 거들었다. 그녀와 함께 노래를 부를 때면 질척거리며 내려앉던 감정들이 맑게 정화되는 듯했다. 지금 생각하면 그것은 승미가 지니고 있는 영혼의 맑은 힘이었던 것 같다. 그녀가 민요패에 합류하지 않고 자신의 길을 죽 갔더라면 지금쯤 아마 메르세데스 소사를 방불케 하는 훌륭한 가수로 성장했을 것이라고 확신한다. 나는 그녀에게서 소사와 비올레타 파라의 노래를 배웠다. 빅토르 하라의 존재도 그녀를 통해서 알게 됐고, 노래의 힘에 대해서도 구체적인 확신을 갖게 되었다. 하지만 나라는 사람은 그녀처럼 그리 맑은 힘을 지니지 못했다. 다행히 그녀가 내 곁에 있어 주었기에 나의 한없이 가라앉는 정서가 그나마 부력을 지니고 세상에 노래로 떠 있을 수 있었다. 내가 가객으로서 살아남았다면 그것은 전적으로 승미, 내 아내, 그녀의 힘이었다.

군에 끌려가기 직전 승미와 함께 지방 도시로 공연을 하러 간 적이 있다. 지역의 문화 단체에서 마련한 시민 한마당이었다. 공연을 마친 뒤 뒤풀이에 참가하는 대신 승미와 둘이서만 가까운 호수로 잠시 바람을 쐬러 나갔다. 봄이 시작되는 3월의 끝 무렵이어서 매화, 산수유, 벚꽃 들이 시각을 다투며 피어나고 있었다. 바람은 부드러웠지만 황사가 섞여 있어서 호수 위는 안개가 낀 것처럼 뿌옇게 보였다. 승미는 무척 행복한 표정이었다. 둘만의 시간이 많지 않았던 것이다. 청둥오리들이 날개로 물을 차면서 푸드득거렸다.

「선배, 칠레의 빅토르 하라는 노래와 시가 사람들로 하여금 양심을 일깨워 행동하게 하는 무기라고 했대요. 남미 노래 운동에는 '기타는 총, 노래는 총알'이라는 구호도 있어요. 공감하세요?」

「그럼 우리가 게릴라라도 되는 건가?」

「아름다운 게릴라들이죠. 빅토르 하라는 사람들의 슬픔이나 행복의 감정에 돌파구를 열어 주기 위해, 상처받은 마음들을

열어 주기 위해, 새로운 시각으로 세계를 바라볼 수 있게 해
주기 위해 노래와 시가 필요하다고 믿었어요. 이런 게릴라들
이 세상에 많으면 많을수록 말 그대로 평화가 강물처럼 흐르
는 거죠.」

「정작 노래 부르는 나는 늘 흔들리는 사람인데 어쩌지?」

「흔들리는 자신을 아는 사람이야말로 양심적인 존재일 수 있
어요. 맹목적인 구호나 독단에 가까운 신념만으로는 해결할
수 없는 일들이 많아요. 오히려 방해가 되기도 하고요. 사실
하라의 노래들은 지극히 서정적이에요. 스페인어 가사가 우
리에게 잘 전달되지 않아 내용이야 잘 모르겠지만 그의 음색
은 약간 떨리는 듯하면서도 대단한 호소력이 있더라고요. 서
푼짜리 이념으로 경직된 사람보다 다양하게 사람들의 목소
리를 받아들일 수 있는 탄력적인 가슴이 더 소중할 수도 있
어요. 물론 기회주의적인 태도의 위험성이 없는 건 아니지만,
결국 살아간다는 게 다 그런 거 아닐까요? 기회주의자가 되
기도 쉽지는 않아요. 그거야말로 양심을 배반하는 분명한 각
오가 필요할 거예요. 경직된 사람들과 기회주의자들은 그런
면에서 둘 다 선배나 나 같은 사람들이 따라가기에는 유별난
존재들이죠.」

「사랑은 어때? 사랑은 기회주의자들이나 경직된 자들에게도

공평하게 배분되는 것 아닌가?」

「가슴에서 울리는 소리를 제대로 들을 수만 있다면 사랑도 마찬가지일 거예요.」

「그 소리가 스페인어로 울리면 어떻게 알아듣지? 하라의 노래처럼 말이야.」

「선배, 지금 나는 심각한데 농담하세요?」

승미가 눈을 찡그리더니 종주먹을 만들어 내 가슴을 쳤다. 나는 짐짓 쇠주먹을 맞은 양 비명을 지르며 벤치 위에 길게 누워 버렸다. 승미가 레슬링 선수처럼 내 위로 몸을 던져 목을 껴안고 더운 숨을 귓전에 내뿜었다. 승미의 허리를 껴안고 가만가만 몸을 흔들며 봄바람이 지나가는 소리를 들었다. 승미가 내 몸 위에 엎드린 채 귓전에 속삭였다.

「선배, 하라의 노래 중에 모든 것은 변하는데, 세상사의 표면도 내면도 생각하는 것도 모두 변하는데, 그래서 내가 변하는 것이 하나도 이상할 것 없는데, 나의 사랑만은 변하지 않는다는 가사가 있어요. 꼭 지금 내 심정을 노래하는 것 같아요.」

승미의 얘기를 듣는 순간 뇌혈관에 뜨거운 전류가 흘렀다. 천천히 일어나 바람에 날리는 승미의 머리칼을 모두어 뒤로 쓸어 넘겨 주며 말했다.

「홀아비 과부가 정들 적에는 막걸리 한 잔에도 정이 들고,

할아버지 할머니 정들 적에는 등만 긁어 줘도 정이 든다던데 노래꾼들은 서로 소리만 나누어도 정이 드는 모양이네?」

승미의 손을 끌어 잡았다. 따뜻한 손이 가볍게 떨렸다. 우리에게 시간이 조금만 더 있었더라면 내가 황폐한 마음의 골목길을 헤매지 않아도 좋았을지 모르겠다.

나는 그날 상경한 뒤 다음 날 집에서 끌려가 그대로 세상과 절연했다. 제대 후 세상은 많이 달라져 있었다. 내가 활동했던 재야 노래패의 성원들도 많이 바뀌어 있었고, 그들은 바야흐로 대중을 상대로 한 노래 활동보다는 노동 운동 쪽에 무게 중심을 실어서 노래패는 겨우 형태만 유지하고 있을 뿐 빈 껍질이나 다름없었다. 승미도 지하로 스며들었는지 얼굴을 보기 어려웠다. 나는 홀로 노래를 만들면서 개별적으로 나를 필요로 하는 판에 나가 노래를 부르는 독립된 가객의 길로 나아갔다. 그때, 세상에 나를 적응시키기 힘들었을 때, 에덴의 바깥에 부는 싸늘한 바람에 한껏 몸과 마음이 오그라들어 누군가의 위로가 절실했을 때, 선화를 만났다.

승미는 나에게 맑은 힘을 주었지만, 선화는 늘 나를 취하게 했다. 승미는 내가 노래를 불러야 하는 이유를 일깨워 주었지만 선화는 내가 노래를 부르게 했다. 승미는 나에게 세상의 밝은 햇빛 아래 맑은 대기를 호흡하게 했지만, 선화는 나에게 정넘의 깊은 수렁을 헤매게 했다. 승미는 나에게 에덴이었지만, 선화는 연옥에서 고통 받는 연민의 대상이었다. 나에게 승미가 있는 에덴과 선화가 몸부림치는 연옥 중 하나를 선택하라고 한다면 지금도 망설일 수밖에 없다. 에덴에는 죽음이라는 형벌이 없는 대신 감각의 쾌락과 사랑의 느꺼움이 없다. 연옥에는 머리를 쥐어뜯는 아픔과 번민이 있지만 에덴에는 맑은 빛과 청명한 대기와 아름다움이 존재한다. 그러나 에덴의 아름다움은 투명한 아름다움일 뿐이다. 고통이 없으면 쾌락도 없고, 번민이 없으면 행복도 없다는 사실을 부정할 수 있을까. 그러므로 끝내 다시 선택해야 한다면 어쩔 수 없이 에덴보다는 연옥의 여인에게 더 가까이 가고 말 것이다.

노래하는 포장마차

1980년대 대학가 노래패에서 출발해 서정적인 노래로 대중에게 사랑받아 온 가수 강연우가 종적을 감추어 가족들이 실종 신고를 냈다. 재야 노래패들은 1980년대에 태동해 1990년대 초반까지 활발하게 활동하면서 우리 시대 민주화 운동에도 기여한 바가 크다. 하지만 1990년대 이후 이들의 활동이 많이 위축된 게 사실이고, 노래패 구성원들 중에는 솔로로 독립해 대중에게 보다 가까이 가는 노랫말과 곡으로 생명력을 이어온 이들도 적지 않다. 강연우는 서정적인 노랫말을 호소력 짙은 목소리로 전달해 그들 중에서도 가장 돋보이는 가수로 꼽힌다. 근년 들어 활동이 뜸한 편이었지만 아직도 그의 음반들은 불황인 음악 시장에서도 꾸준히 팔려 나가고 있어, 지속적인 인기를 반영하고 있다.

강연우와 더불어 음악 활동을 해온 그의 아내 정승미 씨는 최근 남편의 실종 신고를 내고 공개적으로 그의 소재에 대한 수소문에 나섰다. 지방 순회 라이브 공연을 마친 후 재충전하겠다며 집을 나선 이후 3개월째 소식이 끊겼다는 것이다. 그동안 공개적인 수소문에 나서지 못한 채 기다리기만 하던 정승미 씨는 가수 강연우에게 사고가 생긴 것으로 보고 직접 언론에 도움을 청하게 됐다고 밝혔다. 강연우가 남겨 놓은 것으로 알려진 비망록에 따르면 그는 '사라진 노래를 찾아 떠난다'며 칠레의 가수 비올레타 파라의 노래 〈생에 감사드리며〉의 가사를 유언처럼 적어 놓아 가족은 물론 그를 사랑하는 팬들을 안타깝게 하고 있다.

문화면에 작은 박스 기사로 강연우에 대한 기사를 출고했다. 데스크는 타 신문에 실리지 않은 단독 기사라는 차원에서 만족해하는 듯했다. 인터넷판에 '가수 강연우 3개월째 행방 묘연'이라는 제목으로 기사가 뜨자 댓글들이 올라오기 시작했다. 대부분 연우를 염려하는 글이었지만 인터넷 댓글들이 그렇듯 악의적인 내용도 없지는 않았다. 생명이 다한 가수를 다시 살리

기 위한 기획사의 꼼수라는 지적이 대표적이었다. 기획사에 소
속돼 매니저를 따로 두고 활동하는 일반 가수들과 달리 연우는
지금까지 혼자서 움직여 왔기 때문에 대답할 가치도 없는, 말
그대로 악플에 불과했다. 무대에서 사라진 가수가 한둘이 아닌
데 불과 3개월 정도 보이지 않는다고 실종이라 보기 어렵다는
비판도 있었다. 연우의 비망록을 접하지 못한 그들 입장에서야
그렇게 한마디씩 보태는 것도 무리는 아니었다. 기대했던 것처
럼 이 기사로 얻은 소득은 있었다. 오랫동안 소식이 끊겼던 대
학 시절 노래패 성원 중 한 명인 노정구로부터 연우를 최근에
본 적 있다는 연락이 왔다.

노정구의 포장마차는 그리 어렵지 않게 찾을 수 있었다. 승
미와 함께 양재에서 버스를 타고 성남 모란시장에 도착했다.
시장 부근의 공터에 가설해 놓은 천막 극장 같은 형태라고 들
었지만 시장을 두 바퀴나 돌아도 공터는 보이지 않았다. 길가
에 야채 좌판을 벌여 놓은 노파에게 다가가 물었다.

「할머니, 요 근방에 술도 마시고 노래도 하는 포장마차가 있
다면서요?」

「아, 거 옛날 노래 부르는 디 말이요? 저기 청과물 시장 모퉁
이를 돌아서 상가 건물을 빠져나가면 개천이 나오는데, 바로
그 갯가에 있어. 왜, 집이도 오늘 막걸리 한 잔에 기분 좀 내

볼라고?」

　노점상 노파까지 알 정도면 노래하는 포장마차는 근방에서 꽤 알려진 모양이었다. 청과 시장을 가로질러 나가니 상가 건물 사이로 개천이 얼핏 보였다. 포장마차치고는 규모가 꽤 큰 편이었다. 천막 극장처럼 내부는 널찍했고 드럼통 위에 커다란 쟁반을 얹어 놓은 테이블이 적어도 20여 개는 됨 직했다. 각 테이블 위쪽에는 주황색 백열등 알전구가 줄에 매달려 흔들거리고 있었다. 앞쪽 왼편에 주방이 있고 그 옆쪽에 작은 간이 무대가 만들어져 있었다. 테이블 중앙의 연탄불 위 석쇠에서 지글거리는 고기 냄새가 실내에 가득했다. 아직 초저녁인데도 테이블은 거의 다 차 있는 것 같았다. 승미와 함께 구석 쪽 빈 테이블을 발견하고 자리를 잡자 아르바이트 학생인 듯한 젊은 청년이 뛰어와 주문을 받았다.

　「여기 사장님 성함이 어떻게 되시나?」

　「성함은 저도 잘 모르겠고요, 대금 하나는 기차게 붑니다. 여기 손님들 중에는 아마 그 대금 소리 들으러 온 분들도 많을 거예요.」

　노정구의 포장마차를 제대로 찾아온 모양이었다. 나는 승미에게 안도의 미소를 띠고 고개를 끄덕였다. 삼겹살 2인분과 소주 한 병을 시키면서 종업원에게 당부했다.

「여기, 옛날 선배가 찾아왔다고 사장님께 넌지시 얘기 좀 해 주시오.」

「주방에 왔다 갔다 하시랴, 무대에도 나가시랴 무지 바쁘세요. 어쨌든 말씀은 드려 놓겠습니다.」

주방 옆 간이 무대에 노정구가 나타나자 손님들이 여기저기서 박수를 쳐댔다. 노정구는 손님들을 향해 꾸벅 인사를 한 뒤 자리를 잡고 앉아 대금을 불기 시작했다. 청아한 대금 소리가 술청을 떠돌자 떠들던 손님들이 하나둘 입을 다물고 무대를 응시했다. 댓잎 사이를 지나가는 바람처럼 청아한 소리가 시장판 공터의 포장막 안을 순식간에 소슬한 심산의 청정 공간으로 바꾸어 버렸다. 잠시 후 심산 계곡의 청정한 분위기는 호우라도 지나간 뒤 거센 계곡 물소리처럼 흥겹고 빠른 리듬으로 바뀌었다. 술청의 손님들이 연신 허벅지를 손바닥으로 두드려 댔다. 대금 가락이 갑자기 뽕짝으로 이어졌다. '반짝이는 별빛 아래 소곤소곤 소곤대는 그날 밤 천 년을 두고 변치 말자고 댕기 풀어 맹세한 님아…….' 노정구가 예전 술자리에서 기분이 좋아지면 불어 대던 〈무너진 사랑탑〉이었다. 좌중의 분위기는 금세 달아올랐다. 술에 취한 사내 하나는 아예 무대로 뛰어 올라가 넥타이를 풀어젖히고 가락에 맞추어 몸을 흔들어 댔다.

「옛날 가락이 하나도 변하지 않았네.」

「오랜만에 정구 형 대금 소리를 들으니 좋긴 한데, 저 솜씨를 이런 자리에서 썩히는 게 참 안타깝네요.」

내가 감탄하자 승미는 쓸쓸한 웃음을 지으며 화답했다. 노정구는 그 시절 호쾌한 청년이었다. 녀석의 신명은 술에 취하면 절정으로 치달았다. 밤이 새도록 온갖 재담과 대금 연주에다 춤까지 이어 붙이는 녀석의 끼는 난다 긴다 하는 연행패에서도 단연 돋보였다.

「그런대로 나쁘지는 않은데? 저 끼를 그냥 썩히는 것보다 이렇게 사람들 속에 섞여 나누는 게 그나마 다행일 수도 있어. 끼를 억누른 채 생업에 쫓겨 가슴이 말라 가는 친구들보다는 차라리 나을지도 모르지.」

「그럴까요? 하지만 우리가 그렇게 흩어지고 난 뒤 늘 다시 한 번 모여서 제대로 무대를 마련하는 꿈을 꾸곤 했어요. 정구 형도 사실은 생업 때문에 억지 광대 노릇을 하고 있는 것 아닌가요?」

나는 말없이 삼겹살을 뒤적거리다 소주잔을 연방 입 안에 털어 넣었다. 승미도 조용히 소주병을 들어 빈 잔을 채웠다. 그 시절에는 공동체의 대의가 있었다. 분명한 목표 앞에서 우리는 젊었고 타고난 끼들을 한껏 분출했다. 그러나 세상은 우리가 끼를 하나로 모아서 분출시키는 걸 가만두지 않았다. 아니, 세상뿐 아니라 복잡하고 변덕스러운 인간의 속성이라는 게 원천적으로 불가능한 장애물이었는지도 모른다. 본디 하나의 빛깔일 수 없는 게 인간 아니던가. 세상과 이데올로기를 탓하기 이전에 인간들의 불가해한 성정과 합리적으로만 전개되지 않는 운명을 먼저 받아들여야 할 것이다. 지금쯤은 그것을 받아들일 수 있을 것 같지만 그 시절에는 안타깝기만 했다. 노정구가 주저앉지 않고 살기 위해 이나마 노력하는 모습에는 박수를 쳐주어야 할 일이다.

「아이고, 이게 누구여! 형님, 정말 오랜만이네요. 승미도 같이 와부렀네? 오메, 오늘 복 터져 부렀구먼.」

어느새 무대에서 내려왔는지 노정구는 술판에 엎어질 듯이 달려들어 나를 꼭 끌어안았다가 풀어 놓은 뒤, 이번에는 승미의 손을 잡고 위아래로 흔들다가 아쉬운 듯 그녀의 손을 놓아주었다. 노정구는 그새 머리가 더 빠져 버려 이마가 한 뼘쯤은 위로 올라가 있었다. 둥글넓적한 얼굴은 여전했지만 살이 빠져서 광대뼈가 약간 돌출돼 있었고 전반적으로 조금 수척해 보였다. 우렁우렁거리는 굵고 큰 저음의 목청은 여전했다. 연우는 비망록에서 자신의 부친이 지녔던 목청도 저음이었다고 했다. 우렁거리긴 했지만 노정구보다는 더 맑은 음색이었던 모양이다. 그의 부친이 노래를 부를 때면 가늘게 떨리는 성음과 저음의 깊은 맛이 절묘하게 어우러졌다고 했다. 그래서 정구가 노래를 부를 때면 늘 부친이 떠올랐다고 회고했을 것이다.

「야, 정구! 살아 있었구나. 금방 떼부자 되겠네.」

「아이고, 형님도. 움막집에서 소주 몇 병 팔아 갖고 먼 부자요 부자긴. 그냥 먹고 살라니께 배운 재주 팔아먹는 거지요. 그나저나 연락이나 드려야 겨우 찾아오시는구먼요. 긍께 이게 몇 년 만이지요?」

「자네 연락 받고 승미와 같이 왔어.」

「잘들 오셨소. 오늘 제대로 만나 부렀네. 온 김에 한 판 벌여 부립시다. 옛날처럼 나가 대금 불고 승미가 기타 치고 형님은 노래허면 되겠소.」

승미가 여전히 선 채로 목청을 높이는 정구를 올려다보며 엷게 웃었다. 승미와 눈빛이 마주친 정구가 솥뚜껑만 한 손으로 갑자기 승미의 양볼을 움켜잡더니 볼에다 입술을 가져다 댔다. 정구가 굼뜨다지만 이런 일에는 재빠른지, 승미도 미처 피하지 못했다. 피하지 않았을 것이다.

정구는 술을 몇 잔 걸쳤는지 그러잖아도 불콰한 얼굴이 더욱 상기되어 있었다. 반가웠을 것이다. 오랜만의 상봉 의식이 대충 마무리되고 나서야 정구는 플라스틱 의자를 끌어다 엉덩이를 붙이고 앉았다. 가까이 앉은 정구의 얼굴을 찬찬히 살펴보니 퉁

방울눈은 여전했지만, 안구에는 재떨이에 물을 부었을 때 스며 나오는 니코틴의 노란 빛깔 같은 더께가 쌓여 있었다.

「정구 형, 몸이 안 좋은가 봐요?」

「좀 부실하긴 해도 살아가는 데는 지장 없어. 그놈의 술 때문이지 뭐. 하지만 오늘 같은 날 술을 안 마시면 이까짓 몸뚱이 애지중지하며 살아갈 이유가 없지. 자, 형님부터 한 잔 받으시오.」

그 시절 우리 연행패는 전국을 거의 다 돌아다녔다. 대학 대동제와 노조 집회 현장은 물론이고 주민 위안 잔치에서부터 민속 혼례식장, 회갑·칠순 잔치까지 말 그대로 때와 장소를 가리지 않고 부르는 곳이면 어디든지 달려갔다. 연우와 정구·승미를 비롯해 상쇠를 맡으면서 장고·피리까지 자유자재로 주물렀던 송광철이 연행패의 중심이었다. 기타를 치던 한요안과 성악과 출신 가수 정승미도 없어서는 안 될 존재들이었다. 나머지 뒤패들은 자주 바뀌곤 했지만 이들 여섯 명은 연행패가 해체될 때까지 함께 있었다. 연우·정구·광철·승미·요안, 그들은 그 시절의 뜬패들이었다. 어떤 조직에도 귀속되지 못한 채 떠도는 떠돌이들이었던 것이다. 그들이 처음부터 뜬패로 돌아선 것은 아니었다. 승미나 요안만 해도 그 시절 문화 운동이라는 대의 아래 조직된 노래패의 일원이었다. 하지만 그들은 그 조직에서

자신들의 끼와 예술성을 이론과 당파성에 묶어 두기에는 기질

적인 부적응자들이었다. 연우와 정구, 광철도 마찬가지였다. 그

들도 조직에 묶이기에는 타고난 끼가 너무 승했다. 연우는 떠도

는 예인들을 묶어 연행 중심의 느슨한 공동체를 꾸렸다.

승미가 먼저 본론을 꺼냈다.

「연우 형을 봤다면서요? 형이 집에 들어오지 않은 지 벌써

3개월이나 지났어요. 혹시 무슨 일이 생기지 않았는지 걱정

돼서 찾아다니는 중이에요.」

정구는 내려놓았던 술잔을 들어 한입에 털어 넣은 뒤 말없이

무대 쪽을 응시했다. 포장막을 헤집고 들어온 바람이 그들이

앉아 있는 테이블을 돌아 나갔다. 바람이 승미의 머리칼을 건

드려 그녀의 넓은 이마가 어수선해졌다.

「한달 전쯤인가, 연우 형이 한 번 다녀가기는 했어. 와서 말

을 많이 하진 않았지만 뭔가 눈빛이 아득하고 슬픈 기색이

완연해서 좀 이상하다 싶었지. 내가 바빠서 왔다 갔다 하느

라고 차분하게 말을 이어 가지 못한 게 지금 생각하니 아쉽

네. 근데 형이 어렵게 말을 꺼내더니 선화의 행방을 묻더라

고. 아, 선화라고, 승미 너도 알 거야. 우리 대학 3학년 때 한

학기 정도 같이 활동한 국악과 여학생 말이야. 선화와 내가

같은 과라서 연우 형이 혹시 그 친구 소식을 알까 봐 들렀었

나 봐. 나도 속 시원하게 연우 형이 묻는 말에 대답할 수 있
는 처지가 못 돼서 술만 들이켜다가 주방에 다녀왔더니 가고
없더라고. 그게 전부야. 그런데 왜 연우 형이 선화의 행방을
물었을까?」

승미가 재우쳐 뭔가를 더 물어보려 했으나 테이블 사이를 뛰
어다니며 수발을 드는 아이가 다가왔다. 손님들이 정구의 대금
반주가 필요하다고 성화를 부린다는 전갈이었다. 정구가 우리
에게 잠시 양해를 구한 뒤 금방 다녀오겠다며 자리에서 일어났
다. 간이 무대로 올라간 정구가 구석에 가부좌를 틀고 앉아 대
금을 불기 시작했다. 〈비 내리는 고모령〉에서 시작해 〈이별의
부산 정거장〉으로 넘어가더니 〈목포의 눈물〉을 거쳐 〈울어라
기타줄〉까지 이어졌다. 무대에서 노래를 불러젖히는 손님의 솜
씨도 만만치 않았다.

그 시절 우리는 뽕짝 극복 운동을 벌였다. 우리네 전통 노래
형식인 민요가 단절되고 왜색의 뽕짝이 대신 수혈된 것은 식민
지라는 비극이 기형적인 노래 문화를 만들어 냈기 때문이라고
생각했다. 어떤 음악 이론가들은 뽕짝이야말로 우리네 전통 가
락에서 파생된 전통 가요라고 억지를 부리기도 했다. 당시 신
문지상에선 뽕짝의 왜색에 대한 논쟁이 이어지기도 했다. 뽕짝
이 우리의 전통 가요라는 주장은 억지스러운 것임에 틀림없다.

어쩌다 일본 위성 방송을 보면 도대체 언어만 다를 뿐 저 프로그램이 우리네 가요 무대인지 일본 방송인지 전혀 분간이 되지 않는 경우들이 많았다. 그렇다면 전통 가요라고 우기는 사람들은 뽕짝마저 우리가 일본에 수출해서 저리 꽃을 피웠다고 주장할 셈인가. 요나누키 음조는 일본이 식민지 시절에 조선에 심어 놓은 음계였다. 애수와 한탄과 자조의 짙은 정서. 그 일본 형식에다 우리는 우리의 한스럽고 고단한 삶의 이야기를 담아 낸 것이다.

지금 생각하면, 모든 문화란 독자적으로 태어나지 않는다는 사실을 그 당시 새삼스럽게 외면할 까닭은 없었다. 문화나 음계 자체에 죄가 있는 것이 아니라 그것을 받아들이고 이용하는 사람들에게 문제가 있다면 있다. 어쩔 수 없이 반세기 이상 우리네 삶과 밀착되어 대중의 정서에 깊이 파고든 뽕짝을 하루아침에 버리고 민요만 부르자고 주장하는 것은 이론적으로는 의미 있을지 모르나 오랫동안 길들여진 식성을 갑자기 바꾸라는 얘기와 다를 게 없었다. 뽕짝은 뽕짝대로, 민요는 민요대로 평등하게 대중 사이에서 향유되지 못하는 현실이 문제라면 문제였다. 우리네 형식이 자연스럽게 타 문화와 충돌해 다른 형식으로 이어져 내려올 수 있는 전통이 식민지라는 왜곡된 수난의 시절을 겪으면서 단절된 것이 문제의 핵심이었다. 따지고 보면

우리 노래의 형식에 틈입해 완전히 대중의 감수성을 바꿔 놓은
건 뽕짝보다도 서구의 리듬과 가락들이었다. 힙합과 솔과 블루
스 디스코 고고 리듬에 모두 유죄를 선고할 수 있는 일인가.

노래에는 죄가 없다. 당대 대중을 장악할 수 있는 힘의 크기
가 다를 뿐이다. 문제는 시대적 조건이 그 힘의 크기를 왜곡시
키기도 한다는 것이다. 이 모든 사실에도 불구하고 연우가 부
르는 노래들은 다양한 취향의 대중을 흡수해 충분히 감동시키
고 새로운 충격을 줄 수 있는 대단한 무기였다.

정구가 무대에서 내려와 다가오자 승미가 서둘러 물었다.

「선화가 있는 곳을 알아볼 길이 없을까요?」

「글쎄, 선화의 모친이 강화도에서 살고 있다는 얘기를 들은
적은 있는 것 같은데…… 그때 연우 형에게도 얘기해 줬어.
근데 왜 선화가 새삼스럽게 등장하는 건데? 나만 모르는 무
슨 일이라도 생긴 건가?」

「정구 형, 그 강화도 집, 알 수 있는 방법 없을까?」

「글쎄, 오래전 선화에게 들은 얘기라서……. 내가 국악원에
잠시 적을 두고 있을 때 선화가 찾아와서 일자리를 알아봐
달라고 한 적이 있어. 그때 선화가 다 때려치우고 강화도 모
친 집으로나 잠적해 버릴까, 그러더라고. 아, 그렇지! 선화
모친도 해금을 켜잖아? 강화도 국악원의 강습소에 가끔 나

간다고 했으니까 거기 찾아가 보면 알 수 있을지도 모르겠
다. 좌우지간 오랜만에 왔으니 술이나 좀 더 들어. 천천히 마
셔 가면서 옛날이야기나 더 하자고.」

포장막을 들친 바람이 테이블을 스친 뒤 승미의 머리칼을 흔
들고 지나갔다. 승미는 잠시 침묵에 빠져 들어 펄럭거리는 포
장막을 망연히 바라보았다. 선화에 대한 승미의 감정은 질투일
수도 있고, 증오에 가까운 감정일 수도 있다. 그녀가 연우의 행
방에 대해 연연하는 이유는 이제 더 이상 연우의 안부 때문만
은 아닐지도 모른다. 승미는 그를 만나 묻고 싶을 것이다. 왜
진즉 솔직하게 털어놓지 않았는지, 왜 멀쩡한 아내를 바보로
만들고 사라졌는지. 왜 이 저잣거리에 에덴을 만들어 보려는
생각은 못했는지. 여자가 아니라 이 세상의 정욕과 탐욕 그 자
체가 바로 올무라는 사실을 왜 모른 체하는지.

오후 _마리아가 가네

세월이 흘렀고 우리 중 일부는 학교를 자발적으로 떠나 노동 운동에 투신한 이들도 있었고, 졸업 후 평범한 샐러리맨으로 살아가는 이들도 있었으며, 일부는 재야 노래패로 스며들어 노래를 부르다가 전업 가수로 변신한 이들도 있었다. 나는 졸업 후 재야 노래패에서 연행단으로 활동하다가 솔로로 독립했다. 승미가 옆에서 많은 부분을 챙겨 주었다. 어찌 보면 그녀야말로 나보다 더 훌륭한 솔로로 독립할 재능이 많은 가객인지도 모른다. 늘 승미에겐 미안하고 고마운 마음이었다. 그즈음에 난 홀로 노래하는 데 한계를 느끼고 있었다. 가수가 홀로 노래만 해서 청중을 사로잡으려면 힘이 몇 배 더 들어간다. 적절한 반주

팀이 꾸려지지 않는 한 기타 하나 들고, 북 하나 달랑 들고 노래한다는 건 갈수록 더 힘들어졌다. 그때 까마득히 잊고 있었던 선화가 연주회를 연다는 소식을 접했다. 그녀가 내 노래를 해금으로 받쳐 줄 수만 있다면 큰 힘을 얻는 건 당연했다.

선화는 그즈음 퓨전 국악을 내세우며 전통 형식과 현대인의 정서를 혼합한 국악을 연주하는 실내악 그룹에서 활동하고 있었다. 선화가 연주하는 공연장을 찾아가 객석에 앉았다. 무대 위에서 한복을 곱게 차려입은 그녀는 피아노 반주에 맞추어 해금을 연주했다. 오랜만에 들어 보는 그녀의 해금 연주는 예전에 비해 훨씬 깊었다. 깡깡거리며 장난을 치듯 피아노와 대화를 나누다가 한 서린 곡조로 홀로 딴청을 피우더니 이내 다시 피아노를 향해 호소하듯 낮은 소리를 쌓아 갔다. 피아노가 다시 화답을 하자 해금은 깡충깡충 뛰어가듯 귀여운 소리를 내면서 빠른 속도로 나아갔다. 연주 속도가 빨라지면서 흥에 겨운 그녀의 몸도 해금 가락을 좇아 육감적으로 흔들거렸다. 비스듬히 쏟아지는 각광을 받아 그녀의 그림자도 함께 움직였다. 공연이 끝난 뒤 나는 그네들이 옷을 갈아입고 뒷정리를 하고 나올 때까지 공연장 앞을 서성거렸다. 다른 패들이 다 나오고 나서야 마지막으로 그녀가 해금 가방을 들고 나섰다. 다가가 반갑게 인사를 했다.

「혹시 나 알겠어요?」

대학 시절 겨우 몇 달 동안 함께 부대낀 게 전부였고 그 뒤로 훌쩍 10여 년의 세월이 흘렀으니, 예전의 허물없는 선후배의 감정만으로 쉽게 그녀에게 다가갈 수는 없었다. 하지만 그녀는 우려했던 것과 달리 그 시절을 잘 기억하고 있었다.

「어? 선배님. 이게 얼마 만이에요? 어떻게 여기까지 오셨어요?」

「연주회 팸플릿을 보고 반가워서 달려왔지.」

그녀의 얼굴에도 몹시 반가워하는 표정이 역력했다. 예전 대학 시절의 긴 생머리도 여전했고 반달 모양의 아미도 그대로였지만 전체적인 분위기는 그때보다 완연히 성숙한 여인의 꼴을 갖추고 있었다. 그녀는 일행들을 먼저 보내고 나와 함께 공연장 앞쪽 대로를 건너 작은 카페로 들어가 차를 청했다.

「짧은 기간이었지만 늘 그 시절을 생각하면 선배들에게 미안했어요. 그때 엉겁결에 구류를 살고 나온 뒤 엄마 손에 이끌려 고향으로 강제로 끌려가다시피 했지요. 그러곤 아예 학교를 더 이상 다니지 못했어요. 엄마는 대학이라는 곳이 해금을 배울 만한 여건이 아니라고 지레 단정 지어 버렸지요. 엄마는 불같이 뜨거운 다혈질이었거든요. 지금은 나이가 드셔서 많이 누그러졌지만……. 내내 고향 어른에게 해금을 배우다가 다시 올라와 이 그룹에 들어온 거예요.」

「그랬군. 어쨌든 너무 반갑네. 처음 선화가 우리 노래패에 들어왔을 때부터 인상이 강렬했었는데, 종종 그때를 생각하면 안부가 궁금했어.」

그녀는 아미를 숙인 채 탁자 위의 꽃무늬를 손가락으로 따라 그리다가 고개를 들어 생긋 미소를 지었다.

「사실, 그때 그 노래패를 찾아간 건 선배를 한 번 보고 싶어서였어요. 대학에 입학하자 기숙사 룸메이트가 당시 학내에 돌아다니던 테이프 하나를 건네주었는데 그 속에 유달리 내 귀를 잡아끄는 노래가 있었고, 그 노래를 부른 사람이 강연우라는 사실을 알았거든요. 음색이 뭐랄까, 축축한 듯하면서도 내부에서 끓어오르는 열정이 있고, 맑은 성음의 이면에 깃든 순수함 같은 게 대번에 내 마음을 사로잡더라고요.」

「아이고, 이런, 어설픈 아마추어를 프로께서 그렇게 높이 평가하셨을 줄은 꿈에도 몰랐는데?」

「이제 노래는 안 하세요?」

「내가 노래를 떠나서 어떻게 살아갈 수 있겠어? 노래패에서 나와 홀로 여기저기 불려 다니며 노래를 부르긴 하는데, 맨땅에 머리를 부딪히는 격이야. 혼자서는 많이 힘드네. 그건 그렇고 선화의 해금이야말로 예전보다 훨씬 깊어진 것 같아.」

「선배 같은 분이 칭찬해 주시니 정말 기쁘네요. 오늘같이 좋은 날 제가 한잔 살게요.」

「술도 술이지만 어디 가서 선화 해금 연주 한번 원없이 들어보았으면 좋겠네. 선화의 해금 소리가 술보다 더 취하게 할 것 같은데?」

「못할 것도 없죠. 하지만 저도 조건이 있어요. 선배 노래도 들려주셔야 해요. 약속할 수 있지요?」

「글쎄, 실망만 시킬 것 같은데. 어쨌든 선화 연주를 들을 수 있다면 까짓것 한번 해보지 뭐.」

내가 그녀를 데리고 간 곳은 마포대교 위쪽의 외딴 곳에 자리 잡은 허름한 창고 같은 카페였다. 한강이 바로 내려다보이는 그곳은 겉으로 보기에는 카페라고 짐작하기 어려운 곳이었다. 언젠가 잡지 기자와 함께 들렀던 곳인데 버드나무 아래로 번지는 강변의 불빛이 제법 운치 있을뿐더러 밤을 새워 영업하는 데다 무엇보다도 노래를 부를 수 있는 아늑한 공간이라는 점이 마음에 들었다. 저녁 7시 무렵 문을 열어 다음 날 아침까지 운영하는 그 카페에서는 술을 팔지 않고 손님들이 대신 술을 사가지고 가야 했다. 카페는 자리값만 받는 셈이었다. 마침 카페에는 손님들이 아무도 없었고 밤을 새워 아르바이트하는 카운터의 여자만 컴퓨터 모니터에 코를 박고 인터넷 게임에 몰두해 있었다. 우리가 들어서자 여자는 반갑게 다가와서 따뜻한 커피를 따라 주었다. 멀리 여의도의 불빛이 강물에 눈물처럼 어룽지고 있었다. 잔잔한 검은 강물 위에서 창밖의 버드나무 가지들도 가만가만 몸을 흔들었다. 오는 길에 사온 양주 한 병을 따자 카운터의 여자가 얼음과 컵을 가져다주었다. 차가운 얼음에 노란 알코올이 쿨렁쿨렁 스며든 잔을 들어 우리는 재회를 축하했다.

「칠레 가수 중에 비올레타 파라라는 여자가 있어. 누에바 칸시온이라고, 우리말로 번역하면 새로운 노래 운동쯤 되는데, 그 운동의 초창기 멤버지. 파라는 칠레 전역을 돌아다니며 민요를 수집하고 전통에 기반한 노래를 불러서 칠레의 민주화 운동에 기여했던 인물이야. 그런데 이 여자, 안타깝게도 나이가 들어 사랑을 하다가 자살해 버렸어. 그녀는 죽기 전에 〈삶에 감사드리며〉라는 노래를 남겼는데 그 노래가 그녀의 유언이었던 셈이지. 죽음을 앞둔 사람이 무엇이 그리 감사했을까. 비록 사랑을 이루지 못하고 떠나지만 누군가를 사랑할 수 있게 해준 세상이 고마웠다는 얘기일까?」

「저도 그 노래를 어디선가 들은 것 같아요. 후일 메르세데스 소사가 불러서 더 유명해진 노래 아니에요? 글쎄요, 그런 심정으로 죽음을 선택했다면 그녀는 아마도 평온하게 떠나지

않았을까요? 이런저런 추문에 휩싸여 고통 받으며 살아가느
니 자신만의 소중한 사랑을 품은 채 삶을 그대로 정지시키는
것도 그리 나쁜 것 같지는 않네요.」

「그럴까? 사실 방관자 입장에서 보자면 쉬울 수도 있겠지만,
자신의 문제로 받아들이면 여간 절박하지 않고서는 그런 선
택을 할 수 없을 거야.」

「왜 갑자기 그런 이야기들을 꺼내는 거지요?」

「아, 그렇지. 선화 연주를 들으러 왔지. 미안, 미안해.」

「저는 선배 노래 들으러 왔는데요?」

카페의 무대 오른쪽에는 검정 피아노 한 대가 놓여 있었고,
무대 위쪽의 벽에는 바이올린이 걸려 있었으며 기타도 피아노
옆에 세워져 있었다. 무대라고는 하지만 두어 사람 정도 서면
꽉 찰 정도로 소박했다.

「그래? 하기야 프로의 연주를 들으려면 아마추어가 미리 품
을 파는 거야 당연하지. 내가 먼저 하나 할게. 음, 그 시절에
어떤 시인의 시에 곡을 붙인 노랜데, 참 서정적이어서 나 혼
자 흥얼거릴 때가 많았었어. 근데 지금은 이 노래의 악보나
정확한 가사를 찾아보려 해도 힘들어.」

나는 무대로 나가 피아노 옆에 세워 둔 기타를 들고 검은 강
물이 흘러가는 강변을 향해 앉았다. '우리 어머니 열기씨 실에

꿰어 목걸이 하시자던……'으로 이어지는 그 노래는 저음에서
길어 올리는, 어머니와 연관된 유년기의 추억이 감성을 자극하
는 곡이었다. 노래가 흐르기 시작하자 창밖의 강물이 흐름을
멈추었고, 버드나무 가지도 움직임을 중단했다. 카운터의 여자
도 잠시 모니터에서 고개를 들고 무대를 바라보았다. 선화는
몸을 약간 무대 쪽으로 돌린 채 다리를 꼬고 앉아 오른팔로 턱
을 괴고 무대를 물끄러미 응시하는 자세를 취했다. 노래가 끝
나자 카운터의 여자와 선화가 박수를 쳤다. 다시 강물이 흐르
고 버드나무 가지도 흔들리기 시작했다.

「역시 오랜만에 노래하려니 쑥스럽구먼. 이번에는 선화 차례
야.」

「선배 목소리는 여전하네요. 목소리가 제일 늦게까지 늙지
않는다는 말, 맞나 봐요.」

「가끔, 아주 가끔이긴 하지만 혼자 노래를 부를 때가 있어.
술에 취해 귀가할 때나 지난 시절이 갑자기 머릿속으로 쳐들
어와 심사를 헝클어 놓을 때가 그때지. 또 하나는 어머니 생
각이 날 때야.」

「어머니요? 돌아가셨나요?」

「아니, 고향에 살아 계셔. 아버지가 명을 다 못 누리고 돌아
가신 후 평생 그 아버지를 당신 홀로 짝사랑했다고 억울해

「하시는 분이지.」

「그렇군요. 우리 엄마와는 반대이시네요. 우리 엄마는 늘 사랑에 치여서 살았어요. 나를 낳고 이혼한 뒤 결혼도 하지 않고 살림만 차린 남자들이 많았어요.」

「……그랬었군. 흥미로운데. 오히려 그렇게 사는 게 후회 없는 한 생을 살다가는 것일 수도 있겠지. 한 남자에 매여서 평생 아등바등 속 끓이는 거나 팔자대로 자유롭게 살아 보는 거나 거기서 거기일 거야.」

「그래요? 흥미로울 건 없어요. 엄마는 늘 저를 쓸쓸하게 만들어서 제 해금 소리에 깊이를 준 것 말고는 인생에 조금도 도움을 준 게 없으니까요. 제가 연주 하나 할게요.」

선화의 해금 소리를 활자로 담아낼 수 없는 게 안타깝기만 하다. 뭐랄까, 그녀가 활로 명주실을 긁어서 내는 소리는 깊은 한숨을 아무렇지 않은 표정으로 내쉬는 것 같기도 하고, 아득한 눈빛으로 함초롬히 바라보는 듯한 느낌인가 하면 앙칼진 목청으로 누군가를 향해 원망하는 듯한 소리로도 들렸다. 선화는 고개를 수그리고 명주실을 문지르는 활의 움직임에 자연스럽게 몸을 맡긴 채 가락에 맞추어 낭창낭창 몸을 흔들었다. 창밖으로 흐르는 검고 깊은 강물처럼 많은 것을 끌어안고 인생을 흘러가는 여인의 이미지였다. 술기운 때문에 용기를 냈을 것이다. 선화가 연주를 마치자 나는 나도 모르게 일어나서 무대로 나가 연주를 마치고 일어서는 그녀를 가볍게 껴안았다. 카운터의 여자는 말없이 미소를 지으면서 박수를 쳤고, 선화는 가만히 내 가슴에 얼굴을 묻고 잠시 동안 숨을 고르고 서 있었다.

카페를 나왔을 때는 이른 새벽이었다. 카페의 허름한 계단을 내려와 대로로 이어지는 사잇길에는 차들도 다니지 않았고 사람 그림자도 보이지 않았다. 선화의 걸음이 위태로웠다. 그녀의 해금을 빼앗다시피 받아 들고 다른 한 손으로는 어깨를 부축해 흔들리는 걸음걸이를 잡아 주었다. 그녀는 더 이상 걷기 힘들었는지 조금 쉬어 가자며 길가에 주저앉았다.

「선배…… 내가 얼마나…… 힘들게 살아왔는지 알아요…… 흥미롭다니요? 어떻게 그리 쉽게 얘기할 수 있지요?」

그녀는 숨이 가쁜 목소리로 힘들게 말을 이었다. 카페에서 모친에 대해 내가 했던 말이 명치께에 걸렸던 모양이었다.

「철이 들면서 내 아버지라는 사람이 껍질만 아버지일 뿐이라는 사실을 알았을 때 받았던 충격은 고사하고, 그나마 정이 들었던 그 아버지마저 사라지고 낯선 사내가 그 자리를 대신 차지한 데다 엄마는 늘 바깥으로만 떠돌았을 땐 정말 도망치고 싶은 마음밖에 없었어요. 그래도 버텨 냈던 건 용기가 없어서라기보다, 어린 마음에도 엄마가 가엾다는 생각이 들어서였을 거예요……. 어린 시절부터 제 소원이 뭐였는지 아세요? 나는 커서 엄마처럼 살지 않겠다는 다짐밖에 없었어요.」

「아까 카페에서 쉽게 말한 건 미안해. 내가 흥미롭다고 말한 건, 선화의 자존심이 상할까 봐 짐짓 냉정한 표현을 쓴 것뿐이야. 변명이 아니라 진심이야.」

그녀는 내 어깨에 고개를 기댄 채 아무 말이 없었다. 어느 순간 내 오른쪽 옆구리에 흘러내려 있던 그녀의 손이 올라와 내 오른쪽 볼을 가만히 쓰다듬기 시작했다. 나는 왼손을 올려 그녀의 머리칼을 쓰다듬었다. 강변에서는 버드나무 가지가 가만가만 흔들렸고 내 옆에서는 흔들리는 그녀의 머리칼이 버드나무 향인지 샴푸 향인지 모를 냄새로 코 밑을 간질였다. 참으로 오랜만에 느낀 전율이 몸을 떨게 하는 동안 그녀가 내 볼을 두 손으로 어루만지며 나를 정면으로 바라보았다. 그녀의 두 눈동자는 검고 깊었으며 축축하게 불빛에 빛나고 있었다. 붉은 입술이 천천히 다가왔다. 지금 그녀와의 일들을 생각나는 대로 기록하다 보니 그 정경이 세밀화로 다가오지만 그때는 순간에 벌어진 일이었다. 그 살의 따뜻함에 대해 어떻게 얘기할 수 있을까. 그녀의 혀는 느낌만으로도 붉었고, 차가우면서 뜨거워서 팔팔 끓는 얼음물을 마시는 느낌이었다.

그 시절이 따지고 보면 가장 행복했던 순간들이었던 것 같
다. 그녀는 그녀대로 연주 활동에 매진했고, 나는 나대로 한창
노래에 물이 올라 내가 필요한 곳이면 어디든지 달려갔다. 우
리는 피차 시간이 빌 때면 여행을 다녔다. 속초에서 남해에서
서해에서 뜨거웠다. 그녀가 웃을 때면, 취흥에 겨워 해금을 잡
을 때면, 나는 마냥 행복했다. 그녀의 따뜻하고 뜨거운 몸이 내
몸을 휘감을 때면 세상의 모든 열락이 나의 것이었다.

그녀의 병이 도지기 시작하면서 우리 관계에도 먹구름이 몰
려왔다. 그녀는 조울증 비슷한 증세를 보였는데 한 번 울증에
빠지면 어떤 수단을 동원해도 종적을 알 수 없을 정도로 철저
하게 잠적해 버리곤 했다. 그럴 땐 그녀를 내버려 두는 게 상책
이었다.

어찌어찌 수소문 끝에 그녀를 찾아낸 날이었다. 그녀를 속초
의 어느 민박집에서 만났는데 표정이 싸늘하고 차가웠다. 눈에
서는 표독스러울 정도로 증오가 넘치고 있었다. 그녀는 아무
말이 없었다. 그날 밤에 일어난 일을 어떻게 맨정신으로 말할
수 있을까.

우리는 밖으로 나와 낙산사 근처의 음식점에 들어갔다. 가랑
비가 내리고 있었다. 유리창은 안개비로 뿌옇게 흐려서 동해
바다의 파도 소리와 시커멓게 변한 먼 수평선의 윤곽만 겨우

잡힐 정도였다. 우리는 회 한 접시를 시켜 놓고 묵묵히 서로 술 잔만 기울였다. 그녀는 내가 무슨 말을 해도 침묵만 지켰다. 하릴없이 뿌연 유리창 밖의 바다만 바라보는데 그녀가 불쑥 입을 열었다.

「나를 제발 가만 내버려 둘래요?」

억장이 무너져서 뭐라 대답해야 할지 난감했다. 그녀의 까만 눈동자 깊은 곳에서 일렁이는 화염을 바라보며 술기운이 가세한 흥분된 목소리로 말했다.

「도대체, 왜, 무엇 때문에 그러는지 속 시원히 얘기나 좀 해줘라, 제발! 차라리 다른 남자가 생겼다고 솔직하게 말하든지.」

그녀는 나를 뚫어져라 바라보더니 술 한 잔을 털어 넣고 숨을 가다듬은 뒤 나직하게 말했다.

「당신, 나를 계속 만나면 불행해져요. 나, 겨우 내 한 몸 지탱해 가고 있어요. 당신에게까지 화를 입히고 싶진 않아요. 업을 끊기 위해서는 이 정도에서 서로 물러나야 해요. 여기까지예요. 미안해요.」

그날 나는 많이 취하긴 했지만 의식은 오히려 명료했다. 횟집에서 나와 바닷가를 걸었다. 멀리 수평선에는 오징어잡이 배들이 는개 속에 밝은 촉광의 수은등을 밝혀 놓고 있었다. 우리는 바닷가 가로등 아래 시멘트 턱에 나란히 걸터앉았다. 마시다 남은 술병을 들고 흐린 바다를 바라보며 한 모금씩 마셨다. 그녀는 다시 잠잠해졌고 술집에서보다 훨씬 침착했다. 선화의 머리칼에 주황색 가로등 불빛이 는개와 함께 부딪혀 잘게 부서지고 있었다. 옆얼굴이 차갑지만 아름다웠다. 그녀의 양 볼을 두 손으로 잡고 입술을 가져갔다. 늘 따뜻하던 그녀의 입술은 까칠하고 차가웠다.

그녀가 폭발한 것은 그즈음이었다. 갑자기 나를 밀치고 벌떡 일어서는 바람에 술병이 시멘트 턱에 떨어져 산산조각 나버렸다. 그녀가 그 술병 조각들을 두 손으로 쓸어 쥐고 바다를 향해 울기 시작했다. 그녀의 양손에서 붉은 피가 흘러나왔다. 손을 펴려고 했지만 완강하게 주먹을 풀지 않았다. 피는 멈추지 않았고 그녀의 울음은 통곡으로 변했다. 그로테스크한 그때의 정황을 다시 떠올리는 것만으로도 고통스럽다.

어쩔 수 없었다. 이유야 어쨌든 나로 인해 자해까지 할 정도라면 물러설 수밖에. 물론 그녀가 간절하게 보고 싶을 때가 많았다. 내 노래가 더 깊어졌다고 사람들이 평하던 때도 아마 그 기간이 아니었을까 싶다. 하지만 그때는 이미 세상이 하루아침에 바뀌어서 우리 패를 부르는 곳도 갈수록 줄어들었고, 사람들은 느리고 깊고 어두운 음색의 노래보다는 밝고 빠르고 가벼운 것을 더 선호하기 시작했다. 어쩌면 그리도 간사한지. 아니다, 세상이나 사람들 탓을 할 게 아니라 변한 시대에 탄력적으로 대응하면서 대중과 만나지 못한 나의 우둔함 때문일지도 모르겠다.

나는 그나마 승미 덕분에 세상에 적응할 수 있었을 것이다. 승미는 깊지만 어둡지 않았고 밝지만 가볍지 않았다. 노래패가 해산된 후 내가 공연을 다닐 때는 승미가 자주 내 옆에 있었다. 선화로 인한 상처가 아물어 갈 무렵 나는 승미와 결혼했다. 내 아내 승미를 나는 지금도 마음 깊이 사랑한다. 그녀에게마저 내 속의 처참한 상처를 보여 주고 싶지 않다. 승미가 나를 만난 건 불행이었지만, 세월이 흐르면 그래도 지금 나의 선택이 그나마 다행이라고 여기게 될 것이다.

선화를 다시 만난 건 승미와 결혼하고 난 뒤 5년쯤 지난 시점이었다. 나도 변한 세상에 어느 정도 적응해 갈 무렵이었다. 물론 승미, 내 아내의 도움이 컸다. 가사를 보다 서정적으로 바꾸고 곡도 전통 가락을 많이 변형시켜 대중의 입맛에 맞게 만들었다. 예상했던 대로 반응이 좋은 편이었다. 그 시절의 어느 날 내 공연을 후원하기로 한 기업체의 홍보실 담당자들과 점심 식사를 겸한 만남을 위해 인사동으로 나갔다. 가로의 나뭇잎들이 황갈색으로 변해 가는 중이었다. 지난밤 내린 비 때문에 돌로 포장된 길은 아직도 젖은 채로 번들거렸다. '사천'은 약국을 지나 표구사 쪽 골목길로 깊숙이 들어간 곳에 있었다. 음식은 느리게 나왔다. 중국식 코스 요리처럼 한정식을 현대인의 입맛에 맞게 조금씩 변형한 요리들이 느리게 차려졌다. 나는 음식도 음식이지만, 교자상이 차려진 사천의 방에 들어서면서부터 낮게 흐르는 음악 때문에 기분이 가라앉아 있었다. 날카로운 해금 선율이 가슴과 뇌수를 그어 내렸다. 해금 소리는 낮게 흘러 내렸다가 다시 높이 치솟기도 하고, 여리게 울다가 통곡하듯 목청을 높였다. 기타가 해금의 배경에서 우는 여인의 등을 가만가만 두드리며 눈물을 닦아 주듯 나직하게 해금의 선율을 감싸안았다.

「점심시간부터 왜 이리 가라앉게 만들어…….」

내가 무심코 한마디 뱉었더니 주위 사람들도 그제야 생각난 듯이 거들었다.

「이 집 사람들, 장사할 생각이 별로 없는 모양이지?」

「감각에 문제가 있는 것 아냐?」

그것으로 끝이었다. 아무도 음악을 바꾸어 달라는 얘기는 꺼내지 않았다. 음악은 그들에게 그리 큰 관심거리가 아니었다. 나는 웃고 떠드는 이들 사이에 앉아 자꾸만 몸이 무겁게 내려앉는 느낌 때문에 아득해졌다. 반주로 나온 술까지 합세해 해금의 음색이 깊은 바닥으로 끌어 내리고 있었다. 식사를 마치고 사천을 나서려다 주방 쪽으로 뒤돌아갔다. 한복 차림의 어린 여종업원에게 음악에 대해 물었다. 그녀는 대답 대신 마루의 미닫이문을 열고 CD 케이스를 건네주었다. CD 표지에 한 여인이 고개를 반쯤 수그린 채 해금 줄을 잡고 있었다. 어디선가 오래전에 유폐시켜 놓았던 기억의 소금창고 문이 삐걱 열리는 소리가 들려왔다. 흑백사진 속에 들어앉은 여인이 천천히 고개를 들더니 나를 올려다보았다. 반쯤 삐죽이 열린 문틈으로 햇빛이 비껴들었다. 오래된 문 위로 해풍에 바랜 나뭇결이 햇빛에 선명하게 반사되고 있었다. 나는 오랫동안 여인의 눈동자를 들여다보았다. 여인의 검고 맑은 동공 위로 나의 얼굴이 뿌옇게 어른거렸다. 여인도 나를 한참 동안 마주 보다가 다시 고개를 수그렸다. 손을 내밀자 여자가 고개를 들더니 내 손을 잡고 일어나서 표지 바깥으로 천천히 걸어 나왔다.

세 번째의 운명적인 만남은 그렇게 발동이 걸렸다. 잊은 줄 알았는데, 아니었다. 선화의 연주를 듣는 그 순간부터 아물었다고 생각했던 상처의 딱지가 떨어져 나가면서 피가 흐르기 시작했던 것이다. 나는 몽상에서 빠져나와 서둘러 CD 케이스에 적힌 음반사의 전화번호를 메모했다. 음반사에 바로 전화를 걸어 선화의 연락처를 물어보았지만, 쉽게 가르쳐 주지 않았다.

정체도 모르는 이에게 전화번호를 가르쳐 준다는 것은 연주자의 프라이버시를 침해하는 것이기에 당연한 반응이었을 것이다. 나는 내 이름과 연락처를 밝히고 그녀에게 나의 메시지를 전해 달라고 했다. 이틀 후에 그녀에게서 전화가 걸려 왔다. 목소리는 생각보다 밝고 따뜻했다. 가볍고 기쁜 마음으로 그녀를 만났다.

선화의 얼굴은 갸름한 편이고 속눈썹이 유난히 길다. 머리칼은 길게 늘어뜨려 어깨 아래에서 찰랑거렸다. 핀으로 머리칼을 양 귀 위에 단정하게 고정시켜 놓았다. 다갈색 스웨터에 검정 치마를 입고 있었다. 구두도 검은색이었다. 포도를 따각따각 울리며 걷는 모습이 여전히 완강하고 야무졌다. 그녀와 함께 인사동 가로의 찻집으로 들어가 구석 자리에 앉았다.

「그동안 조금도 안 늙었어.」

「안 늙기는, 눈가 잔주름 좀 보세요. 늙지 않은 건 마음뿐일 거예요.」

종업원이 다가와서 탁자 위에 메뉴판을 놓은 뒤 촛불을 켰다. 아직 바깥에는 햇빛이 남아 있는 오후인데도 실내는 어둑했다. 굵은 초 주변으로 촛농이 흘러내리다 그대로 굳어 있었다. 촛불에 선화의 얼굴이 붉게 일렁였다. 나는 녹차를 시켰고, 선화는 감잎차를 주문했다. 그녀는 말없이 나를 가만히 응시했다.

「지금도 여전히 바닷가에서 살고 있어? 아이를 낳았다는 소
식만 풍문으로 듣고는 그만이었지.」

「그래요. 연주가 있을 때만 올라오고 나머지는 단순한 일상
이에요. 아침에 아이를 어린이집에 보내고 나면 작곡도 하고
연습도 하다가, 아이가 돌아오면 함께 산책을 하지요. 저녁
에 아이를 재우고 나면 다시 혼자서 해금을 다루다가 언제
잠이 드는지 모르게 꿈속으로 가요.」

「만나는 사람들은 따로 없고?」

「글쎄요, 혼자서 칩거하다시피 사는 편이에요. 벌써 꽤 흘렀
네요.」

「남편은 뭐 하는데?」

「남편이요? 아이는 제가 낳은 게 분명하지만 결혼한 적은 없
어요. 너무 자세히 알려고 하지 마세요. 다쳐요.」

선화는 짐짓 쾌활한 표정으로 깔깔거리며 웃었다. 자신의 모
친처럼 살고 싶지 않다고 울먹이던 그녀였다. 무언가 팽팽하게
붙잡고 있는 마음의 끈 하나를 놓아 버린 듯했다. 얼른 분위기
를 바꾸었다.

「얼마 전 음식점에서 처음으로 선화의 음반을 들었는데, 참
좋데. 왜 그리 슬픈 곡조야? 이제는 좀 밝은 곳으로 걸어 나
와도 되지 않아?」

선화의 해금 소리는 젊은 시절에는 지금처럼 삼베로 쥐어짜서 슬픔의 진액을 걸러 내는 빛깔이 아니었다. 맑고 까부는 음색에서부터 구성진 〈진도아리랑〉 가락에 이르기까지, 청승맞기는 했지만 주저앉아 우는 소리는 아니었다. 하지만 그때도 남도 흥타령 가락을 반주할 때면 어디서 그 애절한 소리를 끌어 올리는지, 앳된 얼굴이나 자태와는 어울리지 않을 정도로 깊은 소리를 내기는 했었다.

「녹음한 지 몇 년 지난 곡이에요. 홀로 아이를 낳고 난 뒤 감정을 다스릴 때 만든 곡인데, 저 자신을 위무하기 위해 만들었어요. 그래서 가라앉은 느낌일 거예요. 요즘은 담담한 편인데, 감정이 평온해지니까 오히려 음악도 잘 안 나오는 것 같아요. 연애라도 다시 시작해 볼까요?」

「바닷가에 혼자 갇혀 사는데 무슨 연애가 되겠어? 아이를 위해서라도 다시 도시로 나오는 건 어때?」

「연주나 녹음 때문에 한 번씩 나왔다가 들어가면 며칠은 후유증에 시달려요. 이제 번잡한 곳에서는 못 살겠어요.」

「고향 언저리를 떠나기가 쉽지 않은 거야? 누군지는 모르겠지만 아직도 아이 아빠의 기억에 붙들려 사는 건 아니고?」

「오래전 제 가슴 한구석에 묻었어요. 이젠 육탈이 다 됐는지 가슴을 짚어 보아도 잘 느껴지지 않네요. 한번 만져 보실

래요?」

선화는 스웨터 위로 봉긋 솟은 구릉 사이를 손가락으로 짚으면서 장난스럽게 웃었다.

그녀의 오래된 방이 떠오른다. 창호지를 바른 창문이 산 쪽으로 나 있고, 창문 아래는 옆으로 늘어선 책꽂이가 벽을 가렸다. 책꽂이 위에는 아담한 소나무 분재가 놓여 있었다. 허리를 꼬고 낮은 키로 서 있는 분재 위쪽에는 그림이 하나 걸려 있었다. 복제한 서양화였는데 나중에 도판을 찾아서 알게 된 바로는 뭉크의 〈봄날〉이라는 그림이었다. 하얀 망사 커튼이 열어놓은 창문으로 들어온 봄바람에 가만가만 흔들리는데 봄볕을 받으며 젊은 여인 하나가 흔들의자에 앉아 있다. 검은 톤의 원피스를 입은 그녀는 무릎 위에 꽃무늬가 수놓인 손수건을 한 손으로 움켜잡은 채 고개를 모로 돌려 햇볕을 외면하는 형국이다. 여인은 눈을 감고 있는 것 같지만 찬찬히 살펴보면 눈의 윤곽이 살아 있는 사람이 아닌 것처럼 아주 희미하고, 회색 눈동자는 마룻바닥 쪽을 내려다보고 있다. 눈두덩에 그림자가 검게 스치고 있어서 여인은 병색이 완연한 환자 같은 느낌을 준다. 젊은 여인 곁에 앉아 있는 나이 든 여자가 걱정스러운 표정으로 뜨개질을 하며 창밖을 바라보고 있다.

「왜 저렇게 우울한 그림을 걸어 놓았지?」

「선배가 보기에는 우울한가요? 저는 저 그림에서 아주 평온한 느낌을 받아요. 죽음도 저렇게 따뜻하게만 찾아온다면 더 바랄 게 없을 것 같네요.」

산 그림자가 짙어지다가 창호지 문 바깥이 서서히 어두워지기 시작했다. 선화에게서는 여전히 그녀만의 체취가 풍겼다. 조심스럽게 두 팔을 벌려 그녀를 껴안았다. 내 볼에 스치는 그녀의 목덜미에서 뜨거운 체온이 느껴졌고 샴푸 향이 흘러나왔다. 그녀의 볼을 감싸고 붉은 입술을 찾았다. 선화의 입술은 따뜻하고 부드러웠으며, 입술 안쪽의 긴 속살은 금붕어처럼 움직였다.

「왜 나에게서 도망간 거지?」

꽤 오랫동안 입 안의 속살과 노닐다가 가쁜 숨을 내쉬며 잠시 떨어졌을 때 그녀에게 물었다.

「도망이라니요? 언제 우리가 함께 살기라도 했었나요? 선배가 일방적으로 생각한 거지요.」

「그랬었나? 내가 착각했던 건가?」

선화는 대꾸하는 대신 다시 입술을 찾았다. 그녀의 몸이 화롯불처럼 뜨거워지기 시작했다. 창호지문 위로 나뭇가지 그림자가 흔들리고 있었다. 바람이 나뭇가지를 흔들어 추녀 밑의 창틀을 따각따각 때리는 소리와 그녀의 심장이 뛰는 소리가 엇박자로 들려왔다. 나는 선화의 몸 위에서 그 소리들을 배경으로 들려오는 노래 하나에 귀를 기울였다. 선화는 엎드려 미동도 하지 않았다. 모로 돌린 그녀의 볼은 발갛게 익었고 입술에서는 안개꽃 같은 숨이 새어 나왔다. 그녀의 머리카락을 매만지다가 뒷덜미에서부터 척추를 거쳐 하얀 엉덩이와 허벅지와 종아리와 발까지 천천히 쓸어내리며 말했다.

「내가 요즘 알게 된 남미 노래들 중에 괜찮은 노래들이 있어. 그네들도 우리처럼 민요를 발굴해서 그 전통으로부터 새로운 노래들을 만들어 냈는데, 대중과 친근하게 노랫말과 가락을 통해 새로운 사회를 만들어 내려는 노래 운동을 했어. 사실, 우리처럼,이라는 표현은 잘못이지. 오히려 그 반대일 거야. 그네들은 성공했거든. 우리보다 훨씬 유연했고 예술성도 높아. 우리처럼 신명과 끼를 조직이라는 이름으로 규격화하지도 않았고, 노랫말도 성마른 지식인의 관념으로 채워지지 않았어. 그중에 메르세데스 소사라는 아르헨티나 가수가 있는데, 몸집은 절구통처럼 크지만 그 속에서 울려 나오는 소리의 음색은 아주 깊고 뜨거워서 듣는 이들을 단박에 사로잡아 버리거든. 그녀가 불렀던 노래 중에 〈마리아가 가네〉라는 곡이 요사이 계속 귓가에서 떠나지 않아. 그 노래를 듣고 선화의 해금 생각을 많이 했었지. 남미의 노래 빛깔이 선화의 해금에 얹히면 어떻게 바뀔까. 노래를 부를 테니까 한번 들어 봐.」

찢어진 눈에 볼품없는 마리아가 가네
고통스러운 뜨거운 모래를 밟으며 마리아가 가네
불같이 뜨거운 태양이 살을 태워도 마리아는 가네
폼베로를 두려워하며 마리아는 야자 숲과 개천으로 가네
당신이 가는 담배 밭으로 마리아는 가네.

선화의 몸 위에서 그녀의 심장 소리와 나뭇가지 흔들리는 소리를 들으며 왜 갑자기 〈마리아가 가네〉를 떠올렸을까. 이 노래에는 소사가 중간에 독백처럼 시를 읊는 대목이 삽입돼 있다.

햇볕이 내리쬐는 더운 여름을 걸어가면서, 마리아가 당신 마을의 산 냄새를 맡는다. 기차가 기적을 울리며 느릿느릿 지나간다. 마리아는 당신 마을의 물 뿌린 거리 냄새와, 마을 아이의 천진난만함을 맡는다. 마리아는 당신 마을의 물 뿌린 거리와 산등성이 냄새를 맡는다.

노래가 끝난 뒤에도 선화는 가만히 엎드린 채 아무런 움직임이 없었다. 다시 그녀의 쇄골 주변을 찬찬히 쓰다듬자 선화는 부스스 일어나 앉아 창호지 창문 쪽을 올려다보았다. 그녀의 벗은 몸은 아름다웠다. 마흔을 앞둔 몸이었지만 잘록한 허리와 어깨까지 흘러내린 머리칼, 부드러운 엉덩이에서 허벅지를 거쳐 종아리에 이르는 선은 유연하게 흘러내리는 호리병의 윤곽처럼 조금도 흐트러지지 않았다. 촛불이 흔들릴 때마다 선화의 몸은 창호지 위에서 잔잔하게 일렁였다. 그녀가 감았던 눈을 뜨고 물었다.

「폼베로가 무엇이지요?」

「남미의 과라니, 특히 파라과이 지역의 전설에 등장하는 정령인데 여자들만 있는 집에 밤에 들어가 담배나 먹을 것을 주지 않으면 살짝 건드리기만 해도 임신을 시키는 존재래. 이 지역에서는 혼외정사로 태어난 사생아들은 모두 폼베로 탓이라고 믿는다는 거지.」

「윗목에 있는 해금 좀 갖다 주실래요?」

선화의 폼베로는 누구였을까. 그녀가 여전히 고개를 돌리지 않은 채 낮은 목소리로 청했다. 침대에서 내려와 가방을 열고 해금을 꺼내 가져다주자 조금 전 내가 부른 노래를 해금으로 천천히 켜기 시작했다. 선화를 처음 서클 룸에서 만났을 때도 놀랐지만 타고난 청음 감각이 있었다. 남미의 깊은 가락이 해금의 음색으로 느리게 바뀌면서 남미 시골 여인의 정한이 한국 여인 선화에게 서서히 스며들었다. 선화는 모든 음악을 해금에 실어 자신만의 색깔로 바꾸어 내는 기량을 타고난 여인이었다.

이십 년 전쯤 우리 처음 만났을 때

정구가 연우에게 선화 모친의 집을 귀띔해 줬다면 그 녀석은 분명히 그곳에 들렀을 것이다. 우리가 자신의 뒤를 쫓아 그곳에 가리라고 생각했을까. 묘지에 메모를 남겨 놓을 정도면 녀석은 그곳에도 어떤 메시지를 남겨 놓았을지 모른다. 노래하는 포장마차에서 나오는 길로 강화도로 달리고 싶었지만 이미 늦은 밤이었다. 다음 날 아침 서둘러 기사를 마감한 후 국악협회 강화 지부에 연락해서 선화 모친의 주소를 알아냈다. 협회 사무국 직원은 동막해수욕장 근처의 교회당 윗집이라고 위치까지 친절하게 가르쳐 주었다. 선화의 모친은 지역 사회에서 꽤 알려진 해금 명인이었다.

마감을 서두른다고는 했지만 오후 5시 무렵에야 겨우 끝을 볼 수 있었다. 승미는 진즉에 신문사 앞 커피숍에 도착해 한 시간째 기다리고 있었다. 하룻밤 사이에 더 수척해진 듯했다. 머리칼은 깔끔하게 뒤로 묶고 연한 화장까지 한 품새였지만 눈이 퀭한 게 지난밤 잠을 제대로 이루지 못한 것이 역력했다. 입술은 메말라서 립스틱 위로 희미하게 보풀까지 일었다. 커피숍에 들어서서 채 자리에 앉기도 전에 승미가 일어났다.

「아무리 급해도 겨우 일 마치고 나온 사람, 커피 한 잔 마실 틈도 없는 건가?」

「선배, 미안해요. 내 생각만 했네요. 그럼 한 잔 마시고 출발하시든지…….」

안다. 지금 승미의 머릿속은 불안과 그리움과 증오가 뒤섞인 용광로일 것이다. 하지만 지금 서두른다고 될 일만은 아니다. 연우는 이미 목적지를 정해 놓고 움직이면서 우리가 따라올 길을 차분하게 가르쳐 주고 있는 형국이다. 서두른다고 만날 수 있는 것도 아니고, 기다린다고 녀석이 제 발로 우리 앞에 나타날 가능성도 희박하다. 우리가 녀석이 갈 길을 앞질러 가서 기다릴 방법은 없는 것일까. 잠시 커피 한 모금을 넘기고 창밖을 바라보며 생각에 잠겨 있는 동안 승미가 가방에서 사진 한 장을 꺼내어 내밀었다.

우리가 첫 학내 공연을 마치고 뒤풀이 자리에서 찍은 사진 같았다. 두 여인이 양쪽에서 연우의 어깨에 손을 얹은 채 한 손으로는 각기 V자를 그려 보이고 있었다. 그들 세 명의 뒤편에 희미하게 웃고 있는 내가 보였다. 20년도 더 지난 사진이었다. 승미는 그때나 지금이나 침착한 표정이었다. 연우 오른편에 앉아 있는 여인이 선화였다. 선화의 눈은 연우를 향해 웃고 있었다. 연우는 그날 공연의 흥분과 이어진 시위의 피로가 겹친 탓인지 눈빛이 많이 흐렸다. 오래된 사진이라 흐리게 보이는 탓인지도 모른다. 그 시절을 한때 자주 떠올리곤 했다. 세상이 아무리 잿빛이고 엄혹했다지만 그때 우리는 피 끓는 20대였다. 송창식의 〈이십 년 전쯤에〉라는 노래를 그때는 그저 가락과 느낌이 좋아 철없이 기타를 퉁기며 노래했었다.

이십 년 전쯤에 우리 처음 만났을 때

그때는 말도 없이 서로 보고만 있었지

어색한 분위기 어쩔 줄 몰라 하는데

어디선가 들려오는 음악 소리 있었지

나도 모르게 콧노래 따라 불렀지

당신도 조용히 미소를 지어주었지

말은 없었지만 우리는 서로 알았었지

사랑하는 마음을

그때 그 음악 소리 추억도 새로운데

오늘도 그날처럼 콧노래나 부를까

그래, 20년 후의 의미를 제대로 알지 못하면서 그때는 그렇게 불렀었지. 하지만 세월이 흐른 뒤 그 시절을 떠올릴 때면 송창식보다도, 사라져 가는 사랑과 찢겨진 우리의 영혼……으로 이어지는 '부에나 비스타 소셜 클럽' 늙은 여가수의 〈베인테 아뇨스(이십 년)〉가 더 깊이 다가왔다. 사진의 배경에서 나는 세 사람을 바라보며 유령처럼 희미하게 웃고 있다. 그때 이미 지금의 내 운명을 예견이라도 했던 것일까. 한때 좋아했지만 오래전 벗의 아내가 된 여인과 함께 그 벗에게 치명적인 슬픔을 안긴 또 다른 여인의 뒤를 쫓아 유령처럼 부유하리라는 것을.

「이 친구가 선화 맞죠? 너무 오래된 기억이라 머릿속에 막연한 이미지로만 떠올랐는데 어젯밤 사진첩을 뒤적이다 보니 이 사진이 나왔어요. 참한 여자애였던 것 같아요. 해금 솜씨도 빼어났던 것 같고…… 사진을 보니까 그때 기억들이 상당히 선명하게 떠올라요. 지금 생각해 보면 이 아이는 늘 그이 주변을 맴돌았던 것 같아요. 선배, 기억나요? 그이 곁에서 재롱떨 때면 꼭 집안 오빠 대하듯 허물이 없었잖아요.」

「그런 것 같네. 그래도 그때가 행복한 시절이었어.」

「맞아요. 우리, 그때 20대였어요. 아무리 세상 바깥이 어둡고 폭풍우가 몰아쳐도 꽃같이 붉은 피는 감출 수 없었지요.」

「그만, 일어나지. 연우, 그 녀석…… 어디선가 우릴 기다리고 있는지도 몰라.」

승미는 무언가 말을 보태려는 기색이었지만 묵묵히 따라 나왔다. 거리엔 가을이 깊어 가고 있었다. 황량한 회색 도시에 언제 저런 나무들이 있었느냐 싶게 가로의 은행나무들이 일제히 노란 불을 밝혀 놓고 있었다. 눈처럼 날리는 은행나뭇잎이 승미의 머리 위에 앉았다. 그녀를 처음 만났을 때, 공연을 마치고 서로 어깨를 겯고 캠퍼스를 내려갈 때도 그녀의 머리 위엔 노란 은행잎이 앉아 있었다.

동막으로 가려면 강화대교까지 갈 필요는 없을 것 같았다. 김포를 지나 양촌에서 초지대교 쪽으로 질러가면 한 시간 남짓이면 충분했다. 초지대교를 건널 무렵엔 해가 많이 기울었다. 길게 드러난 갯벌과 서해의 탁류 위로 엷은 석양이 뛰놀았다. 국악협회 사무원이 일러 준 길은 쉽게 찾을 수 있었다. 동막해수욕장 해안 도로가 끝나는 지점에 교회의 종탑이 보였다. 종탑 옆에 붉은 칠이 군데군데 벗겨진 아담한 양철 지붕 집이 서 있었다. 반쯤 열린 대문을 밀고 들어갔다. 마당에서 주인을 부르자 한동안 기척이 없더니 빛바랜 자줏빛 저고리와 남색 치마를 입은 늙은 여인이 방문을 열고 마루로 나섰다.

「왜 우리 애를 또 찾지요? 아무리 정나미가 떨어져도 제가 살던 땅을 떠나려면 두루 안부는 전하라고 그렇게 당부했는데. 한 열흘 전에는 점잖게 생긴 남정네가 와서 한참이나 딸애에 대해 이것저것 묻더니만…….」

역시 짐작한 대로 연우가 먼저 다녀갔던 것이다. 곱게 늙어 보이는 여인의 방은 좁지만 정갈했다. 윗목 벽에 걸려 있는 사진 액자에는 여러 장의 흑백사진이 줄을 맞추어 끼워져 있었다. 사진틀 중앙에는 놀랍게도 연우와 선화가 빛바랜 인화지 안에 나란히 앉아 있었다. 오래전 옛날 사진관에서 찍었을 법한 기념 사진이었다. 그런데 자세히 들여다보니 연우와 선화가 많이 늙었다.

「따님인가요?」

「아이고, 이 양반, 늙은 나보다 눈이 더 어둡네. 우리 딸이 아니라 바로 나여.」

「옆에 있는 사람은 누군데요?」

「그냥 오다가다 만난 사람이지. 세상 버린 지 오래됐어. 그래, 내가 우리 딸과 그리 닮았소?」

승미가 잔뜩 찌푸린 표정으로 나에게 그만 앉으라고 눈짓을 했다.

「그래, 내 딸 친구들이란 말이지? 내 딸이 속을 많이 썩이긴 했어도 이렇게 반듯한 벗들을 보니 허투루 살진 않은 것 같네. 딸내미 또래라니 말을 놓아도 되지? 근데 여기까지 찾아올 친구들한테 아무 말도 하지 않았던 모양이네? 그 아이가 심지는 착한데 한 번 고집을 부리면 아무도 막질 못해. 누굴 닮아서 그 모양인지.」

「선화가 어디로 떠났단 말씀인가요?」

「앞으로 만나기 어려울 거야. 그렇게 말렸는데…….」

늙은 여인이 옷고름으로 눈가를 다독거렸다.

「내 팔자가 하도 사나워서 고것 하나는 제대로 살게 하려고 그렇게 성화를 부렸는데, 어디서 씨도 모르는 애를 하나 낳아 오더니…… 그래도 한동안 참하게 잘 사는가 싶었는데, 어느 날은 초주검이 돼서 찾아왔더라고. 몸을 추스른 뒤 제 언니가 진작부터 오라고 꼬드겼던 칠레라는 나라로 갔어. 제 언니는 진작 거기 교포에게 시집가서 잘 살고 있거든. 미국보다 멀어. 아주 멀어. 아예 가버렸어. 늙은 에미 혼자 두고.」

「열흘 전에 왔다는 사람, 어디로 간단 말은 없었습니까?」

「그 사람 참, 늙은 것 심정을 오랜만에 들쑤시더만. 술 몇 잔 먹였더니 아, 글쎄, 내 앞에서 소리 한 판 벌이더라고. 멀쩡

한 사람이 언제 그런 소리는 배웠는지 몰라. 자네들은 알지 모르겠지만 〈춘향가〉에 나오는 오리정 이별 대목, 그 대목을 참 맛나게 하데. 그 사람 노래에 맞추어 내가 오랜만에 깽깽이를 다 잡았어. 그러다가 그 사람 휑하니 가고 난 뒤 그 밤중에 얼마나 혼자 마음이 울적했는지 몰라. 어디로 간다 온다 말은 없었어. 노래 한자락을 마치고 큰절을 하더니만 내 딸 주소만 적어 가지고 황소바람 들이치는 것맨치로 왔다가 훌쩍 가버렸어.」

잠자코 듣기만 하던 승미가 늙은 여인 앞으로 바투 다가앉아 물었다.

「그 사람이, 뭐 남긴 건 없었나요?」

「그런 건 없었어. 저녁이나 먹고 가라고 붙잡았는데 휑하니 가버렸어. 말을 더 붙여 볼 짬도 없었다니까.」

들어오면서 교회 앞 가게에서 사온 음료수 박스를 슬그머니 옆으로 밀쳐 놓자 늙은 여인이 말했다.

「아이고, 뭘 이런 걸 사와. 자네들은 적적한 늙은이랑 천천히 술이라도 한잔 하다 가소.」

말릴 틈도 없이 여인이 서둘러 바깥으로 나간 뒤 부엌에서 덜그럭거리는 소리가 들려왔다. 승미가 난처한 표정으로 바라보았다. 나는 승미의 손을 꼭 쥐고 그녀의 손등을 두드려 주었다. 연우의 비망록 때문에 애달파하며 이렇게 찾아 나선 건 그가 행여 어디서 스스로 숨을 놓아 버릴까 봐 걱정한 이유가 가장 컸다. 하지만 그는 생생하게 살아서 연인의 뒤를 쫓고 있다. 승미도 이제는 결단을 내려야 한다. 그가 돌아오기를 기다리든지, 아니면 포기하고 새로운 삶을 꾸려 가든지. 선화의 모친이 간소한 야채 무침과 김치찌개가 놓인 소반을 들고 들어섰다. 냉장고에서 소주도 꺼냈다.

「해금 솜씨가 뛰어나다고 들었습니다. 선화가 어머님 재주를 고스란히 물려받은 모양이지요?」

「글쎄, 재주가 아니라 업보여, 업. 내가 젊었을 때 해금 한 자락이라도 켤라치면 사내들이 황홀해하는 거여. 나는 내 흥에 겨워 연주하는데, 그 소리가 많은 사람들 가슴을 헤집어 놓은 모양이여. 그러니 내 해금 소리가 좋아서 나를 좋아하는 걸로 착각했던 사내들이 많았던 거지. 팔자가 사나운 것도 죄라면 죄지.」

소주잔이 서너 차례 오가자 선화의 모친은 말이 많아졌다. 홀로 서해가 내려다보이는 언덕배기 고적한 집에 살면서 오랜만에 딸 친구들이 손님이라고 찾아오니 반갑기도 하고 신세가 한탄스럽기도 했던 모양이었다. 아비 없는 어린아이 하나 데리고 머나먼 타국 땅으로 떠나 버린 딸의 신세가 자신의 팔자를 닮은 듯하여 모친은 몹시 애통한 모양이었다.

「아까 자네가 저 사진을 보고 내 딸 아니냐고 말했지? 내가
살아온 길이 참 억세게 구불구불해서 팔자라고밖에 말할 수
없긴 하지만, 저 사진 속 내 옆에 있던 양반에게는 참 미안하
고 또 절통해. 딸 친구들 앞에서 할 말은 아니네만, 우리가
언제 또 만날지도 모르니 술 한잔 마신 김에 속 시원히 말이
나 좀 함세. 저 양반은 마누라도 살아 있고 자식들도 여럿 둔
가장이었지. 그런데 어쩌다 내 해금에 빠져 버렸어. 저이에
겐 내가 만났던 사내들처럼 해금 따로 나 따로가 아니라, 해
금이 나였고 내가 해금이었어. 나도 저 양반이 참 좋았네. 헛
헛한 걸 내가 위로해 줄 수 있다면 그것도 내 팔자려니 생각
하고 살았는데, 어느 날 저 양반 아내가 날 찾아왔더만. 애들
아버지, 그만 집으로 돌려보내 달라고. 참 점잖게 생긴 아낙
이었어. 내가 그 양반을 억지로 붙잡은 적도 없고, 돌아가라
고 한 적도 없지만 그 말을 듣고 보니 새삼 내 처지가 한스럽
고, 이런 사단도 한두 번이지 언제까지 이렇게 팔자 사납게
살아야 하는지 서럽더라고. 그 양반에게 말해 봐야 돌아갈
리 없고 나도 그 양반 똑바로 마주보고 가라 마라 못할 것 같
아서 그길로 딸내미 데리고 온다 간다 말도 없이 떠나왔어.
나중에 얘길 들어 보니, 그 양반 나를 찾다 찾다 술병에 걸려

절명했다더구먼. 잘 살아 보라고 떠났는데, 내가 그 양반을 죽게 만든 꼴이지. 그 양반 죽고 난 뒤 그 집에 찾아갔었어. 다행히 그 양반 늙은 노모 말고는 아무도 없더구먼. 아직 안 방에 모셔져 있던 그 양반 영정을 올려다보다가 혼자 울고 또 울었어. 꼭 유행가 가사 같지? 사는 게 다 유행가여. 처음 보는 딸내미 친구들한테 구질구질한 신세타령만 늘어놓았 네. 내가 늙어 가면서 마음이 많이 약해진 모양이여.」

승미는 돌아갈 길의 운전에 대비해 술을 입에 대지 않았다. 나만 늙은 여인의 신세타령을 듣느라 소주잔을 주거니 받거니 하는 상황이었다. 승미가 내 옆구리를 조용히 찔렀지만, 웬만 큼 마음을 열지 않고서는 털어놓기 힘든 살아온 이야기를 노인 네가 펼치는 마당에 툭툭 털고 일어서기가 쉽지 않았다. 사는 게 다 유행가라는 말, 사는 것 다 유치하다는 말로 들렸다. 따 지고 보면 맞는 말이다. 다만 그 유치한 처지가 자신의 것일 때 는 유치하기보다는 절박하다는 게 문제일 따름이다.

연우를 찾아 남미에 가려면 못 갈 것도 없다. 매년 기업체 협 찬으로 해외 취재 시리즈가 편집국 차원에서 기획되고 있었다. 기획안만 괜찮다면 남미라고 안 될 건 없었다. 먼 곳이라서 항 공료가 비싸긴 하지만 어차피 비용이야 회사 돈이 아니라 기업 체에서 지원하는 것이니, 기획의 질이 더 중요한 문제였다. 하지만 간다고 해서 반드시 연우를 만나리란 보장이 없고, 무엇보다도 당사자인 승미의 입장이 중요하다. 승미는 행주대교를 건너 자유로에 접어들 때까지 운전대만 잡고 시종 말이 없었다. 침묵이 답답해서 그렇게 툭 던졌을 것이다.

「죽겠다는 녀석이 잘도 돌아다니는군. 도대체 잘 있거라는 말은 이 세상에 대고 한 말이 아니라 우리에게 던진 농담이었던 거야?」

「그렇게 희화하지 말아요. 그이 성정은 내가 잘 알아요. 한번 생각이 외곬으로 달려가면 무슨 일이든 저지르고 말 사람이에요. 그이 나름으로는 자기 자신과 마지막 싸움을 벌이고 있을지도 몰라요.」

「승미…… 참 너그러운 여인이구나.」

「그러고 보니 선배에게 너무 폐를 끼치는 것 같네요. 미안해요. 이제부터는 나 혼자 움직여 볼게요.」

「그렇게 들렸다면 나야말로 미안하다. 같이 산 너보다는 덜할지 모르지만, 연우는 나에게도 소중한 사람이야. 개인적인 인연을 떠나서라도 그런 가객을 잃는 건 정말 가슴 아픈 일이지. 거창하게 말한다면 내 삶의 한 부분이 무너지는 일이기도 해. 하지만 나는…… 네가 마음고생하는 게 더 아프다.」

신문사에 가까워질 때까지 내 푸른 여인은 다시 완강하게 침

묵을 지켰다. 연우가 원망스러웠다. 녀석, 어쩌자고 이런 여인
을 두고 무책임하게 사라졌으며, 어쩌자고 다 잊었다고 생각한
승미에 대한 안타까운 감정들을 다시 살려 내는 건지. 신문사
앞에 차를 세우고 승미가 먼저 내렸다. 조수석에서 내려 승미에
게 손을 흔들어 주고 운전석에 오르려다, 멈칫, 서버렸다. 돌아
서는 그녀의 두 볼이 눈물에 젖어 가로등 불빛에 번들거렸다.

저녁 _ 만물산야

뭉크의 그림 하나가 떠오른다. 여자는 정면을 향해 침대 앞
에 서 있는데 아무것도 걸치지 않았다. 젖가슴 두 개는 도발적
으로 튀어나왔고 배꼽 아래 갈라지는 부분은 검은색으로 덧칠
되었다. 차려 자세로 서 있는 여자의 얼굴은 눈과 코의 윤곽만
희미할 뿐 입은 아예 지워졌다. 여자의 몸에는 군데군데 검은
그림자가 드리워져 있다. 여자의 뒤편 침대에는 팔목을 칼로
그은 듯한 남자가 피 흐르는 오른손을 침대 아래로 늘어뜨린
채 누워 있다. 남자도 역시 벌거벗은 모습인데 그가 누워 있는
침대의 하얀 시트에는 푸른 얼룩들이 비처럼 내리고 있다. 눈
을 감고 누워 있는 남자는 죽은 것인지 잠든 모습인지 분간하

198

기 어렵다. 꼿꼿하게 서 있는 여자의 왼손은 약간 뒤쪽으로 감춰졌는데 그 손에는 무언가 들려 있는 듯하다. 여자가 남자의 손목을 그었을 것 같은 혐의를 가지기에 충분하다. 선화의 방에서 보았던 〈마라의 죽음〉이다. 정욕과 피 냄새와 죽음이 한 화면 안에 한꺼번에 녹아 있었다. 선화는 불안과 죽음의 화가 뭉크에 왜 그토록 탐닉했던 것일까.

선화를 다시 만나게 되면서 나는 그녀가 사는 바닷가 마을로 자주 내려가곤 했다. 매년 실내와 야외에서 한 번씩 공연을 치르고 나면 나머지 긴 시간은 오롯이 자유 시간으로 남았다. 하지만 그 자유 시간이란 다음 공연을 위한 재충전으로 충분히 활용해야 했고, 중간에 나를 필요로 하는 단체나 집회의 노래판에 가끔 초청되어 가서 노래를 불렀다. 지방에 다녀올 때마다, 혹은 노래를 만들기 위해 집을 떠나 잠적할 때마다 나는 선화의 집에 들르곤 했다. 선화가 차려 놓은 식탁에서 아늑한 조명 아래 같이 식사를 하고, 바닷가를 산책하고, 선화의 폼베로가 만들어 놓은 아이와 함께 놀아 주기도 하고, 늦은 밤이면 선화의 해금 반주에 맞추어 노래도 부르는 행복한 시간을 보냈다. 그러나 행복하면 할수록 묘한 불안감이 똬리를 틀었다. 그것은 나를 기다리고 있을 승미에 대한 죄책감과 언제 선화가 표변할지 모른다는 본능적인 두려움 때문이었을 것이다.

그즈음 우리는 공동의 목표 하나를 만들어 놓고 있었다. 선화의 해금과 나의 노래가 결합된 음반을 만드는 계획이 그것이었다. 그날 밤도 폼베로의 아이가 잠든 후 호젓한 선화의 집 마당에 모깃불을 피워 놓고 평상 위에 앉아 선화는 해금을 잡고 나는 노래를 불렀다. 〈만물산야〉라는 노래를 연습하기 위해서였다. 만물이란, 농사일의 끄트머리를 지칭하는 말로 마지막 세벌 김매기를 할 때 들녘에서 부르던 노래다. 해학적이면서 비장한 가사도 가사려니와 노래의 가락이 참으로 깊었다.

영감아 영감아 무정한 영감아
육칠월 만물에 메뚜기 뒷다리 한티 채어죽은 영감아
부귀다남 백년동락 사잤더니
나홀로 두고 어디를 갔나 영감아

여보게 마누라 여보소 마누라 무정한 마누라
작년 팔월 추석에 송편 먹다 체어 죽은 마누라
우리가 영남에서 건너올 때는 백년동락 사잤더니
어디를 갔나 마누라

영감아 영감아 어디를 갔나 영감아

지리산 까마귀 깃발 물어다 놓듯이 날 데려다 놓고

쓸쓸한 빈 방안에 독수공방 어찌 살으라고

나 홀로 두고 어디를 갔나 영감아

여보게 마누라 여보소 마누라 어디를 갔나 마누라

일 년은 삼백육십 일 하루만 못 봐도 못 사는 마누라

북망산천이 어디라구 정을 두고 몸만 가니

정도 마저 가져가소 마누라

　　인생살이의 쓸쓸함을 해학적으로 표현하는 가사에 묘미가 있었다. 일하는 현장에서 만들어진 노래가 아니면 메뚜기 뒷다리에 채어 죽는다는 비유나, 팔월 추석에 송편 먹다 체해 죽는다는 어이없는 인생 곡절을 이렇듯 간명하게 드러내진 못했을 것이다. 가락은 한없이 느리게 이어지는데 영감이나 마누라를 부를 때 끝 음절을 길게 빼서 소리를 꺾어 주는 형식이었다.

　　사실 이리 애절한 노래에는 해금보다 아쟁이 제격일 수 있다. 하지만 아쟁은 그 음색 자체에 처절하리만큼 깊은 슬픔이 배어 있어서 슬픔과 슬픔이 만나 그 도가 넘쳐 버리는 사고를 낼 수 있다. 그런 면에서는 차라리 가벼운 듯한 해금의 음색으로 깊이를 우려내는 것이 더 그럴듯했다. 더욱이 그 해금을 선화가 연주하는 바에야 더 말해 무엇하겠는가. 이 소리를 직접 들려주지 못하는 게 한없이 안타까울 따름이다.

사람마다 취향은 다르겠지만, 이상하다. 나는 선화가 연주하는 해금의 슬픈 음색을 들으면 묘하게도 관능적인 자극을 받곤 했다. 해금의 음색에는 슬쩍 돌아서서 눈을 흘기며 달아나는 여인의 교태도 있고, 주저앉아 깊이 울되 그 울음이 슬픔 자체에 갇혀 버리지 않아 어깨를 감싸 주고 싶게 만들고 연민의 감정을 자극하기도 했다. 바로 그 연민을 돋우는 슬픔이야말로 따뜻하게 껴안고 싶은 가슴 깊숙한 곳의 현을 건드렸다. 선화가 해금으로 연주하는 〈만물산야〉가 특히 그러했다. 연주와 노래가 끝나자 나는 선화의 뒤쪽으로 돌아가 그녀를 꼭 껴안았다. 그녀의 하얀 목덜미에 입술을 대고 부드러운 살의 감촉을 음미했다. 바닷바람이 살랑거리며 어두운 담을 넘어왔다.

마당에 피워 놓은 모깃불도 사위어 갈 무렵, 선화는 해금을 옆으로 치워 놓고 두 다리를 모두어 무릎 위에 턱을 괸 채 식어 가는 불씨를 말없이 물끄러미 바라보았다. 바다에서 불어오는 밤바람이 선화의 귀밑머리를 흔들었다. 나는 두 손을 뒤로 내짚고 다리를 뻗은 채 모깃불 너머 어두운 바다 쪽을 응시하고 있었다. 멀리 해안 쪽 철로 위로 마지막 기차가 내려가는 소리가 들려왔다. 기차의 불빛은 흐리게 이어지면서 짧은 파노라마처럼 흘러갔다. 나는 일어나서 집 뒤로 돌아가 마른 짚단을 가져와 모깃불 위로 던졌다. 불길이 환하게 일어났다. 선화의 얼굴이 붉은빛으로 일렁거렸다. 화기 때문이었을까. 그녀가 불쑥 침묵을 깨뜨렸다.

「당신, 왜 나를 만나요?」

왜, 라니……. 또 시작인가. 갑자기 가슴 한구석이 무너지면서 공포가 엄습하기 시작했다. 그 공포란 선화의 대책 없는 광기에 대한 두려움이었을 것이다. 선화의 발작은 간질병 환자처럼 뜻하지 않은 순간에 허를 찌르듯 나타나곤 했다. 나는 서둘러 비굴할 만큼 호소하는 목소리로 그녀를 달래야 했다.

「사람과 사람이 만나는 데 꼭 무슨 이유가 있어야 되나? 보고 싶고, 같이 있으면 좋고, 헤어지면 생각나고, 이 정도면 만날 이유는 충분한 것 아닐까?」

그날 발작의 요인이 무엇인지 감을 잡았어야 하는데, 완전히 허를 찔린 상태라서 더 허둥댔을 것이다. 그 때문에 선화의 뜨거운 화기에 마른 짚단을 던진 꼴이 돼버렸다.

「당신 아버지도 그랬어요?」

뜬금없고 당돌했다. 왜 이 대목에서 아버지가 등장해야 하는지, 어이가 없었고 망치로 뒤통수를 세게 얻어맞은 심정이었다. 그래서 나도 흥분하기 시작했을 것이다.

「아버지라니, 여기서 내 아버지는 왜? 오래전 당신 앞에서 아버지 얘기를 한 적 있지만, 지금은 그분을 이해해. 인생살이에 외길만 있는 게 아니라는 걸 어린 시절에는 몰랐을 뿐이야. 나는 그분의 순정과 고통 앞에서 무릎을 끓고 용서라도 구해야 할 거야.」

「여자들은 간음을 하면 돌로 쳐야 하고 남자에게는 간음의 권리가 있다?」

「간음? 간음! 그것은 여자가 남자의 재산으로 간주되던 시절에 정해진 율법일 따름이야. 구약성서에 등장하는 십계명의 간음하지 말라는 조목은 간음으로 인해 벌어질 동족 간의 재산 싸움에 대한 경계 때문에 삽입됐다는 설이 유력해. 사랑을 방해하는 조항은 명백히 아니야. 당시 이스라엘 민족이 식민지 상태에 있었는데 주변 민족들은 모두 성에 대해 비교적 자유롭고 너그러웠거든. 그들과 차별화시키면서 민족의 단일한 성정을 지켜 내는 게 이스라엘 민족의 중요한 목적이었어. 그것은 민족의 정체성을 지켜 내기 위한 율법이었을 따름이지, 결국 하느님의 뜻도 아닌 거지.」

「잘도 갖다 붙이는군요. 당신 논리대로라면 남은 가족들이 겪어야 되는 불행은 하느님의 뜻인가요?」

「그건, 오랫동안 잘못 길들여진 관습 때문일 거야. 세상의 시각에서 자유롭지 못한 게 불행의 원인이지.」

선화의 공격에 우선 다급하게 방어 자세를 취한 꼴이었지만 나야말로 그런 관습에서 자유로운 적이 있었던가. 선화를 만나면 승미에 대한 죄의식 때문에 불편했고, 선화와 헤어지면 그리움 때문에 괴로웠다.

「당신은 나를 사랑한다기보다는 내 해금 소리를 좋아하는 것 같아요. 이젠 당신 자리로 돌아가요. 전에도 경고한 적 있지만, 당신 이대로 나를 계속 만나면 불행해져요. 나 때문에 여기까지 오긴 했지만, 이건 아니에요. 내가 잘못했어요. 용서해 주세요.」

「용서라니! 도대체 무엇 때문에? 내가 언제 당신을 나무란 적이 있나? 당신 때문에 괴롭다고 한 마디라도 꺼낸 적 있어? 설사 그렇더라도 그게 어찌 나에게 용서를 구할 일인가. 자꾸 불행 어쩌고 하는데, 그것이 내 사랑의 결과물이라면 난 떳떳이 감수하겠어. 솔직히 사랑이 무언지는 잘 몰라. 피차 잘 모르는 것이라면 그런 말은 머릿속에서 지워 버리자고. 그까짓 단어, 없으면 어때?」

선화가 갑자기 일어서더니 마당을 지나 바다 쪽을 향해 어둠 속으로 걷기 시작했다. 나는 그녀의 뒤를 서둘러 쫓아갔다. 선화는 뒤따라오는 나를 의식했겠지만 광야로 나아가는 고독한 단독자처럼 묵묵히 앞만 보고 걸었다. 썰물 진 서해 바다의 긴 갯벌에 달빛이 반사되고 있었다. 선화는 갯벌이 시작되는 들머리의 바위로 천천히 다가가 앉았다.

「내가 당신의 노래를 사랑한 것은 맞아요. 하지만 당신을 사랑하지는 않아요. 이렇게까지 말해도 당신, 내 곁을 맴돌 수 있나요? 나를 배려할 생각이 있다면, 제발 다시는 찾지 말아 줘요.」

「사람이란 말이야, 말로 납득될 수 없는 부분들이 많아. 말은 그냥 입에서 발설되는 순간 날아가 버리는 불확실한 것 아니야? 나는 적어도 당신의 눈빛과 살의 뜨거움과 표정만으로도, 당신의 말이 거짓이라는 걸 알겠어. 정작 내가 궁금한 건 왜 당신이 마음에도 없는 그런 말들을 가끔씩 발작하듯 뱉어 내느냐는 거야. 나에게 숨기는 거라도 있는 건가?」

「사랑이 무엇이건, 마음이 무엇이건, 내가 당신을 파멸시킨다 해도 똑같은 말을 반복할 수 있겠어요?」

달빛이 광활한 갯벌에 부딪히고 있었다. 갯벌에 반사된 달빛과 선화의 머리칼에 각광처럼 쏟아지는 하늘의 조명이 바위에 앉은 그녀를 검은 실루엣의 조각으로 만들어 놓았다. 그녀는 먼 갯벌 쪽을 향해 등을 돌린 채 앉아 있었다. 검은 조형물이 다시 말을 시작했다.

「당신을 포함한 대다수 남자들이 착각하고 사는 게 뭔지 아
세요? 당신네들은 사랑과 욕정의 차이를 명확하게 구분하지
못해요. 물론 서로 조금씩 섞여 있겠지요. 하지만 욕정이 앞
서는 경우가 대부분이고, 부록처럼 스며 나오는 감정이 사랑
이라는 고상한 분비물일 거예요. 내 어머니는 그걸 누구보다
잘 알았던 여인일 겁니다. 불행한 일이죠. 차라리 바보 같았
더라면, 아니 처음부터 순정이 순정으로 대접받아서 그저 순
하게 한 남자와 더불어 생을 마쳤더라면, 그까짓 사랑과 욕
정 따위를 구별해 내지 않고서도 행복하다고 착각할 수 있었
을 텐데.」

나도 모르게 흥분했던 모양이다. 물론 내 욕망을 찬찬히 살
펴보면 선화의 분석이 맞을지도 모른다. 하지만 그런 감정이
어떻게 명백히 분리돼서 나타날 수 있는가. 선화가 거는 시비
는 분명히 다른 어떤 요인이 작용했기 때문이었을 테다. 내가
흥분하지 않았다면 그 까닭을 알 수도 있었을지 모르지만 결국
대화는 파국으로 이어져 갔다.

「그래? 당신도 당신 어머니처럼 그 사랑이라는 것과 욕정이
선명하게 구분된단 말이지? 나에게선 욕정이 더 도드라져
보인단 말이고? 그런데도 결국 나에게 다시 온 이유가 뭐지?
당신도 나를 원한 것 아니야? 설마 내 가슴에 이런 식으로

못을 박기 위해서 온 건가?」

바다 쪽으로 돌아앉아 있던 선화가 나를 정면으로 응시했다. 그녀의 눈동자에 달빛이 반사돼 수정체가 하얀빛을 뿜어냈다. 그때 미리 일어날 일에 대한 예방을 했었더라도 사태가 그 지경까지는 이르지 않았을지 모른다. 내 깊숙한 곳에서는 그녀가 나를 사랑하지 않는다는 말 한마디에 피를 흘리고 있었던 모양이다.

「정말 모르겠어요? 내 얼굴을 똑바로 보세요. 어릴 때 나를 만난 기억이 없나요?」

어릴 때 만났다니, 순간 서늘한 기운이 머리에서 발끝까지 등골을 타고 흘러내렸다. 잠시 말을 잊고 멍하게 서 있자 그녀가 눈빛을 빛내며 말했다.

「대학 신입생 시절에 당신과 찍은 사진을 보고 어머니가 그러더군요. 누군가와 많이 닮았다고. 당신 이름을 말했더니 얼굴이 어두워지면서 당신이 누구의 아들인지, 깊은 한숨을 쉬며 말하더군요. 내가 시위에 휘말려 구류를 산 것도 이유지만, 어머니는 그길로 나를 끌고 내려갔어요. 그때는 당신에 대한 막연한 호감 정도가 전부였어요. 후일 당신이 내 공연장에 찾아왔고, 당신을 다시 만났고, 당신이 좋았고, 경계하는 마음이 누그러졌지요. 그래요, 내 어머니처럼 살고 싶진 않았

어요. 그래서 떠났어요. 하지만 결국 아비 없는 아이 하나 데
리고, 내 어머니처럼, 이렇게 다시 당신 앞에 있어요.」

어두운 항구의 벤치에서 홀로 눈물을 흘리며 또박또박 말대
답하던 그 어린 여학생, 그 아이가 바로 선화였다. 앳된 얼굴에
그늘이 가득하던, 항구의 불빛에 서글픈 눈을 감았다 뜨던 그
아이가 선화였다! 내 아버지의 사랑을 배려해 밤에 집을 나서
던 그 아이가 선화였던 것이다. 사랑이라는 고상한 감정조차
유전자 지도의 명령에 따라 움직이는 생물학적 반응에 불과한
것이던가. 온몸에서 힘이 빠지고, 머릿속이 정전된 상태처럼
캄캄하고 먹먹해졌다.

「따지고 보면 당신이나 당신 아버지, 같은 사람일지 몰라요.
자신들이 무얼 잘못했는지, 잘못하고 있는지, 사랑이라는 게
뭔지 알고나 있는지, 그 대단한 사랑이 주변 사람들을 어떻
게 파멸로 몰고 가는지 당신들은 백치에 가까워요. 그래요,
어설프게 사랑 운운하다가 금방 포기하고 마는 당신을 그때
마다 다시 붙잡은 건 나예요. 당신에게 당신이란 사람을 분
명하게 보여 주고 싶었어요. 당신을 똑바로 바라보는 느낌이
어때요? 어쩌다 운이 나빠 함정에 빠졌다고 위로하고 싶은
가요? 당신, 모든 것 뿌리치고 누군가를 제대로 가슴에 품어
본 적 있나요? 당신은 당신 아버지보다 더 비겁해요.」

비겁하다, 비겁하다……. 자신의 욕망은 조금도 포기하지 못한 채, 어느 누구도 불행하게 만들고 싶지 않은 나약한 성정이야말로 비겁함의 근원인 것일까. 인간이라는 동물은 말 이전에 표정과 눈빛만으로도 상대방의 진실을 알아채는 영리한 동물이다. 사랑이 무엇인지, 지금도 나는 잘 모르겠다. 하지만 그녀가 그리웠고, 그녀의 해금이 내 심중을 늘 울렸고, 그녀의 따뜻한 살이 살가웠다. 그렇지만 승미, 내 아내의 가슴에 못을 박고 싶지도 않았다. 나에게는 이런 감정들을 녹여내고 태워서 연기처럼 하늘로 풀어 헤치는 것이 노래였다. 노래가 겨우 그 정도의 비속한 역할밖에 하지 못하느냐고 나를 비난해도 좋다. 나는 겨우 그런 노래꾼에 불과했으니까.

고개를 숙인 채 오랫동안 비탄에 빠져 있었던 모양이다. 눈을 들었을 때 바위 위에는 아무것도 보이지 않았다. 깜짝 놀라 사위를 둘러보니 달빛이 하얗게 부서지는 갯벌 위로 선화가 걸어 들어가고 있었다. 서둘러 그녀의 뒤를 쫓아 갯벌로 들어섰지만 발이 푹푹 빠지는 바람에 걸음이 한없이 더뎠다. 선화는 이미 멀리 바닷물이 들어오는 갯벌의 경계선까지 나아가고 있었다. 나는 그녀를 부르며 질척거리는 펄을 헤집어 나갔다. 그녀가 뒤를 돌아보았다. 찰랑거리며 들어오는 바닷물은 펄보다 더 환하게 달빛을 받아치고 있었다. 그 은쟁반에 반사되는 것 같은 물빛을 배경으로 거느리고 그녀가 역광의 실루엣으로 무연히 서서 다가오는 나를 기다리고 있었다. 숨을 헐떡거리며 가까이 다가갔을 때 선화가 말했다.

「미안해요, 정말 미안해요. 세상에 죄라는 건 없어요. 인간의 마음속에 있을 뿐이지요. 당신에겐 죄가 없어요. 당신은 당신 방식대로 살아가세요. 더 이상 가까이 오지 마세요. 부디, 이 업장을 이제 그만 끊어요. 이제 세상으로 돌아가요.」

바람은 불어오고 펄은 차가운데 정신이 혼몽해지면서 몸조차 펄 속으로 흘러내렸다. 선화에게 기를 쓰고 다가갔지만 그럴수록 그녀는 바닷물이 남실거리는 갯벌의 끝을 향해 비척거리며 달아났다.

어느 순간 그녀가 갯벌에 넘어지는 모습이 보였다. 내가 그녀를 붙잡은 것은 물과 펄의 경계에 앉아 있던 밤의 갈매기들이 난데없는 사람들의 출현에 일제히 푸드덕거리며 날아오를 무렵이었다.

이 장면을 회고하자니 다시 뭉크의 그림 하나가 떠오른다. 〈흡혈귀〉라는 제목이 붙은 그림인데 붉은 머리칼을 길게 늘어뜨린 여자가 고개를 숙인 채 여자의 품에 엎드린 남자의 뒷목에 얼굴을 파묻고 있는 그림이다. 키스를 하는 것인지, 제목에서 암시하는 것처럼 남자의 피를 빨아 먹는 중인지는 명확하지 않다. 화면은 전반적으로 검은 톤인데 그 검정이 전혀 어둡지 않다. 오히려 여자의 빨간 머리칼과 어울려 역동적인 느낌을 주기에 충분하다. 선화가 그 시절 담 밖에서 추위에 떨고 있던 그 여자아이였다는 사실은 충격이었다. 그때 담 안쪽 방 안에서 피를 흡입하던 사람은 아버지였을까, 그녀의 어머니였을까. 피를 빨고 빨리는 쾌감을 누리고 있던 그들로 인해 어린 여자아이가 겪어야 했던 공황 상태는 새로운 뱀파이어의 유전자를 강력하게 자극했던 것일까.

물이 들어오고 있었다. 밀물의 속도는 생각보다 빨랐다. 그녀와 실랑이를 벌이는 동안 바닷물은 벌써 무릎까지 차올랐다. 나는 완강하게 버티는 그녀의 팔을 잡고 질질 끌면서 뭍을 향해 안간힘을 써서 한 발짝씩 걸어 나왔다. 펄에서는 발이 푹푹 빠지는 바람에 혼자 걷기도 힘든데 뒤로 버티는 그녀를 잡고 걷는 일은 더 힘들었다. 웬만큼 나왔는가 싶었는데 그녀가 내 팔에 이를 박아 넣었다. 심각한 통증에 나도 모르게 팔을 빼냈을 것이다. 그녀는 다시 바다 쪽을 향해 기어 나가기 시작했다. 파도가 그녀를 덮쳤다. 기진맥진한 나도 쓰러져 버렸다. 그러고는 암전이었다. 눈을 떴을 때 바닷가에 누워 있는 나의 발치까지 바닷물이 넘실거리고 있었다. 황급히 일어나 사방을 둘러

보았지만 그녀는 보이지 않았다. 갯벌은 모두 사라지고 환한
달빛 아래 물결만 일렁였다.

산티아고 아카시아 나무

다소 우여곡절은 있었지만 기획안은 통과됐다. 라틴아메리카의 문학과 미술과 음악을 아우르는 이른바 '중남미 문화 기행'이 그것이다. 취재 범위가 너무 넓어 어느 것 하나 집중하지 못한 채 수박 겉핥기가 될 공산이 크긴 하지만, 먼저 추진하되 반응이 좋으면 나중에 후속 시리즈로 보충하기로 결정했다. 우선 전체적으로 스케치하면서 독자들과 더불어 현장감을 느끼게 하는 정도에서 타협하기로 했다. 문제는 준비 기간이 너무 촉박하다는 점이었다. 중남미 문학을 전공한 교수에서부터 다양한 국내 취재원들과 전화통을 붙잡고 씨름을 했다. 현지에 가서 어디를 둘러보고 누구를 만날 것인지 취재 기간이 길지 않은 만큼 철저한 사전 준비가 필요했다. 멕시코에 들렀다가 콜롬비아와 페루를 거쳐 칠레에서 아르헨티나로 이어지는 여정을 짰다. 쿠바가 빠진 것은 아쉽지만, 이번처럼 점만 찍고 돌아다녀야 하는 빡빡한 일정에 포함시키느니 나중에 따로 집중 취재하는 게 더 나을지도 모른다. 승미는 내가 칠레에 입국하는 시점에 맞추어 따로 한국에서 출발하기로 했다. 어쩔 수 없이 내 관심은 처음부터 칠레에 집중돼 있었다.

산티아고 아르투로 메리노 베니테스 국제공항에 내린 시각은 밤 10시가 넘은 늦은 저녁이었다. 리마에서 출발하는 란칠레 항공이 예정된 시각보다 세 시간이나 늦어진 것이었다. 내심 걱정됐다. 한국에서 미리 칠레 쪽 가이드로 섭외한 사람은 이곳 산티아고 대학에서 교환학생으로 중남미 문학을 공부하는 청년인데, 여행 가이드를 전문으로 하지 않는 학생이어서 스케줄에 착오가 생기면 대처 능력이 떨어질지도 몰랐다. 다행히 청년을 만나는 일은 어렵지 않았다. 청년은 자그마한 체구에 이목구비가 오밀조밀하고 황갈색으로 그을린 전형적인 한국인이었다. 칠레인의 체구는 유럽인들에 비해 더 큰 느낌이었다. 사실 청년의 체구도 한국에서는 그리 작지 않은 편일 텐데, 큰 사람들 사이에 서 있으니 작아 보였다고 해야 맞는 말일 것이다.

청년이 몰고 나온 차를 타고 시내를 향해 달렸다. 10월 하순의 산티아고는 초여름으로 접어들고 있었다. 도심에 접어들자 열어 놓은 차창으로 초여름의 향기가 밀려들었다. 달콤하면서도 가슴을 들뜨게 하는 미향이었다. 그 향기는 호텔 방에 들어서자 사라졌다. 호텔 객실은 세계 어느 도시를 가나 같은 구조의 비슷한 형식이다. 테이블 위에 놓인 메모지나 호텔 홍보 책자만 아니라면 이곳이 한국인지 미국인지 아프리카의 관광지인지 구분하기가 어려울 것이다.

짐을 정리하고 샤워를 마친 뒤 창문을 활짝 열자, 오래 숙성시켜 놓은 포도주 통 마개를 열었을 때처럼 대기의 미향이 한꺼번에 방 안으로 밀려들었다. 산티아고는 그렇게 향기로 먼저 다가왔다. 향기 때문인지는 모르되 새삼스럽게 가슴이 뛰기 시작했다. 내일이면 승미가 산티아고에 온다.

호텔 식당에서 아침 식사를 마치자 청년이 왔다. 그가 몰고 온 차는 한국에서 수입한 중고 소형차 티코였다. 학생 신분이니 굴러가기만 하면 무방한 차를 선택한 것이려니 생각했는데, 얘기를 들어 보니 이곳 수준에서는 그리 싼 차만도 아니었다. 그러고 보니 거리에 익숙한 한국산 자동차들이 눈에 많이 띄었다.

산티아고 시내에 있는 파블로 네루다 기념관을 먼저 행선지로 정했다. 청년의 운전 솜씨는 제법 능숙했다. 거리의 차와 차 사이를 요령껏 빠져나가며 잘 달렸다. 다혈의 청년기가 그렇듯

이 청년도 느린 것은 참지 못하는 듯했다. 차들로 빽빽한 대로를 지나 속력을 내던 티코가 갑자기 급브레이크를 밟고 섰다. 그 바람에 앞 유리에 이마를 부딪힐 뻔했다. 청년 또래의 젊은 남녀 무리가 대로를 가로질러 뛰어가며 깔깔거렸다. 한숨을 몰아쉬고 이마에서 흐르는 식은땀을 식힐 겸 창문을 내리자 어젯밤부터 후각을 자극하던 그 미향이 이번에는 강력한 향으로 코끝을 자극했다. 그 미향의 발원지는 아카시아꽃이었다. 둔해도 너무 둔했다. 가로수들이 모두 아카시아나무였던 것이다. 나무들은 일제히 순백의 꽃들을 치렁치렁 매달고 있었다. 늦가을에 서울을 떠나왔으니 밤부터 도시에 떠돌던 미향이 아카시아 향이라고는 상상도 못했던 것이다. 관성이 불러일으키는 착각이란 무섭다. 감정의 관성에도 브레이크가 있을까.

산티아고 네루다의 집 '라 차스코나'는 산크리스토발 언덕 아래에 자리 잡고 있었다. 네루다가 생전에 썼던 편지들과 노벨 문학상 수상 메달, 각종 사진들이 전시돼 있었다. 네루다가 칠레에서 추방당한 후 이탈리아 정부가 마련해 준 망명지에서 찍은 사진이 눈길을 끌었다. 영화 〈일 포스티노〉에도 배경으로 소개됐던 나폴리 근처의 아름다운 섬에서 부인과 함께 바다를 배경으로 찍은 사진이었다. 영화는 네루다가 이 섬의 순박한 집배원 청년과 감동적인 우정을 주고받는 줄거리로 전개되지만 정작 네루다는 그 청년을 기억하지도 못했다. 수많은 사람을 만났고 세계를 누빈 대문호 입장에서 잠시 대화를 나누었던 집배원 청년은 여행길 차창 너머로 스쳐 지나간 하고 많은 풍경의 일부일 뿐이었을지도 모른다. 마당에는 얼굴에 구멍이 뚫린 네루다의 마네킹이 서 있었다. 관광객들이 그 구멍에 얼굴을 내밀고 네루다의 영혼과 자신의 몸을 결합한 사진을 찍도록 세워 둔 마네킹이었다.

네루다는 행복한 시인이었다. 민중의 고난과 함께하면서도 낭만과 정열이 스러지지 않았고, 개인적으로는 외교관 생활, 의원, 자국민은 물론 세계 시민으로부터도 추앙받는 대시인의 영예까지 고루 누렸다. 거기에다 고난의 시절이 시작될 무렵에는 수를 다 누리고 먼저 저승으로 떠났다. 발파라이소 가는 길목의 태평양 가에 있는 그의 마지막 거처 이슬라네그라행은 뒤로 미루었다. 우선 오후에 공항에 가서 승미부터 마중해야 했다.

연두색 티셔츠에 청바지 차림으로 승미가 입국장 문을 걸어 나왔다. 로스앤젤레스까지 날아가 그곳에서 비행기를 갈아타고 산티아고까지 오는 장거리 여정이어서 녹초가 됐을 법도 한데, 의외로 승미의 걸음걸이는 가벼웠다. 단출하게 작은 여행용 가방 하나만 끌고 빠른 걸음으로 나오던 승미가 환하게 웃으며 다가왔다. 오랜만에 보는 웃는 모습이었다. 기실 따지고 보면 우리에게 칠레의 노래꾼들은 언젠가 한번은 만나고 싶은 대상이었고, 연우의 뒤를 쫓는 엉뚱한 여정이 아니라면 우리의 칠레행은 들뜬 여행길이었을 것이다. 승미와 함께 공항 문을 나설 때 지난밤에는 보지 못했던 산티아고 하늘의 설산이 가슴으로 들이쳤다. 산허리에 걸린 구름 때문에 안데스 산맥의 만년설이 허공에 떠 있는 것처럼 보였다. 산티아고가 하얀 모자를 쓰고 있는 형상이었다.

시내로 들어와 청년을 먼저 보내고 호텔 근처 식당에 들어가 승미와 오랜만에 마주 앉았다. 어둑해지는 거리에 가로등이 불을 밝히기 시작했다.

「오는 길이 힘들진 않았어?」

「만날 갇혀 있다가 오랜만에 나와서 그런지 그리 우울하진 않았어요. 비행기에서 내내 그동안 우리가 만들었던 노래 테이프와 그이의 음반, 누에바 칸시온 노래들을 듣는 것도 괜찮았고요. 새삼스럽지만 메르세데스 소사, 어쩜 그리 노래를 잘 불러요?」

「소사 노래 중에서도 특히 어떤 노래가 우리 승미 씨를 사로잡았지?」

「소사가 〈마리아 바〉라는 노래에서 '마리아가 간다'는 의미의 스페인어 'María va'를 여러 번 반복하잖아요? 첫 소절의 'va'와 그다음에 등장하는 'va', 그리고 마지막 'va'의 음색이 전부 달라요. 갈수록 호소력이 깊어지는데 정말 절절한 연민이 깃든 감동 그 자체예요.」

메르세데스 소사(Mercedes Sosa, 1935~2009)는 남미 누에바 칸시온 최고의 표현자 혹은 라틴아메리카의 어머니로 칭송받는 가수다. 아르헨티나의 가난한 인디오 노동자 부부의 딸로 태어난 소사는 잉카의 혼을 받은 여인이었다. 아르헨티나 민속 음악으로 콩쿠르에 나가 연거푸 수상한 뒤 유럽 공연을 거쳐 확고한 명성을 얻었다. 하지만 후안 도밍고 페론이 사망한 뒤 군정 체제 속에서 남편을 잃고 소사도 망명 생활을 해야만 했다. 소사가 목숨을 걸고 망명지에서 아르헨티나로 돌아와 벌인 귀국 공연 무대는 감동과 뜨거움 그 자체였다. 이 실황을 담은 음반에는 청중의 열띤 환호가 고스란히 담겨 있다.

「내가 한국에서 노래 운동의 씨앗을 뿌린 왕년의 대선배에게 소사에 대해 물었더니, 한마디로 소사는 가수라고 하더라고. 아무에게나 감히 가수라는 타이틀을 붙여 줄 수 없다는 얘기였어. 이런 진정한 가수야말로 가객이라고 불러도 될 거야. 가객이란 사전적인 의미로만 해석하면 옛날에 노래로 품을 팔며 유랑하던 이를 일컫겠지만, 우리 당대에는 진정 노래에

혼을 싣고 노래로 생을 관통해 가는 가수라는 의미로 해석해
도 무방할 거야.」

「우리 가객, 지금 산티아고에 있기는 한 걸까요?」

승미의 한마디에 잠시나마 덮어 두려고 했던 연우가 다시 깨
어났다. 회피할 수 없는 일이고, 우리가 그것 때문에 지금, 이
계절에, 만년설을 머리에 이고 아카시아 향을 풍기는 남미의
산티아고에 앉아 있는 것이다. 이 여행길이 한 사람의 명줄을
살피러 다니는 길이 아니라면 어땠을까. 그런 일이 아니라면
승미와 내가 이 먼 곳까지 단둘이서 올 수 있었을까.

호텔로 돌아가 예약해 둔 승미의 방을 체크인하기 위해 프런
트에 갔을 때 난감한 일이 생겼다. 분명 청년에게 두 개의 방을
예약해 달라고 부탁했는데, 승미의 방이 예약되지 않았던 것이
다. 청년에게 전화를 걸자 그도 무척 난감해했다. 그는 당연히
나와 승미가 커플인 줄 알고 방 하나만 예약했고, 내 부탁을 트
윈 베드 요청으로 착각했다는 것이었다. 먼 곳까지 함께 여행
하는 남녀라면 당연히 커플일 것이라고 여긴 생각의 관성 때문
이었다. 명백한 사실 앞에서도 왜 사람들은 자신이 받아들이고
싶은 대로 쉽게 착각해 버리는 것일까. 호텔에는 값비싼 스위
트룸 빼고는 남은 객실도 없었다. 청년은 연방 미안해하며 한
국 사람이 운영하는 민박집이라도 주선하겠다고 나섰다. 승미

가 물끄러미 이 소동을 지켜보다가 말했다.

「선배, 그냥 방 같이 쓰면 안 될까? 지금 묵고 있는 방이 트윈 베드라며? 낯선 곳에서 왔다 갔다 하기 싫어요.」

「불편해서 되겠어? 내가 민박집으로 갈까?」

「선배만 불편하지 않으면 돼요. 근친끼리 무슨 일이야 있겠어요?」

근친이라, 나는 오랜만에 산티아고 호텔 로비에 서서 한참 동안 소리 내어 웃었다. 방금 전까지만 해도 심각한 표정으로 항의하던 사람이 갑자기 폭소를 터뜨리자 프런트 사람들이 의아한 눈빛으로 일제히 우리를 바라보았다. 남자나 여자끼리 한 방을 쓰는 건 뜨악하게 여기지만 남녀가 같은 방을 쓰는 건 지극히 당연하게 받아들이는 게 이곳의 문화일 터였다. 방을 따로 달라는 말에 우리가 부부 싸움이라도 벌인 줄 알았을지 모른다. 근친이라는 승미의 말이 우스웠고, 애틋했다. 난감하긴 했지만 승미의 제안을 받아들였다. 대학 시절의 사진처럼 나는 승미와 연우와 선화 뒤편의 바람 같은 존재일지 모른다. 보이지 않지만 사물이나 사람에 부딪혔을 때 그 대상이 남기는 흔적으로만 존재가 느껴지는 그런 바람.

승미의 짐은 단출해서 가볍게 어디 지방 여행이라도 떠나온 사람 같았다. 간단한 옷가지 몇 벌과 세면도구가 전부였다. 내

가 먼저 욕실에 들어가 간단히 샤워를 마친 후 반바지와 티셔
츠 차림으로 나왔다. 뒤이어 승미가 욕실로 들어간 뒤 한참 만
에 간편한 트레이닝복 차림으로 나왔다.

「웬 트레이닝복? 헬스클럽에라도 오셨나?」

내가 어색한 분위기를 누그러뜨릴 양으로 농담을 하자 승미
도 슬그머니 미소를 지었다.

「기대하셨을지 모르지만 우아한 잠옷 같은 건 원래 없어요.
원래 집 안에서도 이렇게 지내요. 선배 때문에 일부러 그런
것 아니니까 신경 쓰지 마세요.」

승미가 창가에 놓인 테이블로 걸어와 내 앞에 앉았다. 긴 머
리는 뒤로 질끈 묶고 엷은 화장마저 다 지워 버린 맨얼굴로 창
너머 산티아고 가로를 내려다보았다. 가로등에 반사된 아카시
아꽃 무더기가 미풍에 가볍게 흔들리고 있었다.

「선화 언니네 집, 주소 말고 전화번호 같은 건 아직 확보하지
못하셨나요?」

「전화번호가 있었다면 무작정 이 먼 곳까지 오는 모험을 안
해도 됐을 텐데…… 선화 언니라는 사람, 강화도 노인네에겐
편지만 한두 번 했던 모양이야.」

「어떻게 딸이 친정어머니에게 전화번호 하나도 남기지 않을
수 있죠?」

「노인네의 친딸이 아냐. 노인이 젊었을 때 한동안 같이 살던 남자가 데리고 온 딸이었다니까 선화와도 친 자매간은 아닌 거지. 선화와 그 언니는 서로 씨도 다르고 나온 배도 다르지만 처지가 비슷해서 많이 의지하면서 성장한 모양이야.」

「언제 그런 걸 다 취재했어요?」

「남미로 출발하기 전에 강화에 다시 갔었어. 그 노인네도 말년이 참 쓸쓸하더군. 겨우 두 번째 보는데도 먼 길 다녀온 아들 대하듯 반가워하더라고. 그날도 대작하다가 밤늦게야 택시를 불러 서울로 나왔는데, 그 집 방문을 열어 놓으니까 달빛이 출렁이는 서해 바다가 내려다보이더군. 노인네, 술을 마시다 자기 설움에 겨워 해금을 가져다 켜기 시작하는데 나 같은 덤덤한 생활인도 가슴이 미어지더군. 우리 가객, 그 분위기에서 그런 연주를 들었다면 아마 가슴이 터졌거나 기막힌 노래 하나 건졌을 거야.」

「늙은, 선화네…….」

승미가 서울에서 보던 쓸쓸한 표정으로 돌아가 혼잣말처럼 중얼거렸다. 간단히 사실만 전할걸, 말이 많았다는 자괴감이 한발 늦게 찾아왔다. 장거리 비행의 피로가 그제야 밀어닥치는 듯 승미는 어두운 얼굴로 천천히 안쪽 침대로 가더니 등을 보인 채 모로 누워 시트를 머리까지 끌어당겼다. 창가에 앉아 오랫동안 바깥을 내려다보았다. 내가 느끼는 연우에 대한 염려와, 승미 가슴에 파인 상처와 그리움은 많이 다를 것이다. 나는 종종 승미의 감정을 내 입장에서만 파악하는 실수를 반복해 온 편이다.

빗소리에 잠이 깼다. 어제까지만 해도 안데스의 흰 눈이 선명하게 보이던 날씨였는데 비가 오고 있었다. 승미는 밤새 많이 뒤척였는지 시트는 한쪽으로 몰려 있고 몸을 동그랗게 만 상태로 깊은 잠에 빠져 있었다. 이마 위로 머리칼이 몇 개 내려와 눈썹을 가렸다. 눈썹을 간질이는 머리칼을 조심스럽게 올려 주었다. 꿈속을 헤매는 푸른 여인의 긴 속눈썹이 아름다웠다. 많이 피곤했으리라. 게다가 뒤척이면서 오랫동안 깊은 잠을 이루지 못했으니 오늘 하루 강행군을 위해선 더 자게 내버려 두는 편이 나을 것이다.

간단한 샤워를 마치고 로비로 내려갔다. 아직 약속 시간이 조금 남아 있었지만 청년은 벌써 와서 기다리고 있었다. 어제 그에게 선화 언니네 주소를 알려 주고 위치를 파악해 달라고 부탁했었다. 청년은 밝은 표정으로 그곳을 쉽게 찾을 수 있겠노라고 말했다. 한국 교포들이 봉제 공장을 운영하는 곳인데, 그 주소지는 그중에서도 가장 큰 규모의 공장이 들어선 곳이었다. 교포

신문에 연락했더니 전화번호까지 가르쳐 주었다고 했다. 생각보다 일이 쉽게 풀릴 것 같았다.

로비의 회전문을 열고 나가 담배를 한 개비 꺼내 물었다. 청년의 휴대 전화를 빌려 선화 언니 집에 전화를 걸 작정이었지만, 막상 버튼을 누르기가 쉽지 않았다. 무엇에 대한 두려움일까. 비에 젖은 보도로 떨어지는 아카시아 꽃잎들을 바라보며 담배를 다 태운 뒤, 심호흡을 하고 천천히 번호를 눌렀다. 신호가 떨어지자 남자가 스페인어로 응답했다.

「Are you Korean?」

수화기 너머에서 한국어가 튀어나왔다.

「예, 한국 사람 맞습니다. 말씀하세요..」

「예, 반갑습니다. 혹시 한국에서 온 유선화라는 사람이 댁에 머물고 있습니까? 저는 한국에서 알고 지내던 선화 선배인데요.」

「예, 맞습니다. 제 처제 되는 사람인데…… 지금은 없습니다.」

「혹시 찾아가 봬도 실례가 안 될까요?」

「글쎄요. 오시는 건 괜찮은데 처제에게 무슨 일이 있는 건가요? 어제도 한국에서 오신 분이 처제를 보겠다고 왔다 갔는데요.」

「아! 예. 특별한 볼일이 있는 건 아니고, 산티아고에 온 김에 소식이나 들으려고요. 그럼 오전 중에 찾아뵙겠습니다.」

연우가 산티아고에 와 있다! 낯선 땅 낯선 도시에서 어젯밤 같은 하늘을 이고 잠을 잤던 것이다. 승미가 밤새 뒤척일 만도 했다. 당장 뛰어 올라가 승미를 깨우고 싶었지만 잠시 숨을 고르고 담배 한 개비를 다시 꺼내 물었다. 연우가 선화와 재회한다면, 그래서 그들이 다시 화해하고 서로 마음을 맞춘다면, 승미가 굳이 그들을 만나야 하는가. 연우가 살아 있다는 사실을 확인하고, 그가 세상을 버리지 않을 것이라는 확신만 얻는다면 우리는 이대로 돌아서는 게 낫지 않을까. 아니다. 우리가 사는 현실은 그럴듯하게 포장된 드라마나 삼류 영화가 아니다. 현실에 정면으로 부닥쳐 확인할 것은 확인하고 포기할 것은 포기하는 게, 그래서 미련을 조금이라도 덜 남기는 게 현명한 방식일 수도 있다. 어쨌든 승미의 판단이 중요하다.

방으로 올라갔을 때 승미는 이미 채비를 마치고 기다리고 있었다. 승미의 대답은 간단하고 명료했다.

「여기까지 왔는데 만나야죠.」

선화 언니의 집은 어제 들렀던 네루다 기념관과 그리 멀지 않은 곳에 있었다. 청년이 안내해 준 집 앞에서 차를 내렸다. 집이라기보다는 작은 공장 같았다. 인터폰을 누르자 전화를 받았던 남자의 목소리가 흘러나왔다. 잠시 후 남자가 문을 열었다. 40대 후반쯤으로 보이는 남자는 작업복 차림에 턱수염을 기르고 있었다. 예의 바르고 친절해 보이는 남자의 안내를 받아 실내로 들어서니 여기저기서 재봉틀 돌아가는 소리가 요란했다. 원단 뭉치와 버려진 옷가지들 사이를 지나 계단을 걸어 2층으로 올라갔다. 겉보기와 달리 사무실은 꽤 널찍하고 깔끔하게 정돈돼 있었다. 사무실 안에서 다시 오른쪽 문을 열고 들어가니 넓고 쾌적한 거실이 나왔다.

「여기가 우리 살림집입니다. 공장 당직실인 셈인데, 부모님은 교외의 저택에서 따로 사시고 우리 부부는 이곳에 나와 공장 실무를 보면서 살고 있습니다. 아버님이 일찍이 칠레로 이민 오셔서 우리 형제들을 낳았고, 저는 서울에서 대학을 다니다 지금 아내를 만나 칠레로 데리고 온 거지요. 저희 삼형제는 아버님 고집으로 모두 대학만큼은 서울에서 다녔습니다. 원단을 한국에서 수입해 옷을 만들죠. 요즘은 원가가 올라서 예전처럼 경기가 썩 좋지는 않아요.」

「선화는 어디 갔습니까?」

「지금 집에 없어서 어쩌지요? 처제가 이곳에 온 지 석 달이 지났는데도 계속 우울 증세를 보여서 아내가 데리고 여행을 떠났습니다. 발파라이소 쪽으로 간다고 했는데 언제 돌아올지는 정확히 모르겠네요. 아내는 평소에 주로 집 안에만 머무니까 휴대 전화가 없어요. 기다리는 방법밖에 없는데 아마 일주일 안으로는 돌아올 겁니다.」

「여기 제 가이드 전화번호를 드릴 테니 죄송하지만 전화가 오면 연락 좀 주시겠습니까?」

「그거야 어렵지 않습니다만, 어제 왔던 분도 처제 한국 선배라던데 일행 아니십니까?」

「그 사람, 어디로 간단 말은 안 했나요?」

「그런 말은 없었고, 발파라이소 쪽에 대해 꼬치꼬치 묻더군요. 지도까지 그려 주면서 자세히 가르쳐 주었어요. 필요하시면 가르쳐 드릴까요?」

친절한 남자의 배웅을 뒤로하고 공장 바깥으로 나섰다. 거리에는 여전히 비가 내리고 있었다. 청년의 티코가 보이지 않았다. 하릴없이 우리는 무성한 가지를 늘어뜨리고 있는 아카시아 나무 밑으로 들어가 비를 피하며 청년이 오기를 기다렸다. 바람이 한 번 훑고 지나가자 아카시아 꽃잎이 머리 위에서 눈처럼 흩어졌다.

「어떻게 할까? 연우는 무작정 발파라이소로 갔을 것 같은데, 우리도 뒤를 따라야 하나? 아니면 기다려?」

「취재 일정, 빡빡하지 않아요?」

「일단 오늘 오후와 저녁에 산티아고 운동장과 음악 카페들을 둘러보고, 내일 발파라이소로 가지. 어차피 네루다의 마지막 거처인 이슬라네그라가 발파라이소에서 북쪽으로 한 시간쯤 떨어진 거리라니까 내 일정에도 차질은 없을 거야.」

승미는 말없이 고개를 끄덕였다. 저만치 티코가 빗물을 헤치며 힘겹게 달려오고 있었다. 청년은 운전석에서 내려, 주차할 공간이 마땅치 않아 근처를 돌았다고 미안해하며 머리를 긁적였다. 승미는 청년의 젖은 머리에 떨어진 아카시아 꽃잎을 떼어 내며 엷은 미소를 지었다.

산티아고 국립 운동장에 도착할 무렵, 비가 그치고 햇볕이 나기 시작했다. 운동장 전광판 위쪽에는 칠레 국기가 기운차게 펄럭이고 있었다. 인디오들을 포함한 칠레의 선조가 독립을 위해 흘린 피와 하얀 안데스 산맥, 그리고 맑은 하늘을 상징하는 빨강 하양 파랑의 삼색 깃발이다. 1973년 피노체트 장군이 미국의 지원 아래 아옌데 정부를 뒤엎었던 그 끔찍한 쿠데타 과정에서 4만여 명이 죽어 갔던 역사적인 현장의 일부라는 사실은 어디에서도 확인할 길이 없었다. 당시 이곳 운동장의 라커룸은 고문실로, 부속 수영장은 여성들을 집중 심문하는 장소로 활용됐고 넓은 운동장은 무차별 체포해 끌고 온 칠레 시민들로 가득 찼었다. 이듬해 이 운동장에서 월드컵이 열렸다. 피노체트는 수많은 이들의 피가 채 지워지지 않은 장소를 월드컵의 환호로 묻어 버리려 했지만 역사는 굵은 글씨로 그 비극을 선명하게 기록하고 있다. 그러나 지금은 파란 잔디를 깎는 인부 서너 명만 눈에 띌 뿐 광활한 운동장에는 적막이 감돌았다.

사진을 몇 장 찍고 난 뒤 스탠드에 앉아서 빅토르 하라의 죽음을 생각했다. 가난한 노동자 집안에서 태어나 산티아고 빈민가에서 성장했고, 연극 연출가로 살다가 비올레타 파라를 만나 칠레의 현실에 눈을 뜬 가수. 서정적인 목소리로 칠레의 민주화운동 선봉에 섰던 그의 죽음은 참혹했다. 죽을 줄 알면서도 산티아고 공과대학으로 스스로 걸어 들어갔고 그곳에서 체포되어 고문당하다가, 그를 고문하는 군인이 '그래 여기서도 노래 한번 불러 보라'고 비아냥거리자 인민연합 찬가 〈벤세레모스〉를 불러 함께 갇혀 있던 수많은 시민들을 울게 했던 가객. 그는 손목이 부러지고 자동기관총에 난사당한 시체로 발견됐다.

반대편 스탠드에도 사람 하나가 눈에 띄었다. 거리가 멀어서 자세한 윤곽은 보이지 않지만 그도 우리처럼 무언가 생각할 일이 많은 사람처럼 보였다. 스탠드에 앉아서 안데스 산맥의 흰 눈을 망연히 바라보다가 우리 쪽을 바라보기도 했다. 승미가 갑자기 벌떡 일어서더니 스탠드 아래로 뛰어 내려가기 시작했다. 승미를 쫓아 내려가다가 반대편 스탠드를 흘깃 올려보았는데, 방금 전까지 보이던 사람은 이미 사라지고 없었다. 승미가 운동장의 잔디를 가로질러 달려갔다. 승미를 따라갈 수밖에 없었다. 승미가 스탠드 앞에 이르러 숨을 거칠게 몰아쉬며 주저앉았다.

「그이예요, 그이가 여기 왔어요!」

나는 화급히 스탠드 위로 뛰어 올라가 바깥쪽을 유심히 둘러보았다. 보이지 않았다. 다시 스탠드 출입구로 들어가 긴 복도를 뛰었다. 발소리만 빈 공간에 공허하게 울릴 뿐 사람 그림자는 보이지 않았다. 그가 설사 연우였다고 하더라도 이 넓은 공간에서 숨기로 작정한다면 찾기는 무망한 노릇이었다. 운동장 잔디 위에 넋을 놓고 앉아 있는 승미에게 돌아갔다.

「분명, 그이였어요. 그이의 야구 모자였어요.」

「모자 하나만 가지고 어떻게 확신해?」

「한 이불 덮고 같이 산 내가 왜 그일 몰라요? 아무리 먼 거리라도 윤곽만 보면 알 수 있어요.」

「어쨌든, 연우가 맞다면 일부러 우리를 피한 거야. 숨기로 작정한 사람을 이 넓은 데서 찾기는 쉽지 않아. 진정해, 또 기회가 오겠지.」

승미는 잔디 위에 앉은 채 잠시 눈을 감고 호흡을 가다듬다가 천천히 일어나, 옷을 툭툭 털었다. 그녀가 가라앉은 목소리로 말했다.

「우리를, 아니 나를, 그이가 피하려고 한다고요? 맞아요. 왜 그 생각을 못 했을까? 내가 구걸하는 건가요? 참 우스워지네요. 마음이 떠난 남자 바짓가랑이라도 붙잡고 애걸하려고 온 것 같네요. 그런가요?」

또박또박 침착하게 말하려고 애쓰긴 하지만 가늘게 목소리가 떨리고 먼 곳을 바라보는 눈이 젖어드는 건 어쩔 수 없었다.

「그렇지 않아. 우리는 연우의 안부가 걱정돼서 찾아다니기 시작한 것 아닌가? 우리는 연우가 죽지 않고 살아 있을 뿐 아니라, 죽을 의지가 없다는 것까지만 확인해도 충분해. 나머지는 우리도 어쩔 수 없는 부분이겠지. 너무 흥분하지 말고 연우를 찾을 수 있는 방법을 침착하게 생각해 보자고.」

빅토르 하라가 〈벤세레모스〉를 부르며 스스로 죽음을 부르고, 죽음을 극복하던 땅에서 우리는 엉뚱한 숨바꼭질을 벌이고 있었다. 하라인들 왜 이승의 달콤한 사랑과 환한 햇빛을 갈망하지 않았겠는가. 그에게는 그 어떤 것과도 바꿀 수 없는, 훼손당할 수 없는 마지막 자존이 있었을 테다. 사랑과 평화와 행복을 위한 투쟁의 여로에서 그의 노래는 그를 존재하게 만드는 거대한 그 무엇이었다. 그의 노래는 카랑카랑한 투사의 선동적인 목소리가 아니라, 사랑을 갈구하는 가늘고 여린 서정적인 음색으로 흐른다. 서정이야말로 구호보다 더 큰 힘을 지니는 법이다. 그가 죽기 2년 전 발표해 칠레는 물론 라틴아메리카 전체에 큰 반향을 일으켰다는 〈선언(manifesto)〉처럼, 그의 노래는 '대지의 심장과 비둘기의 날개'를 지녔기에 적들이 두려워할 수밖에 없었다.

내가 노래하는 건

노래를 부르기 위해서나

좋은 목소리를 가지고 있어서가 아니라네

기타도 감정과 이성을 갖고 있기에

나는 노래를 부른다네

내 기타는 대지의 심장과

비둘기의 날개를 가지고 있다네

마치 성수(聖水)와 같아 기쁨과 슬픔을 축복하지

여기서 내 노래는 고귀해진다네

비올레타가 말한 것처럼

봄의 향기를 품고 열심히 노동하는 기타

내 기타는 돈 많은 자들의 기타도 아니고

그것과는 하나도 닮지 않았어

내 노래는 저 별에 닿는 발판이 되고 싶어

의미를 지닌 노래는 고동치는 핏줄 속에 흐르지

참다운 진실을 노래하면서 죽어 갈 자의 혈관 속에서

내 노래에는 덧없는 칭찬이나 국제적인 명성이 필요 없다네

내 노래는 한 마리 종달새의 노래

이 땅 저 깊은 곳에서 들려오지

연우가 이곳에 나타났다면, 그 친구 역시 힘든 과정에서도 빅토르의 마지막 흔적을 느껴 보고 싶었기 때문이었을 것이다. 칠레의 가객은 쿠데타 세력에 저항해 목숨을 걸었지만, 우리의 가객은 단지 사랑 때문에 죽으려 하는가. 스탠드 위의 그 사람이 연우라는 확신은 여전히 없다. 과도하게 들어찬 어떤 생각이 승미의 판단을 흐리게 만들었을 수도 있다.

산티아고 시내 전경을 촬영하려면 해발 880미터의 산크리스토발 언덕으로 올라가야 한다. 이곳에는 높이 14미터의 성모마리아상이 산티아고 시내를 굽어보며 서 있다. 마리아상은 발밑에서 벌어진 참혹한 학살과 피눈물을 어떤 심정으로 지켜보았을까. 승미는 마리아상 뒤편 계단에 앉아 산티아고 시내를 내려다보며 말없이 앉아 있었다. 긴 머리칼이 바람에 날려 얼굴

을 덮어도 미동도 하지 않는 그녀는 또 하나의 마리아상처럼 보였다. 나는 두 여인을 보며 중얼거렸다.

'성모 마리아시여. 당신의 아들이 죽음으로 인간의 죄를 대속했건만 2천 년이 흐르도록 그 인간들은 달라진 게 아무것도 없습니다. 인간들에 대한 가없는 사랑 때문에 당신의 아들은 죽었지만, 인간들은 여전히 증오심으로 죽이고 죽습니다. 한 인간에 대한 사랑 때문에 죽으려는 인간도 있지만 그건 당신의 아들이 보여 주었던 사랑과는 다른 사랑입니다. 사랑이라는 이름의 욕망일 따름입니다. 그 욕망이 충족되지 않아서, 그 욕망의 길이 엇갈려서, 어떤 이는 죽으려는지도 모릅니다. 사랑이 부디 제 길을 찾을 수 있도록 도와주소서……'

해가 기울면서 산티아고 시내가 붉게 물들기 시작했다. 안데스 설산에 반사된 석양이 마리아상을 환하게 비추었다. 승미와 함께 산크리스토발 언덕을 천천히 걸어 내려왔다. 빅토르 하라가 비올레타 파라의 자녀 앙헬 파라와 함께 개설했던 음악 카페로 갈 예정이었다.

대학가 뒤편의 카페들은 언제 이 도시에 참혹한 비극이 일어났었느냐는 듯 활기에 가득 차 있었다. 우리는 청년의 안내로 그중 한 카페로 들어섰다. 카페 안은 왁자한 웃음소리와 음악으로 터져 나갈 듯했다. 카페 한쪽에서는 의자와 탁자를 모두 치워 놓고 한 남자의 사회로 일군의 여성들이 림보 게임을 하고 있었다. 상체를 뒤로 젖히고 긴 막대 아래로 허리를 흔들며 통과해 나갈 때마다 박수와 웃음소리가 터져 나왔다. 그들은 흥분해 있었고 남미 특유의 흥겨운 리듬은 홀을 가득 메웠다.

대학생으로 보이는 젊은 여성들은 림보 게임이 끝나자 테이블과 의자를 정리한 후 각자 자리로 돌아갔다. 사회를 보던 무대 위의 남자가 제 흥에 겨워 웃어 가면서 스페인어로 장황하게 떠들었다. 자리로 돌아가 맥주를 마시던 여성 한 명이 남자의 지목을 받자 흔연히 무대로 걸어 나갔다. 무대 위의 높은 의자에 앉은 여성이 남자가 건네주는 기타를 들고 연주하면서 노래를 시작했다. 흥겨운 분위기를 가라앉히는 차분한 가락의 노래였다. 좌중은 일시에 침묵을 지키고 여성은 매혹적인 선율을 기타로 연주하면서 청아한 노래를 불렀다. 서글픈 듯하면서도 흥겹고, 흥겨운가 하면 구슬픈 인디오의 노래였다.

여성의 노래가 끝나자 사회자가 좌중을 둘러보더니, 물끄러미 턱을 괴고 지켜보고 있던 동양 여성을 응시했다. 승미와 우리 일행은 젊은 백인 여성들로 가득한 그 카페에서 확실히 눈에 띄는 존재들이었다. 남자가 무대 위에서 우리를 가리키며 무슨 말인가 하자 홀 안의 모든 사람들이 휘파람을 날리며 일제히 박수를 치기 시작했다. 청년이 승미에게 통역했다. 무대 위의 남자가 오늘 특별한 여성 손님에게 노래를 청한다고. 승미는 구조를 요청하듯 나를 바라보았다. 나는 한번 나가 보라고 웃으면서 손짓을 했다. 승미는 고개를 숙이고 잠시 발밑을 내려다보더니 일어나 무대로 나아갔다. 홀 안의 산티아고 청춘들이 다시 환호성을 지르며 박수를 쳤다. 승미가 높은 의자에 걸터앉아 무대 위의 남자에게 건네받은 기타를 천천히 퉁기기 시작했다. 오래전 그녀를 처음 무대에서 보았을 때 내가 전율하며 듣던 그 노래, 〈오월의 노래〉의 전주였다.

노래가 흐르는 동안 홀 안의 청중은 깊은 정적 속으로 빠져들었다. 마지막 기타의 여음이 사라지고 잠시 동안 침묵이 흘렀다. 승미가 일어서서 인사를 할 때에야 홀 안은 다시 살아났다. 길고 뜨거운 박수가 오랫동안 이어졌다. 승미는 노래를 마친 뒤 무대에서 내려오지 않고 청년을 손짓으로 불렀다. 청년이 무대로 올라가 승미의 말을 스페인어로 전했다.

「우리는 태평양 건너 대한민국에서 온 나그네들입니다. 오늘 밝고 활기차게 젊음을 누리는 여러분 모습을 보니 기분 좋고 한편으로는 부럽기도 하네요. 여러분, 빅토르 하라라는 가수를 아시지요? 오늘 우리 일행은 그분이 죽음을 당한 운동장을 돌아보았습니다. 여러분의 선배 세대는 가슴 아픈 현대사의 터널을 지나왔지만, 우리도 마찬가지였습니다. 제가 부른

이 노래는 그 어둠 속에서 만들어진 죽은 이들에 대한 추모의 노래입니다. 꽃잎처럼 흩어져 간 그들이 있었기에 우리나 여러분 모두 이렇게 아름다운 저녁을 누릴 수 있는 것이겠지요. 비록 우리가 사는 공간은 멀리 떨어져 있지만, 인류가 겪어 내고 극복해 온 길은 그리 다르지 않은 것 같습니다. 우리는 같은 아픔을 공유한 형제들인 셈이지요. 좋은 날, 어두운 노래를 불러서 미안합니다. 그럼 즐거운 시간 보내십시오.」

청년이 승미의 말을 또박또박 전하자 홀 안은 따뜻한 박수 소리로 가득 메워졌다. 승미가 무대에서 내려와 내 곁으로 걸어오는 동안, 무대 위의 남자가 무어라 말을 했다. 청년이 통역한 바에 따르면 '한국의 아름다운 여인을 위해 우리 모두 잔을 들자'라는 말이었다. 홀 안의 청춘들이 일제히 잔을 들고 우리를 바라보았다. 우리도 맥주잔을 기꺼이 들어 그들을 향해 밝은 표정을 지었다. 홀 안에는 다시 흥겨운 인디오 민속 음악이 흐르기 시작했고, 모두 자신들의 대화로 빠져 들었다.

무대 위의 남자가 우리 자리로 걸어왔다. 그는 승미를 바라보며 엄지손가락을 세우고 싱긋 웃었다. 그가 청년에게 통역을 부탁하더니 말을 시작했다.

「어제 당신들과 비슷한 동양 남자 하나가 이 카페에 들어와 앉아 있다가 자발적으로 무대에 나와 노래를 불렀습니다. 그 노래는 처음 듣는 한국의 민속 음악 같았는데, 너무 깊은 슬픔이 배어 있어서 몸이 떨릴 정도였어요. 어제의 감동이 사라지지 않아 오늘도 카페에 들어온 동양인들을 보고 반가워서 다시 노래를 청한 겁니다. 어제처럼 슬픈 분위기이긴 하지만 그 노래와는 또 다른 아름다운 슬픔이네요.」

청년이 통역하는 말을 듣던 승미와 나는 동시에 서로 바라보며 경악했다. 연우가 이곳에도 다녀간 것이다. 승미가 그 동양 남자의 생김새에 대해 물었다.

「깊은 눈매에 노래처럼 슬픔이 가득 차 있었고, 얼굴도 전체적으로 어두운 편이었습니다. 그러고 보니 어딘가 몸이 불편한 사람 같기도 했고⋯⋯. 초여름에 바바리코트를 입고 있는 차림새도 좀 기이했습니다.」

승미가 다급하게 물었다.

「그 코트, 어떤 색깔이었는지 기억합니까?」

「아마 빛바랜 청색이었던 같지요?」

승미의 눈시울이 금세 붉어졌다.

「선배, 맞아요. 낮에 보았던 사람, 그이가 틀림없어요. 그 코트, 내가 사준 건데 가을이면 늘 입고 다니던 옷이에요.」

승미가 내 무릎에 얼굴을 묻더니 어깨를 들썩였다. 분위기가 심상치 않자 남자는 눈을 찡긋하더니 서둘러 무대로 돌아갔다.

승미의 따뜻한 눈물이 내 무릎을 적셨다. 승미의 긴 머리칼을 손가락으로 빗어 내리며 어깨를 가만가만 토닥여 주었다.

호텔로 돌아왔을 때 승미는 많이 지쳐 있었다. 그녀는 방에 들어서자마자 그대로 침대에 쓰러져 베개에 얼굴을 묻고 움직이지 않았다. 가까이서 맴도는 연우를 만나지 못하는 안타까움과 서운함은 내가 미처 온전히 이해하기 힘든 고통일 것이었다. 어두워지는 창밖을 내려다보다 가만히 중얼거렸다.

「내일…… 우리가 발파라이소에 가면 연우를 만날 수 있을지 몰라. 연우도 우리가 왔다는 걸 알았을 테니까…… 언제까지 피하기만 하지는 않을 거야.」

자는 줄 알았던 승미가 부스스 일어나 천천히 다가오더니, 어린 짐승이 어미 품을 파고들듯 내 가슴에 얼굴을 묻었다.

「선배, 가슴에 구멍이 뚫려서…… 바람이…… 지나다녀서…… 숨을 못 쉬겠어.」

나는 두 손으로 그녀의 볼을 감싸고 어린 짐승의 눈동자 속으로 들어갔다. 잔바람에 일렁이는 호수의 물결처럼, 잠자리의 빠른 날갯짓처럼, 그녀의 속눈썹이 가늘게 떨렸다. 그녀를 안고 천천히 일어나 침대에 뉘었다. 승미는 모로 돌아누워 어미를 잃은 짐승처럼 쓸쓸하게 몸을 말았다. 시트를 당겨 덮어 주었다.

심야의 비즈니스 룸은 한산했다. 오늘쯤 신문사에 칠레 일정을 보고하고 사진을 인터넷으로 전송해야 했다. 컴퓨터를 켜고 먼저 이메일부터 검색했다. 서울에서 자문을 구했던 중남미문학 전공 교수가 보낸 메일이 먼저 눈에 띄었다. 그는 빅토르 하라가 감금되고 사살당한 곳은 자신이 서울에서 나에게 알려 주었던 산티아고 국립 운동장이 아니라, '에스타디오 칠레'라는 실내 체육관이라고 정정했다. 대부분의 사람들이 하라가 죽은 곳을 국립 운동장으로 알고 있지만 실제로 하라는 실내 체육관에서 국립 운동장으로 끌려가기 직전에 얼굴을 알아본 군인들에게 잡혀 그곳에 억류됐다가 죽었다는 것이다. 그렇지만 산티아고 국립 운동장이 그 당시 수많은 칠레 시민들이 학살당했던 대표적인 비극의 현장인 것은 맞다고 교수는 부기했다. 오늘 하루의 취재가 허망하긴 했지만, 빅토르 하라만을 염두에 두지 않는다면 실내 체육관보다 산티아고 국립 운동장이 더 중요한 장소일 수 있으니 그걸로 위안을 삼을 수밖에 없었다. 교수에게 간단한 답신을 보낸 뒤 다시 받은편지함 목록으로 돌아왔을 때 놀랍게도 연우가 보낸 메일이 도착해 있었다.

나의 사랑, 나의 노래

노래는 시의 옆자리에 있다. 삶의 애환을 증폭시켜서 정화해 낸다. 노래 부르는 사람은 신과 인간 사이에서 기쁨과 사랑과 위로를 전달하는 매개자 역할을 한다. 무당이나 사제와 어떻게 다른가. 무당이나 사제는 영매이거나 신의 대리자이지만, 노래 꾼은 신과 인간 사이에 서 있는 광대다. 인간들이나 신에게도 그는 중심 배우가 아니다. 조연일 따름이다. 기쁘거나 슬플 때 그가 필요하다. 이를테면 잔치나 파티를 벌일 때, 절망과 슬픔 속을 헤매는 이를 위로할 때 그의 노래가 필요한 것이다. 일상 의 공간에서 노래는 단순한 배경에 가깝다. 때로는 심지어 소 음으로 치부되어 쫓겨나기도 한다.

공연은 그 일상에서 특별한 시간을 조직해 내는 행위다. 기쁨과 슬픔, 사람과 사랑과 세상에 대한 이야기를 나누는, 일상에서 의도적으로 벗어나 만든 판이다. 사람들은 그 판에 참여해 영혼의 정화를 도모한다. 그 특별한 시공간에 사는 노래꾼에게 일상은 짧다. 노래라는 언어로 살아가는 그에게는 땅에서 몸이 한 뼘쯤 떠 있는 시간들이 많다. 땅에 발을 붙이고 일상의 장애물 코스를 헤쳐 가는 많은 이들과는 그러한 면에서 다르다. 기질이 그러하다는 얘기다. 환각제를 복용한 사람도 땅에서 떠 있기는 마찬가지지만 약물의 힘에 탐닉하는 사람들은 극히 짧은 시간 동안 일상과 확연하게 단절된 시간 속에 있을 따름이다. 노래 부르는 사람은 일상과 완전히 단절되진 않는다. 일상과 환상의 중간 지대에서 양자를 아우른다. 노래 부르는 사람은 환상 속에서 일상을 보고, 일상 속에서 환상을 생각한다. 그는 그 경계에서 산다.

그 경계의 삶을 더 이상 지탱할 수 없을 때, 경계를 버틸 만한 에너지가 고갈됐을 때, 두 가지 선택에 직면한다. 일상으로 내려설 것인가, 아니면 환상 속으로 영원히 탈출할 것인가. 노래를 부르지 않는 한, 땅에서 발을 떼고 허공을 밟으면서 살아가는 일은 불가능하다. 노래를 잃어버린 사람이 일상을 선택하지 않는 한, 그에게 탈출구는 없다. 만약 그 일상을 견디어 낼 수 없다면 남은 유일한 방법은 사라지는 것뿐이다.

승미와 네가 나를 따라오고 있다는 건 한국에서부터 알고 있었다. 한편으로는 당혹스러웠고, 솔직하게 말하자면 반가운 마음도 있었다. 얼마나 그립고 소중한 그대들인지. 내가 너에게 장황하고 부끄러운 비망록을 전한 이유는, 나를 조금이나마 이해해 주었으면 해서였다. 나의 승미에게는, 진실로 미안해서였다. 사실 나는 선화의 뒤를 쫓는 집요하고 모멸스러운 스토커라고 해도 할 말이 없고, 그대들을 피해 도망다니는 비겁자라고 비난해도 받아들일 수밖에 없다. 하지만 내가 떳떳하게 그대들 앞에 나서지 못하는 이유는 풀어야 할 숙제가 남아 있기 때문이다.

과연 선화의 말대로 그녀가 의도적으로 나를 파멸시키려고 접근한 것인지, 우연히 우리의 악연을 뒤늦게 알고 저리 위악적인 행동을 한 것인지 궁금하다. 설혹 처음부터 어떤 의도가 있었다 하더라도 과정을 되새겨 보면 그녀의 발언들을 진실이라고 믿기는 힘들다. 만약에 진실로 그녀의 감정이라는 게 처음부터 연출된 것이었다면, 하늘 아래 나 같은 바보도 없을 것이다. 그런 자가 부르는 노래가 어찌 신과 인간 사이에서 기쁨과 위로를 전해 줄 수 있겠는가. 너에게 비망록을 보낸 뒤, 선화가 갔다고 성급하게 믿어 버린 저세상으로 나도 조용히 떠나려 했지만, 그녀가 살아 있다는 사실을 확인한 순간부터 지옥까지라도 쫓아가 만나야겠다고 다짐했다.

눈을 감으면 선화의 해금 소리가 늘 귓전에서 맴돈다. 소리의 마디마다 그토록 깊이 서린 정한은 어디에서 연유한 것인지. 흐느끼고 숨죽이고 환호하고 포효하는, 하소하고 매달리고 토라지고 달려와 안기는, 청명하고 부드럽고 밝고 따뜻한 저 소리. 난바다를 떠돌면서 고향을 향해 가던 오디세우스를 파멸시키기 위해 세이렌이 연주한 악기가 선화의 해금일까. 그 천변만화 감미롭고 서글픈 연주로 날 유혹하는 선화가 상반신은 여자요 하반신은 새의 모습을 지녔다는 세이렌의 화신일까. 오디세우스는 마녀 키르케의 조언을 받아들여 밀랍으로 귀를 막고 몸을 배에 묶어 무사히 지날 수 있었다지만, 그래서 낙담한 세이렌은 바다에 빠져 스스로 목숨을 끊었다지만, 나는 귀를 막지도 못했고 선화도 나를 파멸시키지는 못했다. 그녀가 세이렌이라도 상관없다. 높은 파도에 기우뚱거리는 배의 균형을 잡고 젖 먹던 힘까지 쏟아 내어 노를 저어야 할 병사들의 넋을 세이렌의 노래가 빼놓았다면, 그 노래는 분명 사악하다. 파멸을 도모하는 무기였으니 말이다.

그러나 우리는 늘 이렇듯 관성적으로 판단하고 쉬 단죄하는 이성의 함정에 빠진다. 진짜 훌륭한 노래나 연주라면, 신과 인간 사이에서 부르는 노래라면, 그 노래는 아무도 파멸시키거나 해코지하지 못한다. 나는 믿는다. 죽음보다 더 독한 것은 여자요 여자는 올무라지만, 그녀의 마음은 덫이요 그녀의 손은 포승줄이라지만, 나는 그녀를, 그녀의 활이 그어 내는 해금의 공명을 믿는다. 그러니 만나야 한다.

그대들이 오늘 나를 본 건 맞다. 하라, 존경한다. 그가 수천 명이 감금된 그곳에서 '그래, 여기서도 노래를 부를 수 있느냐'는 군인의 비열한 요구에 떨리는 목소리로 〈벤세레모스〉를 부르고, 기어이 사살당했다는 사실을 알고 있다. 그곳에 가서 그의 넋과 대화를 나누고 싶었다. 감히 말하거니와 '네가 진정 하나님의 아들이냐'고 십자가에 매달린 예수에게 로마 병정들이 비아냥거렸던 때처럼, 저열한 요구에 대답 대신 노래를 부른 이가 또 하나의 예수였다고 말하면 불경스러운가.

나도 한 시절, 하라처럼 노래하며 싸우고 싶었다. 승미가 나에게 전해 준 '기타는 총, 노래는 총알'이라는 그들의 구호가 절절하게 가슴에 와 박히던 때가 분명히 있었다. 하지만 나의 노래는 총알도 무기도 될 수 없었다. 처음부터 원하지도 않았다. 어찌 노래가 세이렌의 무기일 수 있겠는가. 내가 노래를 부를 수 있었던 힘은 그대들이 보기엔 나약하다고 비난할지 모르지만, 비탄과 사랑이었다. 일상과 그 일상에서 한 뼘쯤 뜬 음악의 무중력 사이를 오가는 선화를, 출구 없는 소실점을 향해 달려가는 그녀를 만나, 그녀의 해금에 내 노래를 싣고 싶다. 내 아비와 나는 한 몸이다. 비록 시대와 처지는 다를지 모르나, 유혹은 같다. 내 아비가 여자의 몸을 탐한 게 아니라 누천년의 바람에 실린, 그 소리에 홀린 것이라 믿는다.

　부탁한다. 내가 일상에서 맺은 그대들과의 인연, 부디 잊어주었으면 좋겠다. 안다. 그게 어디 쉬운 일이겠는가. 따지고 보면 에덴에서 떠나온 이래 그나마 행복한 순간을 누렸다면 노래를 부를 때, 노래를 능가하는 해금 소리를 들을 때뿐이었다. 승미, 나의 아내는 내가 없어도 일상에서 다시 행복할 수 있으리라 믿는다. 그녀는 일상과 노래를 조화시킬 수 있는 충분히 슬기로운 여인이다. 나는 이미 희미해진 영혼이다. 보려 해도 보이지 않는, 저녁 무렵 땅거미 같은 존재일 뿐이다. 부디, 돌아가서, 그대들의 기억 속에 장사를 지내다오.

발파라이소의 종소리

성당의 종소리가 빅토리아 광장의 포석에 부딪혀 물방울처럼 튀어오른다. 쉼 없이 이어지는 정오의 종소리는 맑은 햇빛이 가득한 대기에 둥둥 떠서 항구를 배회한다. 청년의 차로 산티아고에서 발파라이소까지 오는 데 두 시간 남짓 걸렸다.

「무작정 오긴 했는데, 어디서 찾지요?」

승미가 광장의 벤치에 앉아 걱정스러운 눈빛으로 물었다. 나라고 특별한 복안을 가지고 여기까지 온 건 아니었다. 다만, 연우의 부탁을 순순히 들어주고 싶지 않았다. 승미를 생각하면 더욱 그랬다. 이곳 사정을 잘 아는 청년에게 의지하는 수밖에 없었다. 발파라이소 관광객들이 거쳐 가게 마련이라는 이 빅토리아 광장 대성당 앞에서 지나가는 이들을 살피는 것도 나쁘지 않은 방법이었다. 5분 넘게 울리던 정오의 종소리가 사라지자 귀가 먹먹해지고 깊은 정적 속으로 빠져 드는 느낌이었다.

정적 속을 흐르는 바람을 타고 어디선가 희미한 소리가 들려왔다. 소리가 들리는 방향으로 귀를 기울였다. 끊어질 듯 이어지는 그 소리는 현악기의 음색이었다. 바이올린 소리 같기도 하고, 첼로의 무거운 저음 같기도 했다. 맑은 햇빛이 내리는 정오의 발파라이소 광장과는 어울리지 않는 서글픈 음색이었다. 우리는 일어나서 그 소리가 들려오는 방향으로 걸었다. 환청이었을까. 바닷가로 나아가 노점상들이 즐비한 거리를 한참 동안 걸어가도 소리의 진원지는 쉽게 찾을 수 없었다. 소리는 어느 틈에 사라지고 들리지 않았다.

청년의 안내로 발파라이소 특유의 상자형 엘리베이터를 타고 높은 언덕으로 올라갔다. 둥그렇게 휘어진 해안선을 따라 급경사를 이룬 언덕에 집들이 다닥다닥 붙어 있었다. 그 집을 오르내리는 교통수단이 발파라이소의 명물인 대형 상자 모양의 엘리베이터들이었다. 언덕에 오르자 발파라이소 항구의 전경이 한눈에 들어왔다. 언덕 위의 길을 걷다가 점심 식사를 해결하기 위해 전망이 좋은 레스토랑으로 들어갔다. 천혜의 조건을 갖춘 항구로, 산티아고의 관문격인 발파라이소는 칠레에서 가장 큰

군항이다.

1973년 이곳에서 쿠데타가 미리 감지되었다. 미국 군함들이 들어오고 전투기들이 상공을 배회하는 수상한 분위기가 감지되자, 그날 발파라이소 발 긴급 전문이 산티아고로 날아갔다. '산티아고에 비가 내린다!' 이 문장은 인민연합의 동지들이 쿠데타가 일어났을 때 주고받을 암호였다. 산티아고에 채 비가 내리기도 전에, 그들의 대통령 아옌데가 사수하던 모네다 궁 상공에는 전폭기가 떠서 무참한 폭격을 감행했다.

와인을 곁들인 식사가 끝나갈 무렵 창가에 앉아 있던 혈색 좋은 노인 하나가 우리 자리로 걸어왔다. 동양인들에 대한 호기심 때문이었을까. 낮술이 불콰하게 얼굴에 올라와 있었다. 그는 능숙한 영어를 구사했다.

「우리 항구가 괜찮은가?」

「아, 예! 아주 아름답네요.」

「이 아름다움과 평화를 지키기 위해 내가 이곳 발파라이소에서 해군 장교로 근무했다오.」

노인은 이방인들 앞에서 흡족한 표정을 지었다.

「우리 피노체트 장군이 아니었으면 우리는 이만큼 살지 못했을 거요. 장군이 그놈들을 제거하지 않았다면 어림도 없었지.」

우리 피노체트 장군? 듣다 보니, 노인은 아옌데 정권을 무너뜨린 쿠데타에 동원됐던 장교 출신이었다.

「아옌데가 정권을 잡았을 땐 빵 조각 하나 사는 데도 길게 줄을 늘어서야 했지. 식료품 구하기도 하늘의 별 따기였고. 우리가 그놈들을 몰아내자마자 상점에 물건들이 진열되기 시작했지.」

트럭 파업을 사주하고 생필품 유통을 막은 게 과연 어느 쪽의 농간이었는지 모르고 하는 말일까. 태평양 건너 먼 곳에서 온 이방인조차 알고 있는 사실을 그는 왜 애써 외면하는 것일까. CIA의 비밀이 해제된 문건에는 그들이 칠레의 사회주의 정부를 전복시키기 위해 어떤 다양한 공작을 벌였는지 분명하게 드러나 있다.

노인의 발언에서 그 참혹한 쿠데타의 와중에 4만여 명씩이나 학살당해야 했던 저간의 사정이 짐작됐다. 맹목의 증오와 편견은 인간을 파괴해 버린다. 빅토르 하라가 노래를 불렀다는 이유로 살해당한 지 30년이 훌쩍 지났어도 편견과 맹목은 여전히 살아 있었다. 노인은 불콰한 얼굴로 제 흥에 겨워 목소리를 높이다가 이방인들의 반응이 시원치 않자 멋쩍은 표정을 지으며 창가로 돌아갔다. 승미가 흔들리는 눈빛으로 쌉쓸한 미소를 지었다.

우리는 레스토랑을 나와 발파라이소 해안을 굽어보다가 다시 광장으로 내려왔다. 항구와 바다를 향해 종소리를 날리던 빅토리아 광장의 고딕풍 대성당 첨탑이 하오의 햇빛을 날카롭게 반사하고 있었다. 승미가 관광객들을 위해 개방된 성당의 옆문을 밀고 들어갔다. 높은 벽의 스테인드그라스 창문을 투과한 햇빛이 다양한 무늬로 성당 바닥에 떨어졌다. 중앙 제단 앞 의자에 노파 하나가 무릎을 꿇고 기도하고 있을 뿐 성당 안은 빛의 무덤처럼 고요했다.

「그이도 이곳을 들렀을까요?」

승미가 대리석 기둥에 비스듬히 기댄 채 높은 스테인드글라스 창문을 올려다보며 말했다. 빨강 파랑 노랑의 무늬가 그녀의 얼굴 위에서 일렁였다. 지금 그녀의 내부에서 일렁이는 무늬는 어떤 형상일까. 표정은 많이 차분해졌다.

「이곳에서 자신과, 아니 어린 시절부터 가슴속에 모셔 둔 신과 많은 대화를 나누었을지도 모르지. 하지만 지금 연우를 구원할 수 있는 건 우리도, 신도 아닌 것 같다.」

어쩔 수 없다. 인정할 건 인정하는 수밖에. 그녀도 그것을 확인하기 위해 여기까지 온 게 아닐까. 산티아고 시민들이 즐겨 찾는 아늑한 해변 휴양지인 비나델마르는 발파라이소에서 9킬로미터 정도밖에 떨어지지 않은 가까운 곳이다. 발파라이소는 그냥 스쳐 가는 곳이고 비나야말로 선화 일행이 머물 가능성이 높았다. 비나는 그리 넓지 않은 곳이라서 한나절이면 충분히 둘러볼 수 있다고 청년은 말했다.

아직 초여름이어서 비나 해변은 한산했다. 연인끼리 해변을 산책하거나 가족 단위의 휴양객이 몇몇 눈에 띌 따름이었다. 우리가 해변이 내려다보이는 카페에 들어설 무렵에는 석양이 내리고 있었다. 발파라이소 쪽에서 붉은 파도가 밀려왔다. 결국 비나에서도 연우를 만날 가능성은 없는 것일까. 바다가 점점 더 붉어지더니 서서히 검은 어둠이 빛을 몰아냈다. 멀리 왼쪽 바다에 별처럼 배들이 떠 있고, 오른편 리조트 단지의 불빛은 등불처럼 가물거렸다. 별빛과 등불 사이로 해변이 길게 누워 있었다. 긴 여정의 피로가 한꺼번에 몰려왔다.

낮에 들었던 서글픈 현의 음색이 어둠 속에서 열린 창문으로 날아들었다. 바이올린도, 첼로도 아니다. 고음으로 올라갔다가 곤두박질치듯 내려오는 음색이란, 저리 청승맞게 우는 소리란, 저리 깔깔대며 웃는 소리의 정체는 분명 해금이다. 승미가 급하게 일어서더니 카페를 나서 어두운 해변 쪽으로 뛰어나갔다. 멀리 작은 화톳불을 가운데 두고 둘러앉은 이들이 보였다. 가까이 갈수록 해금 소리는 해풍을 타고 더 선명하게 날아왔다. 화톳불 조명 속에 여자와 남자, 그리고 그들 주변을 뛰어다니는 작은 아이 하나가 보인다. 남자는 춤을 추고 있었다. 일렁이는 화톳불 주변을 어깨를 들썩거리며 돌던 사내가 노래를 부르기 시작했다. 오래 그리웠던 그 목소리였다. 빈 산, 아무도 더는 오르지 않는 산, 저 빈 산. 해와 바람이 부딪쳐 우는 저 외로운 벌거숭이 산. 이제는 우리가 죽어 없어져도 상여로도 떠나지 못할 아득한 산, 빈 산. 언젠가 연우가 꿈속에서 불러 주던 그 노래다.

노래를 끝낸 남자가 여자 곁에 앉았다. 여자가 남자의 어깨에 머리를 기댔다. 어둠 속을 달려가던 승미가 멈춰 서서 한참 동안 그들을 물끄러미 지켜보다가 천천히 발길을 돌렸다. 화톳불을 향해 다급하게 걷자 승미가 뒤에서 내 옷깃을 붙잡고 가지 말라고 머리를 흔들었다. 잔잔하던 바람이 조금씩 강해지는가 싶더니 밤바다의 파도가 높아졌다. 승미를 따라 발길을 돌려 카페 쪽으로 걷다가 잠시 숨을 고르고 뒤를 돌아보았다. 멀리 화톳불이 있던 자리는 깜깜한 어둠 속에서 흔적조차 알 수 없었다.

「어떻게 잠깐 사이에 그리 꽃잠을 자요?」

승미가 안쓰러운 표정으로 슬며시 웃었다. 잠시 고개를 끄덕이며 졸았던 모양이다. 꽃잠이라니, 내 잠이 그리 달콤하고 깊어 보였나. 그래, 잠시나마 연우를 보았으니 꽃잠일 수도 있겠

다. 하지만 그건 꽃잠이 아니라 안타까운 미망일 뿐이었다. 아
무리 동양인은 금방 눈에 띈다고 하지만 이런 식으로 연우를
찾는 일은 백사장에서 바늘을 찾는 격일지 모른다.

「연우를 만났어. 녀석, 꿈속으로는 찾아오면서 왜 현실에선
이리 야박하게 구는지.」

「우리…… 이제 그만 돌아가요. 애꿎은 선배만 너무 고생시
키는 것 같아요. 누군가를 좋아하는 일, 사랑하는 일, 매달리
는 일, 모두 이성으로만 되는 일이 아닐 거예요. 그이도 마찬
가지겠지요. 그이가 제발 맺힌 걸 풀고 잘 살아 줬으면 좋겠
네요.」

「그래도 여기까지 왔는데 얼굴이라도 보고 갈 수 있으면 좋
으련만.」

「만난들 뭐 하겠어요? 빈껍데기일 뿐인데…….」

「그걸 그리 잘 알면서 이 먼 곳까지 왔어?」

「무엇보다 그이의 생사가 걱정돼서 나선 길인데 상처받고 떨
고 있는 내 자존을 돌보기 위한 몸부림이었는지도 모르겠어
요. 돌아선 마음을 하루아침에 바꾸기도 어렵지만 포기하는
것도 쉽지는 않아요.」

승미와 함께 어두운 해변으로 걸어 나왔다. 꿈속에서 보았던
바닷가에는 갈매기들만 앉아 있었다. 이 밤에 다시 산티아고로

돌아가는 건 무리다. 이제 비나에서 하룻밤을 묵고 내일 네루다가 잠들어 있는 이슬라네그라에 들렀다가 산티아고로 돌아가 승미를 배웅하는 일만 남았다.

발파라이소 북쪽에 있는 이슬라네그라, 스페인어로 '검은 섬'이라는 의미를 지닌 그곳에는 네루다가 마지막까지 집필하던 집이 있다. 산티아고에서 자동차로 한 시간 거리인 데다 태평양이 숨 쉬고 있는 해안이어서 바다를 좋아했던 네루다가 집필실을 마련하기에는 안성맞춤인 곳이었다. 이번 기획 시리즈 칠레 편에서 빼놓을 수 없는 명소였다.

비나의 밤은 쓸쓸하고 허전했다. 결국 연우를 만나지 못하고 돌아가야 하는 승미 입장에서는 더 말할 나위 없을 터였다. 나 또한 그런 여인을 지켜보아야 하는 데다, 연우를 다시는 만나지 못할 것 같은 예감 때문에 잠을 이루지 못하기는 마찬가지였다.

다음 날 이슬라네그라까지 가는 청년의 차 안에서 둘 다 내내 간밤에 설친 잠을 보충했다. 목적지에 도착해 청년이 깨우는 바람에 눈을 떴을 때, 승미는 머리를 시트 받침대에 기댄 채 잠들어 있었다. 잠시 망설이다가 홀로 차에서 내렸다.

키 큰 잣나무가 도열한 가운데 나무 울타리가 양쪽에서 길을 만들고 있었다. 그 길을 따라 걸어가니 어느 순간 갑자기 태평양이 펼쳐졌다. 짙푸른 바다에서 파도가 쉼 없이 몰려오고 있었다. 바닷가에 물고기 모양의 조각이 지붕에서 흔들리고 있는 붉은 집이 나왔다. 네루다는 칠레 남부의 테무코에서 유년 시절을 보냈다. 밀림과 비와 진흙탕 속에서 세상의 첫 풍경들을 접하면서 정열의 씨앗을 감성에 심었다. 그는 산티아고로 올라오면서 또래의 젊음이 겪게 마련인 방황과 고민의 거친 열정을 불살랐다. 그리하여 열아홉 살에 문단에 데뷔해 낭만적이면서도 초현실적인 자신만의 깊은 정념을 시로 보여 주기 시작했다. 그가 세계적인 시인으로 우뚝 설 줄은 자신도, 그의 조국 칠레도, 세계도 그때는 몰랐다.

그는 칠레의 외교관으로서 동아시아로 떠났고, 몇 년 동안 그곳에서 고독한 시간을 견딘 뒤 스페인으로 갔다. 그곳에서 많은 시인들과 교유했지만, 운명적인 스페인 내전이 일어나 친구들이 참혹하게 죽어 갔다. 그의 시는 변하기 시작했다. 그의 시를 정치적인 성향으로 몰아간 것은 그가 아니라 시대의 폭압이었다. 연우의 노래가 본디 서정적이었고, 하라가 그렇듯 네루다의 본질도 정치적이고 투쟁적이기보다는 정열과 낭만 그 자체였다. 망명의 시절이 이어졌고, 외로운 투쟁과 떠돌이의 삶이 끝났을 때 그는 조국으로 돌아와 이곳 이슬라네그라에 터를 잡고 바다를 바라보며 새로운 시업을 이어 가기 시작했다.

이제 그의 이슬라네그라 집은 한 달에 2~3천 명의 관광객이 다녀갈 정도로 칠레의 명소가 되었다. 입구 현관 벽에 네루다의 커다란 초상화가 관광객들을 그윽한 눈으로 굽어보고 있었다. 입장권을 구입한 뒤 열 명씩 가이드를 따라 네루다의 집으로 들어갔다. 마당에 화려한 꽃들이 은성하게 피어 있었다. 꽃 사이로 시커먼 20세기 초엽의 구식 기차가 방문객들을 맞았다. 아버지가 철도 노동자였던 네루다가 고향에서 가져다 놓은 것이라는 설명이었다.

바다와 배를 유난히 좋아했던 네루다는 집의 내부를 선실처럼 꾸며 놓았다. 네루다를 상징하는 마스코트는 아예 물고기의 형상으로 지붕 위에 솟아 있었다. 멀리서 보면, 네루다 집의 꼭대기에는 물고기 한 마리가 사방을 주시하면서 바람을 품고 돌고 있는 것처럼 보였다. 뱃머리를 장식하던 여인 형상의 조각들을 비롯해 다양한 형태의 유리잔, 동양에서 수집해 온 그림과 조각품들, 세계 각지의 나비와 18세기에 제작된 커다란 지구의 등이 네루다의 섬세한 취향을 드러냈다.

네루다의 침대는 환한 빛 속에 놓여 있었다. 가이드는 머리맡에서부터 발끝까지 아침 태양이 그의 몸을 간질여야만 잠에서 깨어났다고 설명했다. 발아래에 광막한 태평양이 펼쳐지고 머리맡에는 커다란 창문이 동쪽으로 나 있어, 그의 침실은 바다와 하늘 사이의 신비로운 우주에 떠 있는 것 같았다. 집필실의 책상은 바다에서 밀려온 배의 화물 창고 문짝을 건져다가 만든 것이었다. 망원경으로 바다를 하염없이 바라보던 네루다가 어느 날 바다에 널판지가 떠다니는 걸 보다가 해안으로 그것이 밀려왔을 때, 바다가 자신에게 준 선물로 여기고 그 문짝으로 책상을 만들어 그 위에서 바다의 빛깔을 닮은 초록색 잉크로 시를 썼다고 했다. 시를 쓰기 전에는 반드시 손을 씻었고, 쓰고 난 뒤에도 손을 씻을 정도로 시작에 임하는 태도는 경건했다.

외교관 생활을 마친 뒤 칠레 북부 탄광 지대의 노동자들이 네루다를 상원 의원으로 뽑았을 때, 그는 비로소 자신의 선거구 노동자들의 비참한 삶을 접하면서 민중 속으로 들어갔다. 그를 부르는 곳이면 어디든지 달려가 시를 낭송했고, 그의 시를 듣던 늙은 노동자와 여인네들은 눈물을 흘렸다. 이슬라네그라에 정착한 뒤 대통령 후보로 추천됐지만 인민연합의 통일 후보를 내기 위해 사퇴했고, 1970년 친구 살바도르 아옌데를 대통령으로 만들었다.

이듬해 그는 프랑스 대사로 재직하다가 노벨 문학상을 받은 뒤 귀국해 산티아고 국립 운동장에서 대대적인 환영을 받았다. 하지만 아옌데 정권은 불과 3년 만에 미국을 등에 업은 피노체트의 쿠데타로 무너졌고, 네루다가 대대적인 환영을 받았던 산

티아고의 운동장은 민주 인사들의 참혹한 처형장으로 바뀌었
다. 대통령 궁을 마지막까지 지켰던 아옌데는 전투기의 폭격과
기관총 세례를 받아 죽었고, 그가 죽은 지 13일 만에 네루다도
숨을 놓았다.

네루다의 병세가 악화돼 이슬라네그라에서 산티아고 병원으
로 옮겼을 때, 그의 부인 마틸데는 참혹한 쿠데타 사실을 병자
에게 알리려 하지 않았다. 하지만 마틸데가 잠시 이슬라네그라
에 책을 가지러 가 있던 사이 네루다는 다급하게 아내를 찾았
다. 그는 서둘러 달려온 아내에게 절망적인 목소리로 말했다.
「그자들이 하라의 몸을 갈기갈기 찢어 놓았어. 나이팅게일을
죽이는 짓이나 똑같아. 사람들 말을 들으니, 하라가 계속 노
래를 멈추지 않자 그자들이 미쳐 날뛰었다는 거야.」

시인의 무덤은 태평양이 바로 발아래 퍼덕이는 곳에 있었다.
높이 세워 놓은 엉성한 나무 십자가 아래 네루다와 그의 아내
마틸데 우르티아가 나란히 태평양을 내려다보며 누워 있었다.
그들의 머리맡에 돌로 만든 벤치가 놓여 있었다. 관광객들이
앉아 무덤과 태평양을 번갈아 바라보았다. 이미 오래전에 육탈
됐을 네루다의 몸 위로, 석양이 십자가의 긴 그림자를 드리웠
다. 관광객들이 떠난 뒤 빈 의자에 앉았다. 네루다의 돌무덤 너

머로 태평양의 파도가 쉼 없이 달려왔다.

「선배마저 날 떼어 놓기예요?」

뒤늦게 잠에서 깨어나 따라온 승미가 벤치에 나란히 앉으며 말했다.

「구원 투수가 떠날 수야 없지. 피곤해 보여서 그냥 나 먼저 왔어.」

「네루다는 죽어서도 복이 많은 사람인 모양이에요. 이렇게 풍광 좋은 곳에 누워 있으니 무덤 속에서도 시가 절로 나오겠어요.」

「그러게 말이야. 여기에 같이 누워 있는 부인은 네루다의 마지막을 지켜보았던 세 번째 아내였다고 하네.」

「우스갯소리로 장가를 여러 번 가면 좋겠다고 하던데, 그게 어디 쉬운 일이겠어요?」

「헤어져도 친구처럼 지낼 수만 있다면, 그게 용인되는 자연스러운 문화권에서 살아가는 이들이라면 불행하다고 말할 수도 없을 거야. 오히려 자신의 선택에 책임을 지고, 순간순간을 흐트러짐 없이 충실하게 집중할 수 있을 테니까.」

「만나고 헤어지는 일이야 어찌 보면 순리겠죠. 그걸 누가 막을 수 있겠어요? 양손에 떡을 들고 방황하는 기회주의적인 인간들이 문제죠. 그래요, 차라리 그이도 그런 기회주의적이고 이기적인 태도로 이러는 거라면 나도 흔쾌히 받아들일 수 있겠어요. 스스로 족쇄를 채우고 어둠 속을 헤매는 모양이 안타까운 거죠.」

「틀린 말은 아니야. 단지 선택의 문제였다면 이처럼 꼬일 것도 없는 일이지.」

네루다의 무덤에서 일어나 입구로 나왔을 때 우리를 기다리던 청년이 초조한 기색으로 말했다.

「산티아고에서 전화가 왔었어요. 급하게 찾던데요.」

청년이 산티아고 선화의 언니 집으로 전화를 걸어 바꿔 주었다. 선화의 형부가 전화를 받았다.

「비나에서 처제가 실종됐대요. 아내에게 애만 남겨 놓고 이틀째 소식이 없다나 봐요. 아내가 묵고 있는 숙소를 가르쳐 줄 테니 빨리 가보세요. 아내 혼자 애를 태우고 있어요.」

승미와 함께 서둘러 다시 비나로 돌아갔다. 선화 언니가 묵고 있는 숙소는 우리가 들렀던 카페에서 그리 멀지 않은 바닷가 리조트였다. 언니는 선화와 조금도 닮지 않았다. 큰 키에 이국적인 마스크가 멀리서 보면 칠레 여자로 착각할 정도였다. 우리가 들어서자 그녀가 서둘러 말했다.

「바닷가로 산책을 나갔다가 선화가 조금 더 걷겠다고 해서 아이와 먼저 숙소로 들어왔는데 그 뒤로 보이지 않는 거예요. 사방을 뒤졌지만 찾을 수 없고, 답답해서 이곳 경찰에 신고까지 해놓았는데 아직 소식이 없어요. 산티아고에 전화했다가 마침 한국에서 친구들이 왔다기에 오시라고 한 거예요.」

「혹시 여기에 한국 남자가 찾아오진 않았었나요?」

「아뇨, 우리를 찾은 이는 아무도 없었어요. 우리가 여기 머문 건 한 사흘쯤 됐는데, 그날은 선화가 바닷가 오른편 높은 바위에 올라가 해금을 켰어요. 바위에서 내려오니까 사람들이 신기한 듯 몰려들어 선화가 들고 있던 해금에 호기심을 보이며 이것저것 물어보긴 했지만 그중에 한국인은커녕 동양인은 한 사람도 없었어요.」

그날 내가 꿈속에서 들었던 소리가 선화의 해금 소리였을까. 그랬을지도 모른다. 인간의 무의식은 한 가지 사소한 단서에도 꿈속에서 순식간에 대하 서사를 만들어 내는 능력을 지니고 있다. 그 자리에 연우가 있었을지 단언하기는 쉽지 않아도, 연우가 그 시간에 비나 해변에 있었고 그 소리를 들었다면 선화를 못 찾았을 리 없다.

서둘러 선화의 언니를 앞세우고 그 바위로 향했다. 바닷가 암벽 위에 돌출된 바위가 선화가 해금을 켰다는 무대였다. 그 바위까지는 경사가 급하긴 했지만 산책객들을 위해 양쪽에 난

간까지 설치한 계단으로 이어져 있었다. 바위에 올라서자 태평양이 일망무제로 펼쳐졌다. 툭 튀어나온 바위 위에서 보이는 것은 망망한 바다뿐이었다.

선화는 왜 하필 이 높은 곳에 올라와 바다를 굽어보며 해금을 켠 것인지. 바닷길로 연결된 태평양 저쪽의 누군가에게 보내는 하소였을까. 해풍에 실리고 실려 너울너울 날아다니다 풍편에 그녀의 해금 소리 한 조각이 꿈길에라도 머나먼 곳에 전달되기를 바라는 퍼포먼스였을까. 그도 아니면, 난바다 험한 뱃길을 지나 고향으로 돌아가는 오디세우스의 영혼을 홀리기라도 할 작정이었을까. 뼛속 깊이 세이렌의 유전자를 타고난 여인인가.

선화가 해금을 켰을 법한 자세로 바위에 앉았다. 낮 동안 태양이 달구어 놓은 바위는 누군가 오랫동안 앉아 있다가 금방 떠난 것처럼 따뜻했다. 앉은 자세로 보는 태평양도 역시 막힐 것 없이 터져 나간 대양이었지만, 일어섰을 때는 앉았을 때 보이지 않던 해안이 오른쪽으로 조금 드러났다. 그 해안의 바위 틈에 작은 물체가 걸려서 파도에 흔들리고 있었다. 서둘러 바위를 내려와 해안으로 달려갔다. 해금의 명주실이 뾰족한 바위에 걸려 파도에 흔들리고 있었다. 뒤따라온 선화의 언니가 해금을 주워 들고 울었다.

비나 경찰이 탐문한 바에 따르면 늦은 저녁 한 여인이 바위

위로 올라갔고, 그 뒤를 한 남자가 따라 올라갔다고 했다. 경찰
은 잠수부를 동원해서 바위가 있는 해안을 이틀에 걸쳐서 수색
했지만 아무런 흔적도 발견하지 못했다. 태평양의 조류가 거세
어 설혹 선화가 실족했다고 해도 시신은 이미 먼바다로 쓸려가
버렸을 가능성이 높다고 경찰은 말했다.

연우와 선화는 끝내 돌아오지 않았다. 그들이 실패한 오디세우스와 세이렌이었는지 확인할 길은 없다. 선화가 스스로 태평양에 뛰어들었다면 실패한 세이렌의 전철을 밟은 셈이고, 연우가 그날 그 해변에서 선화의 해금 소리를 듣고도 살아남았다면 성공한 오디세우스였을 테지만, 소식이 끊어진 걸로 보아 세이렌의 목적은 성취된 것인지도 모른다.

후일 인터넷 검색을 하다가 우연히 한 여행 블로그에 올라온 사진을 보고 소스라치게 놀란 적이 있다. 칠레와 이웃한 페루의 리마 거리에서 선화를 닮은 여인이 해금 비슷한 악기를 연주하고 연우를 닮은 동양인 사내가 곁에 서서 노래 부르는 모습을 한국인 관광객 한 명이 찍어서 올린 사진이었다. 멀리서 잡은 앵글이어서 사진을 확대해 보아도 선화와 연우라는 사실을 명확하게 확인할 수는 없었다. 연우 나름의 치명적인 정념과 일상에 발붙이기 어려운 노래꾼으로서의 좌절을 이해한다고 하더라도 죽는 일은 그리 쉽지 않다. 왜 우리는 무조건 비관적인 쪽으로만 상상했던 것일까. 선화와 연우가 세인들의 눈을 피해 그들만의 에덴을 만들거나 찾아서 사라졌다고 긍정할 수는 없었을까. 부디 이 고단하고 망망한 삶의 바다에서 그들만의 낙원을 따로 꾸렸기를 간절하게 바란다. 그리고 언젠가는 당당하게 모습을 드러내기를 바란다.

승미는 그 당시 칠레에서 돌아와 오래 앓았다. 몸과 마음의 피로가 누적된 탓도 있겠지만 병원에 입원했다가 종합 검진을 받은 결과 공교롭게도 유방암이 발견됐다. 결국 가슴 한쪽을 도려내야 했다. 수술을 마친 후 병문안을 갔을 때 승미가 말했다.

「그이를 도려낸 것 같아요. 그이가 없어도, 가슴이 없어도, 살아갈 순 있겠죠?」

나는 그 말에 쉽게 응답할 수 없었다. 가슴이 없어도 살아 낼 세상이란 어떤 세상일까. 그런 세상은 무의미하다고 말할 뻔했다. 다행히 승미에겐 아직 한쪽 가슴이 남아 있고, 그리움으로 버티어 낼 뜨거운 심장은 여전히 생생하게 뛰고 있으니 그녀에게 남은 세상은 충분히 살아 볼 만한 가치가 있다. 하지만 그렇게 말하진 못했다. 굳이 말을 하지 않더라도, 인간이란 어차피 숨이 붙어 있는 한 주어진 고통을 견디고 나아갈 수밖에 없는 본능적인 조절 능력을 지니고 있다고 믿는다.

연우가 녹음했던 노래의 음원들을 선별하고, 승미의 목소리 질감에 맞는 노래들을 추가해서 연우와 승미의 공동 음반을 기획했다. 연우가 언젠가 돌아오기를 바라지만, 설혹 돌아오지 않는다고 해도 그의 목소리와 서정적인 선율은 영원히 사라지지 않을 것이다. 음반에 실을 노래를 선곡할 때 승미가 가볍게 던진 말이 기억난다.

「선배는 역시 영원한 구원 투수네요, 고마워요.」

그녀는 지나치는 가벼운 농담이었을지 모르지만, 그 말은 나를 쓸쓸하게 만들었다. 하지만 상관없다. 배경으로만 존재해도 아름다운 사람이 있지 않은가. 배경이 사람과 사랑과 음악을 받쳐 줄 수 있다면, 나는 언제까지나 눈에 보이진 않아도 존재를 느낄 수 있는 바람이고 싶다. 그 바람에 흔들리는 머리칼이 있어, 가까이 다가서서 샴푸 향이라도 맡을 수 있다면 그걸로 족하다.

잉카 제국의 가련한 마지막 황제 이름을 예명으로 삼은 아타우알파 유팡키(Atahualpa Yupanqui, 1908~1992)라는 가수가 있다. 그는 아르헨티나의 초원 지대에서 태어나 말들을 돌보는 '가우초'로 일하며 기타 하나 둘러메고 시골 마을을 떠돌아다닌 유랑 가수 출신이다. 그이도 비올레타 파라처럼 남미 누에바 칸시온의 중심인물이었다. 그의 노래를 소사가 다시 취입한 음반을 들었다. 그중에서도 〈기타여 네가 말해다오(Guitarra, Dímelo Tú)〉는 지금 내 심정을 가장 적실하게 대변하는 가사다. 그 노래, 이렇게 흐른다.

내가 세상에 물어보면 세상은 날 속일 거야
다른 사람은 다 변해도 난 변하지 않는다고 모두들 믿고 있지
긴 밤을 지새며 난 새벽의 여명을 기다리네
이 밤은 왜 이다지도 긴지 기타여 네가 말해다오

어제는 부드러운 진실이 오늘은 잔혹한 거짓말로 변했네
비옥했던 땅조차 모래땅으로 변하네
난 긴 밤을 지새며 새벽의 여명을 기다리네
이 밤은 왜 이다지도 긴지 기타여 네가 말해다오

인간들은 죽은 신들이지
이제는 허물어지고 없는 신전에 살았던 그들은

꿈조차 구원받지 못할 거야

남은 건 희미한 그림자 하나뿐

난 긴 밤을 지새며 새벽의 여명을 기다리네

이 밤은 왜 이다지도 긴지 기타여 네가 말해다오.

인용된 노래들

빈 산   김지하 시 · 이종구 작곡
생에 감사드리며(Gracias a La Vida)   비올레타 파라 작사 · 작곡
베인테 아뇨스(Veinte Años)   오마라 포르투온도 노래
오월의 노래   문승현 작사 · 작곡
오동동 타령   구전가요
진도 아리랑   남도민요
타향살이   김능인 작사 · 손목인 작곡
추억의 소야곡   한산도 작사 · 백영호 작곡
애수의 소야곡   이부풍 작사 · 박시춘 작곡
홍타령   남도민요
상엿소리(만가)   남도민요
마른 잎 다시 살아나   안치환 작사 · 작곡
마리아가 간다(María va)   메르세데스 소사 노래
이십 년 전쯤에   한성숙 작사 · 송결 작곡
만물산야   남도 민요
선언(Manifesto)   빅토르 하라 작사 · 작곡
기타여 네가 말해다오   아타우알파 유팡키 작사 · 작곡

작가의 말

이제 그들을 보낸다

　시대와 공간을 막론하고 노래가 지니는 정서적인 힘은 막강하다. 하물며 사랑은 또 어떤가. 인간이라는 종이 생겨난 이래 이 감정으로 인해 파생한 눈물과 한숨과 환희의 사연은 밤하늘에 명멸하는 별만큼이나 무수하다. 신과 인간 사이에서 광대 노릇을 하는 노래꾼은 숙명적으로 일상에 발을 붙이고 살기 어렵다. 그리하여 쉼 없이 떠돌고, 땅에서 발이 한 뼘쯤 떠 있기 일쑤다. 탄탄한 이성만으로 노래를 부를 수도 있겠지만 그리해서는 누군가를 쉬 감동시키기 어렵다. 이런 숙명을 지닌 가객이, 그것도 치명적인 사랑에 빠진다면, 그 사랑, 어찌 흘러갈까.

　연우와 선화가 죽지 않고 살아 있다면, 어디선가 살아 있기를 강력하게 희망하지만, 늙어서 힘이 빠졌을 때는 어떤 모습으로 토닥거릴지 조금 우스워지기도 한다. 세상에 그리 한 맺힐 게 무언가. 시간이 흐르면 다 풍화되고 녹슬고 사라져 갈 것을, 사랑하는 마음이 남아 있을 때 원 없이 서로 보듬고 기댄다고 그 누가 무어라 한들 어떠랴. 하지만 그게 마음대로 안 되는 인간사가 웬 조홧속인지 모르겠다. 연우는 타고난 가객이었고, 선화는 끼가 넘치는 연주자였다. 불과 불이 서로 만났으니 다 타서 재로 스러져 갈 운명이긴 하다. 그 불을 더 활활 타오르게 한 것이 노래요 악기인 셈인데, 그것들은 재앙인가 축복인가.

내 청춘기를 지탱해 주었던 것도 노래였다. 그 노래의 힘으로 고통스러웠던 연대를 헤쳐 나올 수 있었다. 그 시절에는 우리의 이야기를 우리 형식에 담아내야 한다는 강박과 의지가 민요에 집착하게 만들었다. 이른바 '창작 민요'라는 장르를 만들어 신경림 시인의 장시 〈남한강〉을 3부작 민요판굿으로 무대에 올리기도 했다. 이를테면 민요 뮤지컬인 셈인데, 이 뮤지컬에서 생산된 노래 중 널리 불린 노래도 더러 있다. 노래에는 죄가 없다. 오히려 어느 한 장르만을 고집하는 편식이 더 문제일 수도 있다. 나는 민요 이전에 클래식을 좋아했고 클래식 이전에는 뽕짝을 더 먼저 접했다. 이 소설을 쓰는 내내 안팎으로 노래에 많이 기댔다. 나의 서사가 그 노래들에도 도움이 되었기를 바란다.

박경리 선생이 살아 계실 때 원주 토지문화관에서 이들을 그려 내기 시작했는데 끝내지 못하고 나왔다. 그해 겨울 두어 명의 작가만 기거하던 적적한 그곳에서 세심하게 배려해 주시던 선생께 소설이 출간되면 명분 삼아 제대로 인사를 올리려 했는데 영영 뵐 수 없게 되었다. 토지에서 나와 생업에 종사하다가 다 그려 내지 못한 소설 속 인간들의 준동을 못 이겨 중간에 잠시 백담사 만해문학관에서 지냈고 지난겨울 다시 연희문학창작촌 신세를 졌다. 토지에서 시작해 만해를 거쳐 연희에서 끝낸 셈이다. 토지에서 보내던 6년 전 겨울, 윗방에 박범신 선생이 교수직을 던지고 입주해 있었다. 그 시절 제천 의림지의 송림까지 나아가 달밤에 그이의 술잔을 받았고, 마지막 신세를 진 연희문학창작촌의 촌장이 또한 그이니 이 소설은 시종 선생과 인연이 닿았다.

신경림 시인은 오래전 연행패에서 회장으로 모셨다. 당시 나는 20대의 노래꾼이었고, 지금 칠순을 훌쩍 넘긴 그분은 40대의 '젊은' 시인이었는데 공식적으로는 '민요연구회' 회장이면서도 술자리에서는 '뽕짝분과 위원장'임을 자인했다. 소설 속 노래꾼의 운명도 그 시절 발아했을 테니, 그이에게도 그 노래꾼의 운명에 어느 정도 책임이 있는 셈이다. 김사인 시인의 시를 좋아한다. 일 때문에 그이의 고향 보은에 가서 그분의 아버님을 함께 뵌 적이 있다. 정이 넘치는 노인의 눈빛과 아들의 큰절을 지켜보면서 눈물이 날 뻔했다. 그이야말로 뜨겁게 한 시대를 관통해 온 사람이다. 통영에 누워 계신 한 분과 뒷글을 써주신 세 분께 감사드린다.

송병선 울산대 중남미학과 교수와 멕시코 대사관에 근무하는 김지홍 씨가 전문적인 도움을 주었다. 이들은 스페인어 가사는 물론 누에바 칸시온과 연관된 가수들의 자료까지 찾아서 번역해 주었다. 홍대 앞에서 음악 카페를 운영하는 월드뮤직 전문가 황우창 씨는 벗들과 들를 때마다 귀한 음반과 영상으로 흥을 돋워 주었다. 월드뮤직 전문가들의 저작을 비롯한 여러 서적을 참고했다. 그중에서도 〈퇴락한 낙원에서 만난 사람들〉에 등장하는 노수녀의 논리는 《사랑을 방해하지들 말아다오》(H. 하크 지음, 분도출판사, 1988년)에서 빌려 왔음을 밝혀 둔다. 힘든 나날을 신앙의 힘으로 견디고 있는, 한국 문학에 지극한 애정을 쏟아 온 문학청년 임성규 형님께 이 책이 부디 깃털만큼이라도 도움이 되기를 바란다.

이제 그들을 보낸다. 정작 제대로 돌보지도 못하면서 내 안에 가두어 두기만 했다. 진즉 놓아주었어야 할 이들이다. 직면하면 아파서 오래 들여다보기 힘들었고 외면하면 어느 순간 한숨처럼 새어 나와 발목을 잡았다. 잘 가거라. 가서, 이제는 아프지 말고, 잘들 살아라.

2010년 여름

조 용 호

jho3039@hamail.net

기타여 네가 말해다오

초판 1쇄 인쇄일 · 2010년 7월 10일
초판 1쇄 발행일 · 2010년 7월 15일
지은이 · 조용호
펴낸이 · 임성규
펴낸곳 · 문이당

등록 · 1988. 11. 5. 제 1-832호
주소 · 서울시 성북구 동소문동 4가 83 청구빌딩 3층
전화 · 928-8741~3(영) 927-4990~2(편)
팩스 · 925-5406
ⓒ 조용호, 2010

홈페이지 http://www.munidang.co.kr
전자우편 webmaster@munidang.co.kr

ISBN 978-89-7456-435-3 03810